宁夏师范学院学人文库·第七辑

约翰·厄普代克小说叙事研究

马晓霞◎著

中国商务出版社
CHINA COMMERCE AND TRADE PRESS

图书在版编目（CIP）数据

约翰·厄普代克小说叙事研究 / 马晓霞著. -- 北京:
中国商务出版社，2019.8
ISBN 978-7-5103-3082-7

Ⅰ. ①约… Ⅱ. ①马… Ⅲ. ①厄普代克(Updike, John1932-2009)－小说研究 Ⅳ. ①I712.074

中国版本图书馆 CIP 数据核字(2019)第 247791 号

约翰·厄普代克小说叙事研究
YUEHAN EPUDAIKE XIAOSHUO XUSHI YANJIU
马晓霞 著

出 版：中国商务出版社
地 址：北京市东城区安定门外大街东后巷 28 号 **邮编**：100710
责任部门：教育培训事业部（010-64243016 gmxhksb@163.com）
责任编辑：刘姝辰
总 发 行：中国商务出版社发行部 （010-64208388 64515150）
网购零售：中国商务出版社教培部 （010-64286917）
网 址：http://www.cctpress.com
网 店：http://shop162373850.taobao.com/
邮 箱：cctp6@cctpress.com
印 刷：河北正德印务有限公司
开 本：170mm×240mm 1/16
印 张：12.5 **字 数**：226 千字
版 次：2020 年 7 月第 1 版 **印 次**：2020 年 7 月第 1 次印刷
书 号：ISBN 978-7-5103-3082-7
定 价：60.00 元

序言

当懈怠和投机的能力成为某种学术习惯的时候，人们对于知识的探求就显得尤为奢侈。当这种奢侈成为某种谈资的时候，厌倦似乎理所当然地成为探寻者隐匿精神的借口，浸淫其间、怡然自得。然而当我拿到晓霞同志的书稿时，我的怀疑动摇了。我所体会到的不仅是兴奋和感动，还有来自内心深处对于一个不懈执着的学人的由衷赞同。这里饱含着她对西方文学研究的真诚，也浸透着她对所从事职业的基本尊重。作为她硕士研究生导师，我是自豪的，也愿意竭力为她的著作、研究成果给予我足够、坦诚的评介。

文学是内容与形式的完美统一，思想的内容一定需要完美的艺术形式诠释。思想随着时代的步伐而进步，那么艺术的形式则必须保持与时俱进。在中国的文学史上，从诗经汉赋到唐诗宋词、元曲、明清小说，艺术的形式代表着那个时代的最高思想内容。同样，西方文学，从上古的《伊利亚特》到《神曲》、《莎士比亚》；从古典文学到现实主义、后现代主义，一直都是思想内容与艺术形式之间的不断斗争与融合。约翰·巴思曾说“文学已死”、“艺术的形式已枯竭”(1967)，他的焦虑恰如其分地反映出当时文学形式难以追赶文艺思潮的步伐与时代的进步，从而产生的矛盾性。也正是基于这样的原因，现代主义以及后现代主义文学应运而生。对于从事西方文学研究的我们，如何清晰的辨认和把握这样的流变，无疑是艰难的，但也是幸福的。从某种意义上说，研究是渴望交流的行为，甚至研究本身就是交流，只有具备这样的认知，我们的理解与判断才具有意义。晓霞同志的探寻正是这样意义上的努力。

约翰·厄普代克在1964年接受“国家图书奖”的讲话中说道：“这本书和它的主人公一样也是马人”，他难掩的狂喜无不表现出他对自己叙事艺术的骄傲。也正因为如此，在尝到叙事带来的甜头之后的厄普代克在后来的许多作品中都保持着一个艺术家的警觉与灵敏。他的创作融合了神话、寓言、魔幻现实、意识流、复调音乐、蒙太奇画技、元叙事等艺术手法，竭力表现出“上帝之死”的冷静，没有后现代经典作家的“矫枉过正”，有的是对艺术的无限敬畏和思想家的冷静。

约翰·厄普代克的作品大多描写美国普通中产阶级的生活，内容涉及社会文化、政治经济、伦理道德、文学艺术、个人行为、哲学意识等各个方面，因此被称为美国文学史上“百科全书”式的作家。他的一生著作等身，荣光无限，曾被美国学者菲利普·罗斯这样评价：“约翰·厄普代克是我们这个时代最伟大的文学家……就像纳撒尼尔·霍桑一样，他是，并且将永远是我们的国宝。”在 2019 这一特殊的年份，距离 2009 年约翰·厄普代克先生离世的 10 周年，出版一本关于约翰·厄普代克小说研究的专著既有重要的学术意义，又有敬畏的现实意义。这部专著既是对晓霞同志个人学术研究的阶段性总结，也是对约翰·厄普代克小说研究的促进和丰富。

《约翰·厄普代克小说叙事研究》从神话叙事、后现代叙事、历史元叙事和女性叙事四个维度对小说的叙事艺术进行了分析。晓霞同志在写作过程中将晦涩难懂的理论与生动有趣的情节分析相结合，将跌宕起伏的社会思潮与严肃稳定的文学主题相结合，将约翰·厄普代克及其文学创作放置在整体的社会文化语境中进行考量，为读者呈现了一部有价值的文学批评作品。总体来说，本部专著透露了作者科学的研究方法、系统的知识结构和严谨的学习态度，是作者个人学术研究的重要转折点，作为导师，也期待她在学术方面取得更多成绩。

胡笑瑛①

2019 年 7 月 20 日

---

① 宁夏大学外国语学院教授，博士，硕士生导师。

前言

20世纪后叶，美国在经历过两次世界大战与工业革命之后，所面临的是一个剧烈蝶变、新说迭起、各种新鲜事物粉墨登场的时代。波普艺术、同性恋、爵士摇滚、披头士、黑色幽默、荒诞剧、女权运动、人类登上月球等等冲击着人们的生活。而艺术的商业化和大众化使得现实主义作家的创作遭遇着一次次的“滑铁卢”。诸如索尔·贝娄以及马拉默德等坚持现实主义写作的作家都面临着选择的困境，甚至有作家直接“弃文从闻”，掀起一股非虚构性文学的浪潮；也有一些小说家则摒弃了传统的现实主义写作，大胆地投入“黑色幽默”的行列，夸张无畏地嘲讽那个完全丧失理智的世界。

作为美国60年代的“文学冲浪人”①，约翰·厄普代克固执地坚持着巴尔扎克式的现实主义作风与托尔斯泰式的复调艺术，但又“迫于形势”，不得不另辟蹊径、寻找出路。在记录当代美国的故事时，约翰·厄普代克尝试以各种时髦的叙事策略淋漓尽致地表达对这个国家、社会和人民的看法。终其一生，他的视野从未远离过美国社会的点点滴滴：女权主义、后现代思潮、9.11恐怖袭击等都是他笔下的焦点。他的作品不仅有对美国社会与中产阶级的观察与思考，更有他对每一次文艺思潮的反思与见地。自我、内化、私密的心理描写和他所擅长的意识流等现代艺术使得他的现实主义作品蒙上厚重的后现代主义特色，为斑驳陆离、纷繁复杂的美国当代生活增色不少，很好地印证了整个美国的历史变迁、知微见著。用他自己的话说：“我这些关于普通人日常行为的小说要比历史书表达的历史还要多。”②

60年代后，受西方现代主义思潮的影响，约翰·厄普代克逐渐摒弃了宏观写实转向亨利·詹姆斯开创的心理现实主义写作，从客观写实转向个人内省，转向无限复杂的个人内心以及知觉反应。他的小说不再从金钱、阶级地位和社会欲望等方面去看待现实、不再关注个人与历史之间、主观愿望与社会现实之间的内在联系，而是聚焦于家庭冲突、寻求自我以及个人道德选择等问题。在文学叙事艺术方

---

① 马科斯·坎利夫.美国的文学[M].香港：今日世界出版社，1975.P.369.

② Julieta Ojeda Alba. A Relaxed Conversation with John Updike[J].Atlantis.1996 (18).

面,约翰·厄普代克的作品叙事形式多样、华丽细腻、精雕细琢,虽然有时过度繁复的生活细节以及对场景不厌其烦的描绘会给读者印象主义甚至洛可可式的感觉,但其与时俱进的艺术特色使得他在现实主义作家中独树一帜,甚至不逊于任何一位后现代主义先驱。约翰·厄普代克的小说常常融合神话、寓言、魔幻现实、意识流、复调音乐、蒙太奇画技、元叙事等艺术手法,表现出其独特的艺术视角、悲悯的历史情怀、良好的人文修养、警觉前卫的艺术态度。

事实上,从他的普利策获奖作品《马人》开始,约翰·厄普代克就尝试着使用新的创作理念,不同于以往的写作方法表现出不同的历史语境,特别是在20世纪90年代之后,他更是大胆创作,写了诸多可以被称之为是具有后现代写作特色的先锋作品,这些作品超越了传统现实主义创作理念与艺术手法,其中包括元历史小说《福特政府时期回忆录》(1992)、魔幻现实主义小说《巴西》(1994)、科幻小说《时间的尽头》(1997)、互文小说《葛特露与克劳迪斯》(2000)以及元小说《寻找我的面孔》(2002)等等。在这些作品中,约翰·厄普代克充分地施展了自己的艺术才华,形成了自己独有的"后现代"创作风格。因此,本书将结合美国20世纪的历史语境和文艺思潮,分析厄普代克的叙事风格,包括女性叙事以及历史元叙事艺术。

本书由五个章节组成,其中第一章对约翰·厄普代克生平以及本研究所选取的几部小说作以简介;第二章"约翰·厄普代克小说的神话叙事"从神话叙事与文本建构,隐喻与连贯几个角度分析了小说《马人》的叙事艺术手法,指出:神话作为人类原始的想象与思维,显示了人类共有的心理活动。神话的"原型"可以是一种独立存在的文学样式,它作为反复出现的原型意象显示了人类早期的心理活动和社会意识。神话"马人"作为小说标题以及小说的故事文本,是构建小说认知的原型母题,正是马人喀戎与卡德维尔,维拉与阿芙洛狄忒,彼得与普罗米修斯,亨迈与赫淮斯托斯等之间的蕴含关系促成小说主题的再认知,与小说各层主题相吻合。小说沿袭了马人喀戎与普罗米修斯的神话原型构建了一个人神共现的魔幻世界,"马人"以神话人物及故事作为预设,并结合蒙太奇手法,立体主义,复调交叉叙事以及幕间插曲建构了一个神话与现实连贯的小说世界。在这个三维世界中,平凡的人类因为爱的推动具有了神的光辉,而看似完美无懈的神祇们也会因为神性中存在的不完美的人性而显得无比亲近,充满了人本主义色彩。第二节通过对小说的内部结构分析后指出:虽然约翰·厄普代克应用了丰富的叙事技巧以及话语技巧,如进化论、基督教义、神话典故、宇宙天文学等,但是推进小说发展,促成小说衔接与连贯的主要是他所选择的叙事视角以及话语方式,如 1st ON, 3rd ON, DSC, DM and IM(参见第二章的图表分析)。小说章间的连贯则是神话预设关系下的 一个 V 形结构,它将死亡、爱、生命以及信仰等复杂主题高度统一在"马人"神话主题之下。这个"V"形结构的两边,一条是下降的叙事线,一条是上升的叙事线。

第三章" 约翰 · 厄普代克小说的后现代叙事"从后现代主义历史语境切入,探讨了后现代的产生与发展、后现代文艺思潮对于文学领域的影响,以及后现代文学的特点,从而为厄普代克的后现代叙事特点以及创作渊源找到可分析依据。通过《一个月都是星期天》《葛特露与克劳狄斯》《福特政府时期的回忆录》以及《寻找我的脸》几部作品的分析,指出:在过去三十年里,只要小说被冠以约翰 · 厄普代克的名字,人们就毫无例外地将它们视为现实主义作品。一旦这些作品被盖上约翰 · 厄普代克以外其他作家的名字,几乎毫无质疑地被誉为后现代小说。这并不是宣称约翰 · 厄普代克是后现代主义者,而是表明对于约翰 · 厄普代克的认识与理解应该是开放的,不该是教条或形而上的。难能可贵的是约翰 · 厄普代克在个人艺术探索的道路上既做到了与时俱进、革故鼎新,又对一切流行的洪流保持了高度的警觉与独立。后现代理论和诗学对厄普代克作为现实主义作家的地位提出了挑战,而厄普代克对后现代叙事策略的运用以及对某些美学理念和哲学思想也发出了质疑。厄普代克的艺术理念是开放的,他对于后现代的各种思潮积极关注,一步步探索尝试着新的写作技术和经验。同时又像他笔下的贝赫那样充满了对后现代的怀疑与批判,他常常公开攻击后现代理论的反人道主义含义。

第四章"约翰 · 厄普代克小说的历史'元'叙事",从历史元叙事的解读到《福特政府时期回忆录》的分析指出,受黑格尔历史哲学史观的影响,约翰 · 厄普代克一方面相信历史的宏大叙事,尤其在坚持自己狂热的纪实文学手法时,他将自己洛可可式的描述看成是不可或缺的"文学的装饰",是有生命的记忆,是更为可靠的历史。另一方面,他又是一个极度的历史悲观主义者,认同历史的局限性,认为在时间的长河里,历史会丧失它的主体性,当人类面对时间的腐蚀力量时是虚弱苍白的;人类不可能把过去的现实全部恢复原样,甚至不可能记住一个人一生中所发生过的所有的事情,不管是对个人还是整个时代。因此约翰 · 厄普代克又像许多的后现代主义史学家一样,强调历史的虚无性,反对历史进步论和"宏大叙事",否认历史客观性,认为历史学等同于文学艺术,主张历史研究去中心化、碎片化、多元化。从 "宾州三部曲"到《夫妇们》《贝赫的故事》及《兔子归来》,约翰 · 厄普代克的创作都是以宾夕法尼亚的人文历史为背景展开的,可以说这些作品集中地反映了厄普代克的历史元叙事特点及其文艺思想。但是它们还不能被称作真正的“历史元叙事”,在《福特政府时期回忆录》中,厄普代克挑战传统历史认识论和历史编纂学,他就像小说主人公阿尔弗雷德,一再拿自己的历史写作方式与读者去探讨历史撰写的问题,最终因为无法从堆积如山的历史素材中创造出一个理想的“布坎南”的文学形象,而倍感沮丧,甚至变得怀疑历史,从而向“解构主义”历史观。在整部小说当中,正如阿尔弗雷德,约翰·厄普代克对于历史解构和小说建构,性道德和政治之间的“转码叙事”展开论述,强调了历史语境的决定性作用以及历史与生命经验的悲观与虚无表现。

第五章“ 约翰·厄普代克的女性主义叙事”,从女性主义历史语境到美国女性文学,再到女性叙事的发展,这一章主要分析了厄普代克女性主义叙事文学中的女性意识以及政治立场。约翰·厄普代克一生的创作都会涉及到女性话题,而且他笔下的女性形象一直备受诟病,是女权主义者津津乐道的话题,也是批斗的目标。作为20世纪后现代的一个分支,女性叙事也经历了一次文学的革命。而作为先锋派的写实主义作家,约翰·厄普代克也在赶着文学时尚的潮流,他的每一次的创作都会借助小说发声,或声援或颠覆时下的某些文艺思潮。约翰·厄普代克的小说《S.》,《伊斯特威克的女巫》,《葛特露和克劳狄斯》和《寻找我的脸》都是他对女权主义,女性文学以及女性叙事最好的回应。《葛特露和克劳狄斯》作为约翰·厄普代克对莎士比亚戏剧《哈姆雷特》的戏仿与改写,不仅借助女性文学叙事有力回击了当时一些女权主义批评家们营造的舆论,而且表现了作者对女性问题的关注以及对于女性叙事的浅尝辄止。小说通过女性视角,以女性的话语权利为企及,深入探触了女性主人公“葛特露”内心的波澜,着意挖掘她内心世界的喜怒哀乐,使之成为当代女性生存状况以及命运的一个缩影。与此同时,约翰·厄普代克通过男性作家笔下的“女性声音”演绎,以及对两性关系模式的戏仿,提出了他对女性社会诸多问题的严肃思考:男性与女性究竟是怎样一种关系?在历史的长河里,女性处在一个怎样的位置?

约翰·厄普代克曾说,作家如果远离了社会和人民,摸不着社会的脉搏,创作则不存在。因此,他始终坚持写自己最熟悉的东西,坚持从生活经验中发掘创作素材,并在选择中洞察社会和人性。约翰·厄普代克的作品有很强的自传性,几乎他所有的作品都以自己的故乡宾夕法尼亚州的生活为基础。他笔下的美国乡村和城镇似乎笼罩着一种悲凉、压抑的气氛,作品中的主人公不是土生土长的农民,而是受过教育的中产阶级,是命运把他们抛到某个隐秘颓废的角落。这些描写普通中产阶级的生活的小说展示的画卷却是丰富多彩的，内容涉及从社会政治到伦理道德，从个人行为到文化传统、哲学意识等各个方面。因此如果想要了解美国二十世纪的生活和真实历史面貌，我们只需要读懂约翰·厄普代克。正因为此，这部致敬约翰·厄普代克先生的书在研究他的叙事艺术的同时，始终强调历史语境赋予其作品的意义，并通过美国二十世纪历史语境，探讨真正意义上厄式叙事艺术。

全书由马晓霞撰写，撰写过程中，得到了宁夏师范学院学人文库·第七辑的项目支持，同时也得到了许多专家和同行的指导和帮助，在此一并表示感谢。由于编者水平有限、时间仓促，疏漏之处在所难免，敬请各位专家和读者批评指正，以便在日后修改完善。

编　者

目录

第一章　约翰·厄普代克简介

约翰·厄普代克(John Updike,1932-2009),美国小说家、诗人、剧作家、散文家和评论家,美国最多产,最具成就与争议的作家之一。他的一生写过大量体裁多样的作品,包括长篇小说“兔子四部曲”、“红字三部曲”、《马人》、《福特政府时期回忆录》、《夫妇们》、《平民院义卖》、《寻找我的脸》,短篇小说集《父亲的眼泪》、诗集和评论集,共计63部。除了二十五部小说、十二部小说集和九部诗集外,约翰·厄普代克还分别出版过两本艺术评论和高尔夫有关的随笔、一部回忆录《自我意识》。作为9·11恐怖袭击之后,出版具有安抚作用书籍的回应,约翰·厄普代克的各种随笔、书评、介绍和其它类型作品一并收录到概略集里,并用颇具自谦风格的题目,如《琐事记》、《零活儿》或《无关紧要》等命名。同时他还是一位短篇小说写作高手,2003年由他编辑出版的《早期短篇小说集:1953-1975》获得了华伦和福克纳奖,其中有些短篇小说成为了20世纪文学选集中的经典之作。

> 是什么让约翰·厄普代克如此备受瞩目,以致他的新作油墨未干之时,就能这样广泛地流传:中学课堂在谈论他;大学讨论会在研究他;高校讲坛在讲授他?一个涉世未深的青年,他何以能与一生笔耕或在坟墓里等待了一两代人之后才被发现的文坛巨匠们分庭抗礼?在每年成千上万的出版物中,这位青年作家的作品,为何在图书市场不愁销路?在一个竞争空前激烈的时代,是什么让他脱颖而出,获得出乎意料的成功?①

约翰·厄普代克一直被誉为美国现代“巴尔扎克”,他的作品以全景的方式展现了美国中产阶级的生活现状与精神危机。厄普代克一生获奖无数,曾收获“古根海姆奖”和“美国艺术勋章奖”,两次获得普利策奖、美国图

① Rachael C.Burchard.John Updike:Yea Sayings[M]. Southern Illinois University Press, 1971. p1.

书奖和欧·亨利小说奖等多种重要奖项、同时他生前也是呼声最高的诺贝尔文学奖候选人。约翰·厄普代克一生共登上过两次《时代》周刊的封面，虽然第二次以"通奸"字样被印上《时代》的封面，但在美国的文学史上能够拥有这样的荣誉作家只有三位，他们分别是辛克莱·刘易斯、海明威和福克纳。美国作家菲利普·罗斯说："约翰·厄普代克是我们时代最伟大的文学家……像19世纪的纳撒尼尔·霍桑一样，他是而且将永远是国宝级的。"杰恩·帕里尼认为"没有人可以像约翰·厄普代克那样，抓住宾夕法尼亚那个地区的空气的特殊气息与味道……"尼古拉斯·米尔斯则认为"如果社会历史学家们想知道美国是如何从20世纪50年代的艾森豪威尔时代过渡到90年代的克林顿时代的，他们会发现约翰·厄普代克的兔子系列是必读作品。①"

1932年约翰·厄普代克生于美国宾夕法尼亚州的一个小城里丁(Reading)，祖上都是虔诚的路德教派信徒。父亲卫斯理(Wesley R. Updike)原来是工人，后来几经周折，成一位高中数学教师，同时在教堂里兼职做事。母亲琳达·格雷斯·霍耶(Linda Grace Hoyer)颇有艺术才华，热爱写作，是《纽约客》的撰稿人。由于约翰·厄普代克小时有口吃的毛病，又患牛皮癣，不愿与人过多的往来，因此读书成为他最大的爱好，他从小喜欢推理小说，喜欢作家阿嘉莎·克莉丝蒂，后来在母亲的熏陶与鼓励下尝试以写作自娱自乐，中学时就时常给当地的报刊撰文配图。1950年约翰·厄普代克考入哈佛大学攻读英语语言文学专业，哈佛大学的岁月可以说是约翰·厄普代克职业生涯的"成型期"，不但使他有机会从更深层次上认识文学，同时也使他的艺术天赋得以充分发挥。他先是成为《哈佛讽刺杂志》(the Harvard Lampoon)的编辑为杂志创作漫画、撰写稿件，后来又成为该杂志的主笔。1953年娶牧师女儿玛丽·潘宁顿(Mary Pennington)为妻，次年到英国牛津大学的拉斯金学院学习一年的绘画，期间与美国著名散文家、《纽约客》杂志编辑E.B.怀特相遇。当年夏天，约翰·厄普代克携家眷回到美国，落户纽约曼哈顿，在《纽约客》杂志"城中话题"(Talk of the Town)专栏担任专职作家，两年后离职迁移到马萨诸塞州的依普斯维奇居住，专心从事写作。虽然约翰·厄普代克在《纽约客》杂志工作的时间不长，但这对他一生的创作有很大的影

① John Updike.The Centaur[M]. penguin, 2007.

响，他的文学内容、语言风格、叙述格调都与这本杂志有一定的关系，也为他后来的文学创作打下坚实的基础。离开后，厄普代克开始了自己真正的小说创造生涯，并且取得了瞩目的成就。

1958 年，约翰·厄普代克发表了他的第一部长篇小说《贫民院义卖》，故事讲述了一家老人院内管理者和老人们之间的冲突，表现了以院长考纳为代表的“虚无人本主义”者与以霍克为代表的老人们所崇尚的“精神主义”者之间的对峙。整部小说反映了美国社会在工业化进程中所表现出的传统观念和现代化之间的矛盾，以及美国民众在后工业化过程中的精神需求，而这个主题以及宗教意识成为约翰·厄普代克后来创作的重要内容。另外，约翰·厄普代克叙述的虽然是普通人的故事，但反映的却是整个时代的社会特征，在许多故事情节和人物的身上都隐含了某些时代的文化和社会特征。准确而细腻地反映了近半个世纪以来美国社会价值观念的变迁，用他自己的话说，一些关于普通人日常行为的小说要比历史书表达的历史还要多。

1960 年出版的《兔子，跑吧》是约翰·厄普代克的第二部长篇小说，小说的发表奠定了约翰·厄普代克当代美国重要小说家的地位，成为他作家身份的重要标志。小说主人公哈里·安格斯特罗姆、外号“兔子”，曾经是校篮球队的明星，有过辉煌的过去，然而毕业之后却做起了平凡的推销员的工作，其妻詹尼斯虽然出身富足，但是却有着邋遢不修边幅的生活作风和无趣的灵魂。这让哈里对爱情丧失了最初的热情。最后，年轻的哈里因不满平庸的工作和家庭生活而离家出走，过着不断逃离现实的生活。哈利一共经历了四次逃亡，他的每一次逃亡都是对当时社会主流价值的离经叛道，对传统家庭观念的挑战。而他每一次逃跑无果地归来，又恰恰说明他的颠覆逃离主义总会受到主流社会的抑制与压迫。哈利的四次逃亡透露着那个时代个人的空虚、苦恼、困惑和焦虑不安，深刻揭露了 20 世纪 50 年代怀特·戴维·艾森豪威尔执政时期的美国社会的精神危机。在那个经历了两次世界大战和二次大工业革命的时代，人们在喧嚣，流水生产工业时代失去了曾经的信仰与生活的温度，过度的物质追求让他们背负上沉重的精神枷锁，正如尼采断言，整个西方世界是一个毫无生气的年代，包含着精神危机的年代。

《兔子，跑吧》出版后的三十年里，约翰·厄普代克每十年就会出版一部“兔子”小说，它们是《兔子归来》(1971)、《兔子富了》(1981)以及《兔子歇了》(1991)。其中《兔子富了》收获了普利策文学奖、美国图书奖和全国图书批评家奖三项大奖。而《兔子歇了》不仅摘得普利策奖和美国国家图书奖，还收获了美国文学“豪威尔斯奖”。在当代美国文学中，“兔子四部曲”的出版被认为是一件具有里程碑意义的事件，是当代美国文学取得的杰出成就之一，作为美国小说创作的主要成就之一被载入 20 世纪历史。在 2005 年《纽约时报》做的一项最近二十五年最佳小说评选中，“兔子四部曲”赫然在目，位列黑人诺贝尔奖得主莫里森的《宠儿》之后，位居第二。事实上，约翰·厄普代克笔下的哈里·安格斯特罗与麦尔维尔的以实玛利、马克·吐温的哈克·费恩、菲茨杰拉德的盖茨比、塞林格的豪顿，以及凯鲁雅克笔下的那些流浪者们一样都将成为文学世界的灵魂人物。“兔子四部曲”紧扣时代脉络，将历史事件与日常生活细节描写紧密结合，描述了战后几个重要时期美国社会和文化的变迁，涉及到了越南战争、登陆月球、能源危机、以及冷战等当代美国的一些重要历史背景，成为了一部表现当代美国社会的生活画卷史。正如批评家角姆斯·希夫所评价的那样：

> 约翰·厄普代克做得最好的是关于美国。他使自己在这块大陆上伸展开来，尽可能地吸纳美国的人民、态度、土地和历史，他是我们当代的惠特曼。就像那位来自布鲁克林的诗人，厄普代克歌咏和吟诵美国，喜悦于它的肌质和外表，物体和姿态。就像惠特曼一样，厄普代克也是一位极其感性的作家，专注于这个真实可感的世界和来自人性本质的身体的欲望。①

1963 年约翰·厄普代克的第三部长篇小说《马人》出版，该书一经出版便获得了美国国家图书奖，成为厄普代克第一部获得重大奖项的作品。因为这部作品，1965 年约翰·厄普代克被选为美国国家文学艺术院委员，成为有史以来最年轻的委员。《马人》讲述了中学教师乔治·卡德威尔三天内所经历的生活、工作、情感方面的种种磨难和挫折，从中学生儿子的角度展示了父亲短暂困苦的一生。小说写得异常感人，父亲的形象生动逼真，因此约翰·厄普代克曾说这部小说浓缩进了他自已与父亲的形象。《马人》故事的时间跨度虽然只有三天，情节也很简单，但是作者通过神话原型的隐喻，并借助各种叙事技巧与艺术手法，使得普通生活带上神秘的色彩，朴实无华的情感散发神性的光芒。小说带有超现实主义色彩，结合蒙太奇手法，立体主

---

① James A. Schiff. John Updike Revised[M]. New York: Twayne publishers, 1998. P.10.

义,复调交叉叙事以及幕间插曲建构了一个神话与现实连贯的世界,创造出荒诞无稽却又悲情感人的故事。小说中,马人喀戎——普罗米修斯的神话与卡德维尔——彼得的故事合二为一,使得杂乱迷惑的文本表象之下人与神,自然与精神,奥林匹斯山与奥林格,彼得——普罗米修斯与卡德维尔——喀戎,生命与死亡之间完美和解。

作为评论家的约翰·厄普代克曾写有大量的书评,而且他在创作一些小说时都要对有关作家的问题进行大量的深层次的学术研究,对美国文学史上的一些经典作家如霍桑、麦尔维尔、惠特曼等都有精深地研究。其中,约翰·厄普代克的另一部系列作品"《红字》三部曲",即《全是星期天的一个月》(1975)、《罗杰的版本》(1986)、《S.》(1988),就是对霍桑的经典之作《红字》的戏仿与颠覆,通过改写和重写经典,这几部小说深刻地揭示了宗教在美国当代背景下所面临的困境。《全是星期天的一个月》是三部曲中的第一部,故事是从丁姆斯代尔的角度讲述的;十年后发表的系列中的第二部《罗杰的版本》是从齐林沃斯的角度来讲述的;而《S》则是从海斯特的角度来叙述的。当然,约翰·厄普代克并不只是采用了《红字》中这三个人物,在具体情节上这三部小说与《红字》有很多相同之处,都涉及婚姻、道德与信仰问题;《红字》中出现的灵与肉,精神与物质间的冲突也都出现在这三部作品中。《红字》中海斯特和丁姆斯代尔所面对的信仰与"罪"的困惑同样也可以在现代美国人的身上找到其影子。如果说《红字》是以十七世纪清教神权统治下的新英格兰为背景,揭露宗教中上帝与邪恶、拯救与惩罚等主题,那么"《红字》三部曲"也充斥着救赎与精神的寻顿,同样也充满了关于信念的思考,只是"《红字》三部曲"建立在萨特式的哲学与巴特式的神学观念基础上的。

正如美国辛辛那提大学教授斯基夫在专著《重访约翰·厄普代克》中指出的那样,约翰·厄普代克的"历史小说"就是一部完整的美国史,他的"兔子四部曲 ",《圣洁百合》,剧本《弥留中的布坎南》和小说《福特政府时期的回忆录》都属于"历史小说"。这些小说试图从历史的角度来描述美国社会,通过凝练的手法娓娓道出对美国社会及其问题的思考。其中,1996 年出版的《圣洁百合》使约翰·厄普代克收获了美国"大使图书奖"和"哈佛艺术一等奖"。这些奖项虽不如普利策那样的分量,但也足以证明该书的价值。小说以四个独立的篇章组成,以家庭为单位,以个人为对象,讲述了一家四代人的命运故事,通过家庭以细微见著于整个时代变迁,深入剖析了时代语境与个人命运之间的关系,是一卷浓缩了二十世纪美国历史的画卷。如果“兔子四部曲”见证了战后美国社会从 20 世纪 50 年代末到 90 年代初几十年间的历史变迁,那么他的小说《圣洁百合》则以将近一个世纪的时间跨度讲述了一个家庭的变迁和个人命运的变化所折射社出的时代风云变幻。

除了关注当下美国社会以外,厄普代克还把视野投向了其他地方,写了很多题材、风格都颇具特色的作品,如《政变》(1978)、《福特时代的回忆》(1992)、《巴西》(1994)、《走向时间的尽头》(1997)、《葛特露和克劳狄斯》(2000)、《寻找我的脸》(2002)和《恐怖主义者》(2006)。其中《恐怖主义者》是一部直击人性黑暗、反思东方与西方文明冲突的警示之作。小说《葛特露和克劳狄斯》则重写了莎士比亚名剧《哈姆莱特》中哈姆雷特母亲葛特露和叔叔克劳狄斯的故事。在这部小说中,约翰·厄普代克使用了多种“发声方式”,如旁白,对话,独白,意识流,梦境等等。作者更是借助声音与读者交流思想情感,通过女性叙事和“女性话语发声”提出个人对于女权运动以及女性文学的思考。

《福特时代的回忆》通过后现代元叙事艺术,把发生在当下和历史上的不同时空的故事揉合在一起,最终又对故事本身进行了解构,通过历史的解码,作者表达了个人对于二十世纪六十年代以来后现代思潮的思考,表现出对历史编撰做法怀疑的态度。这部“历史小说”以布什与克林顿大选为历史背景,讲述发生在 20 世纪 90 年代初,历史学家阿尔弗雷德·克莱顿的故事。小说中两个交替的文本在美国两个世纪的生活方式和社会话语之间形成了鲜明的对比。在阿尔弗雷德的笔下,现代历史语境中的主人公阿尔弗雷德及其妻子诺玛和情妇吉纳维芙·穆勒,以及新罕布什尔州立女子学院的同事们,与一个世纪以前的的布坎南,以及他周围的人物、包括他的女未婚妻安·科尔曼、政治雄辩家埃德温·斯坦顿、以及时任美国大使的作家纳撒尼尔·霍桑都毫无争议、毫无违和地生活在一起。小说中,当阿尔弗雷德重述他关于福特政府的记忆和印象的时候,他并没有选择以传统传记的方式来完成它,而是解构了两段历史。通过解构与元叙事的方式,阿尔弗雷德“让读者赋予叙事新意”,使得读者游离于文本创作和历史传记之间,游离于历史解构和历史建构之间,游离于社会价值、道德价值以及政治意识之间。

《寻找我的脸》是一部关于艺术的元小说,是一部极具艺术水准的艺术评论。在《寻找我的脸》中,约翰·厄普代克再一次追逐着历史元叙事的潮流,将事实与虚构结合在一起,通过两位女主人公之间对艺术的探讨展开的,其中的某些对话是艺术家的自我反思。《寻找我的脸》完全从一个女性角度叙述的故事,讲述了一个女画家一生的经历,同时也反映了约翰·厄普代克眼中战后美国艺术发展的轨迹。整本书围绕艺术家以及主人公霍普对两位前夫的回忆和沉思展开。霍普的两任丈夫是两种艺术流派的代表、都是小有成就、但却都面临着"具像派艺术感觉终结"的困惑。随着故事的推进,这部小说从两位女艺术家之间的简单的对话转向二战后美国艺术界大大小小的艺术家及评论家。

2009 年 1 月 27 日,约翰·厄普代克先生因患肺癌在马萨诸塞州的贝弗莉庄园去世,享年 77 岁。回顾他的一生,他将自己的全部情感与才华都奉献给了美国文坛,他笔耕不辍的一生,为我们留下了许多内容丰富,题材多样且脍炙人口的作品。这些作品记录了美国近一个世纪风起云涌的历史,浓缩了他对每一次文艺思潮以及历史事件的反思。作为一位睿智的文学斗士,约翰·厄普代克时时以警醒的目光关注着自己的祖国与同胞,可以说美国社会的每一次乾坤幻变与人情冷暖都牵动着这位文人的良知与悲悯,他将全部的心血与智慧倾注到自己的每一部作品之中。面对他的离世,满纸都是毁誉参半的评价,有些评论者将他视为 20 世纪后半叶美国文坛的"瑰宝","美国最后一位真正的文学家","一部活历史";而也有个别的评论者批评他的作品"满纸荒诞言、一本啰嗦经"。然而功过与否,单就从约翰·厄普代克笔耕不辍,勤勤恳恳的态度,华美的文笔,大胆磅礴的气势与独特的叙事风格,他也应该是一位值得我们永远致敬的作家。作为读者,我们对他的了解也只是冰山的一角,而他的文学价值终将接受历史的考验。

第二章 约翰·厄普代克小说的神话叙事

约翰·厄普代克的长篇小说《马人》于1963年由艾尔弗雷德诺普公司出版发行。该作品一经问世便获得了美国国家图书奖。故事的时间跨度虽然只有三天,情节也很简单,但是作者通过神话原型的隐喻,并借助各种叙事技巧与艺术手法使得普通生活带上神秘的色彩,朴实无华的情感散发神性的光芒。小说带有超现实主义色彩,通过蒙太奇手法,立体主义,复调交叉叙事以及幕间插曲,小说建构了一个神话与现实连贯的世界,创造出荒诞无稽却又悲情感人的故事。小说中,马人喀戎——普罗米修斯的神话与卡德维尔——彼得的故事合二为一,使得杂乱迷惑的文本表象之下人与神,自然与精神,奥林匹斯山与奥林格,彼得一普罗米修斯与卡德维尔一喀戎,生命与死亡之间完美和解。正如詹姆斯·乔伊斯的《尤利西斯》借助古代神话揭示现代西方社会的腐朽没落和人类的孤独与绝望,厄普代克的《马人》亦是借助古希腊神话中喀戎(Centaur)与普罗米修斯(Prometheus)的故事来比喻后工业文明社会中人的孤独与绝望,并深刻地解读了爱与死亡的哲学内涵。

作为一部超现实主义作品,约翰·厄普代克将希腊神话中"马人"喀戎(Chiron)的形象与主人公乔治·卡德威尔的现实生活融合起来进行叙述,乔治·卡德威尔、马人、喀戎三个形象交叉叠合,充满神秘唯美。这种叙述方法对作品有决定性的意义。它通过神话对现实进行隐喻和象征,从而延展了思考的维度,使平凡的故事在一种深层次的悲剧意义上提升。小说不断地变换叙述的时空、视角和文体。既有以乔治为主角的第三人称现时叙述(第一、七章),又有以彼得为视角的第一人称现时叙述(第二、四章);既有彼得在未来时空对过去(包含了现时)的追忆(第八章),又有经由彼得的梦境对过去和现实的呈现(第六章)。写作文体有时是叙述,有时是讣告式的说明文(第五章),有时是神话田园小说(第三章),还夹杂有歌咏和圣诗等。这种有点类似拼贴的手法,不但丰富和加强了小说的魔幻色彩,还通过对过去与未来、现实与梦境等各个维度的交叉、延伸叙述,而使作品的意义得以更加完整地表达。对于这一点,约翰·厄普代克在1964年接受“国家图书奖”的讲话中说道:“这本书和它的主人公一样,也是马人”。约翰·厄普代克的话里掩抑不住他的得意之情,他几乎是在提醒我们注意两点:其一是怪异的马人形象中所蕴含的非凡主题,其二是主题与表现形式所达到的珠联璧和的艺术效果。

小说《马人》由九个章节组成,内容讲述了乔治·卡德威尔(George Caldwell)和彼得·卡德威尔(Peter Caldwell)父子俩在1947年三个冬日里发生的故事。故事中,家住宾夕法尼亚州小城奥林格郊区的中学的教员乔治·卡德威尔与他十三岁的儿子彼得开着一辆老别克车去往奥林格中学上班,因为下了大雪,他们被困在奥林格的路上,老别克车也出了问题,经历了倒霉的三天,好不容易回到了家,却发现“地球从不会因为缺少某个人而停止转动”、家人的生活没有了焦虑的乔治·卡德威尔的存在也许会更加安逸。《马人》就是在这样一个短暂的叙事时距内演绎了神话理想世界与人类庸常生活之间的和解。作为马人的人间形象,小说主人公乔治·卡德威尔以微薄的薪水在奥林格中学教了十五年的自然科学课程,由于生活的重负与碌碌无为,他感觉身心疲惫、悲观焦虑。他甚至怀疑自己的胃部患有癌症,怀疑校长对他旁听讲课的报告评价不佳;更糟的是,他偶然撞见一位女同事头发零乱、衣衫不整地从校长办公室出来,觉得自己面临被解雇的危险。儿子彼得性格内向腼腆,虽然怀揣画家的梦想,向往纽约大城市的生活与自由,但因为患有顽固的皮肤病倍感烦恼,他与父亲之间的关系似乎是误解、疏离、压抑却又千丝万缕的感恩交织,他觉得父亲说话罗嗦,行为迂腐可笑,但又为他的健康担心。多年后,已经成为二流艺术家的彼得在追忆似水流年时,才真正明白了父亲如山的责任与爱。是这样一对父子上演了一部普罗米修斯——喀戎式的英雄与救赎的故事。

《马人》的题目源于神话“马人”的故事。马人是希腊神话故事中一种半人半马的怪物。他们潜居深山,性格暴戾,嗜酒好色,常与人格斗。另一些马人则是神和人的挚友,它们中最著名的就是马人喀戎,是克罗诺斯和菲吕拉的儿子,他善良,公正,发明医药和外科手术,照料伤病者,他还教导过许多英雄诸如赫剌克勒斯、伊阿宋、阿喀琉斯、珀流斯、忒修斯、狄俄墨得斯、阿斯克勒庇俄斯、涅斯托平、墨勒阿革洛斯和奥德修斯等。因为一次在底萨莱的拉庇泰人婚宴中，一个喝醉了的马人想把新娘偷走从而发生了一场暴烈的格斗，在混乱之中无辜的喀戎中了毒箭，那箭伤是永远不能痊愈的。这位永生不死的马人喀戎因永远受着痛苦的折磨而只求一死。

小说中彼得·卡德威尔是普罗米修斯的化身，受到"马人"喀戎牺牲自我性命的恩泽而重获自由。根据古希腊悲剧诗人埃斯库罗斯的代表作《普罗米修斯》三部曲(《被缚的普罗米修斯》、《解放了的普罗米修斯》、《偷火的普罗米修斯》)，普罗米修斯(Prometheus)是泰坦十二神伊阿佩托斯与名望女神克吕墨涅的儿子，也是古希腊最具智慧的神明之一。他天资聪颖且睿智过人，他心地善良且执着勇敢。他知道天神的种子蕴藏于泥土之中，就捧起泥土，用河水把它沾湿调和起来，他心神合一使其臻于至善；并按照世界的主宰，即天神的模样，捏成人形。除此之外，他又从动物的灵魂中摄取了善与恶两种性格，将它们封入所造之人的胸膛。智慧女神雅典娜也对提坦神之子的创造物惊叹不已，于是便画龙点睛地朝具有一半灵魂的泥人吹起了妙不可言的神气，从而使人类获得了脱胎换骨的灵性。如此，便有了群居合一，繁衍生息的人类。然而任何的东西都无法一蹴而就，人类起初在很长一段时间都不知道该怎样使用他们的四肢以及神赐的灵魂。他们视而不见，听而不闻，如同行尸走肉般地游走在大地之上。他们不知道采石，烧砖，砍木建屋。看见自己创造的人类如此不堪，活得毫无价值和意义，普罗米修斯痛心疾首之余开始想方设法的使人类可以正常生活。于是，他便教会人类观察日月星辰的东升西落，发明了数字和文字供他们交流使用，并让他们懂得计算和用文字交换思想；他还教他们如何驾驭牲口来分担劳动，使他们懂得给马套上缰绳用来拉车或作为坐骑。他发明了船和帆，让他们有能力在波涛汹涌变化莫则的大海之上航行。另外，普罗米修斯还教会他们调制药剂来防治各种疾病。他教会他们占卜，析梦，解释鸟的飞翔和祭祀显示的各种神秘征兆。他引导他们勘探地下矿产，让他们发现矿石并开采铁和金银。他教会他们农耕技艺，提高他们的生产力从而使他们生活得更加舒适。而最后万事俱备的人类就只缺一样东西——火。这便有了普罗米修斯盗取天火，被缚高加索山的故事。

故事要从宙斯推翻了父亲克洛诺斯与古老的神祇族，即普罗米修斯出身的神祇族，并成为天上新的主宰说起。宙斯掌权之后，他的手下开始注意到刚刚形成的人类，而且要求人类敬重他们，并以此相要挟来作为保护人类的条件。有一天,在希腊的墨科涅,神祇们进行了一次集会商谈,其目的在于确定人类的权利和义务。普罗米修斯作为人类的维护者出席了会议。在会上,他想方设法使诸神莫以保护人类为由而提出苛刻的献祭条件。这位提坦神的儿子、人类的维护者绝不会坐以待毙,他毅然决然地选择用他的智慧来蒙骗众神祇。所以他代表他的创造物宰了一头大公牛,请神祇选择他们喜欢的部分。然后他把献祭的公牛切成碎块,分为两堆。一堆放上肉、内脏和脂肪,用牛皮遮盖起来,上面放着牛肚子;另一堆放的全是牛骨头,巧妙地用牛板油严丝合缝的包裹起来,当然这一堆要比另一堆大上一些。全知全能的神祇之父宙斯看穿了他玩弄的伎俩,便说:"伊阿佩托斯的儿子,尊贵的王,我的好朋友,你把祭品分得多不公平啊!"这时,普罗米修斯却越发相信他真的骗过了宙斯,于是窃笑着说:"尊贵的宙斯,永恒的众神之祖,你就按自己的心愿来挑选一堆吧!"宙斯心里早已恼羞成怒,却又面无表情地故意伸出双手去拿雪白的板油。当他一点点剥掉板油,看清这全是剔光的骨头时,装作直到现在才发觉上当似的,怒不可遏地说:"正如我所见,伊阿佩托斯的儿子,你还没有忘掉这欺骗的伎俩!"

宙斯受了欺骗,怒从中来,决定报复普罗米修斯。所以他拒绝向人类提供生活必需的最后一样东西:火。可他还是低估了普罗米修斯的决心和意志。他用他的智慧机敏,几乎毫不费力就想出了巧妙的解决办法。他拿来一根又粗又长的茴香秆,扛着它大步流星地走近飞驰来的太阳车,并以迅雷不及掩耳之势将茴香秆伸到它的火焰里点燃,然后带着闪烁的火种全身而退回到地上。很快第一堆木柴燃烧起来,随后火势越烧越旺,烈焰冲天,火光夺人。宙斯见人间升起了火焰,大发雷霆。眼看已无法把火种从人类手中夺走,很快便又心生一计,想制造新的灾难来惩罚人类,以便抵消火带给人类的福祉。他命令以工艺精湛著称的火神赫淮斯托斯造了一尊不可方物的美女石像,使众神赋予她种种诱人、无与伦比的魅力,最后宙斯给这美丽的形象注入了恶毒的祸水,并为她取名为潘多拉,意为"具有一切天赋的女人"。他把这个年轻的女人送到人间,然后把她馈赠给普罗米修斯的弟弟埃庇米修斯。心地善良,毫无猜疑的埃庇米修斯忘记了哥哥的忠告,兴高采烈地接纳了这个年轻而貌美如花的女人。可现在,这个笑语盈盈的姑娘用双手捧上礼物,从外面看去,那是一只紧闭的上面满布神奇纹络的大盒子。她徐徐走到埃庇米修斯的面前,令人赏心悦目的脸上露出一抹狰狞的狠色和诡计得逞的窃喜。她突然打开盒盖，只见里面的灾害像股黑烟似地铺天盖地席卷而出，紧接着迅速地扩散到地上。盒子底上还深藏着难以察觉的唯一美好的东西：希望。但潘多拉依照万神之父的告诫，在它还没有飞出来之前，就赶紧关上了盖子。因此，"希望"就永远被关在盒内了。从此，各种各样的灾难充满了大地、天空和海洋。疾病日日夜夜在人类中蔓延，肆虐，而又悄无声息，因为宙斯不让它们发出声响。各种热病在大地上猖獗，死神步履如飞地在人间狂奔。接着，宙斯又向普罗米修斯本人进行报复了。他把这名仇敌交到赫淮斯托斯和两名仆人的手里，这两名仆人外号叫做克拉托斯和皮亚，即强力和暴力。他们把普罗米修斯拖到斯库提亚的荒山野岭。在这里，他被牢固的粗大铁链锁在高加索山的悬崖峭壁上，下临可怕的深渊。普罗米修斯被直挺挺地吊着，无法入睡，也无法弯曲一下疲惫的双膝。宙斯每天还会派一只恶鹰去啄食他的肝脏。肝脏被吃掉多少，很快又恢复原状。虽说性命无忧，但这种无休止的折磨让他痛不欲生，可他又不得不忍受，直到将来有一位永生不死之躯自愿为他献身为止。在希腊神话中，作为永生者，喀戎注定永远遭受箭伤的折磨；而被缚在高加索山的普罗米修斯则必须忍受恶鹰每天啄食肝脏的折磨，直到彼此救赎者的出现。喀戎的朋友赫拉克勒斯作为中间人，向天神宙斯请求以喀戎之死换取普罗米修斯的解放，宙斯接受了。喀戎因而获得了死亡的解脱，被缚的普罗米修斯也重获自由。喀戎献身的事迹感动了天父，从而把他置于射手座众星之中。这便是希腊神话中关于喀戎和普罗米修斯的传说。

在这两个互文故事中，不论是马人喀戎，还是乔治·卡德威尔，都无法自主地选择解脱，而只能无奈地接受注定的安排。在《马人》中，喀戎与普罗米修斯的关系和乔治与彼得的父子关系相对应，正如喀戎神话中不能缺少普罗米修斯，卡德威尔的自我牺牲也有赖于受惠者彼得的存在……卡德威尔变成了他在世俗生活中不可能成为的英雄，而彼得正如被缚的普罗米修斯，在接受了对方的牺牲之后，重返历史，重新解读当年被误解的父亲。基于这个文学语境，厄普代克以其独特的视角与极其完美的叙事艺术实现了两个文本的连贯，完成了神话与现实的和解。

第一节 神话叙事与文本建构

神话是远古时代的劳动人民,对其所接触的自然现象、社会现象,幻想出来的具有艺术描述性的集体口头创作。所以马克思将其定义为在人民幻想中经过不自觉的艺术方式,所加工过的自然界和社会形态。神话研究是国际性且跨学科的。世界各地的学者们从人类学,古典学,比较宗教,民俗学,伦理学和神学不同角度研究神话。神话叙述虽然荒诞无稽却为历代人民所信仰。威廉·巴斯科姆在《西方神话学读本》中指出"神话是散体叙事,在讲述它的社会中,它被认为是发生于久远过去的真实可信的事情。它们被忠实地接受,被告知是可信的,它们还被作为权威加以引述以解答无知、疑惑或不信任。神话是信条的化身,它们通常是神圣的。神话总是与神学和宗教仪式相结合。其间的主要角色一般不是人类,却又具有人的本性。对于现代社会,神话仍然普遍具有"神圣的叙事"的特点。"①

神话不仅是一种原型叙事更是人类借助想象的思维。保罗·利科的艺术探索都与神话和想象有关,从《恶的象征》开始,中间历经《活的隐喻》、《时间与叙事》、《从文本到行动》、《乌托邦与意识形态》、《思索圣经》到《记忆、历史与遗忘》,都贯穿着利科对一个问题的探索:想象。利科给想象以语言的角度,把想象与语言联系在一起,探索着语言中象征、神话、隐喻、叙述等想象的创造作用。在创作过程中,神话的题材、内容、人物形象的塑造以及神话的思维方式都为作家提供了借鉴,丰富了文学内容,强化了作品的艺术魅力。神话的"原型"可以是一种独立存在的文学样式,反复出现的原型意象显示出了人们早期的心理活动、神话、图腾崇拜等等。文学要插上想象的翅膀,才能在艺术上腾飞,而神话本身就是极富想象力的,原始先民要认识自然,征服自然,神话想象就成为了一种能动的想象。同样,卡西尔在《语言与神话》中指出:"在神话中,想象的力量无处不在,在神话的最初发展阶段中,这种力量似乎还占有绝对的优势。"②可以说,神话的主要表现形式就

① (美)阿兰·邓迪斯,朝戈金等译.西方神话学读本[M].广西师范大学出版社,2006.P20.

② 恩斯特·卡西尔,于晓等译. 语言与神话[M]. 三联出版社,2017.

是想象和幻想,这种想象方式也影响着文学。在神话潜移默化的影响下,后代的人们在文学作品中纳入神话因子,不仅让人体会到远古神秘的魅力,也使神话在新的时代背景下呈现出全新的意味。

早期的神话记录基本上都有连贯的故事情节,具体可感的艺术形象以及色彩生动的语言,在文学范畴类的文学文本中,都能看到神话的叙事特征。文学最基础的要素就是叙事,有着原始简单叙事特征的神话就是文学创作的萌芽。神话是一种较为古老的文学样式,马林诺夫斯基在《巫术科学宗教与神话》中指出:"神话在一切之上仍是一个文化力量,但他不是指文化力量而已。它显然也是一个记述,而且记述便有文学的一方面……文学最基础的要素是叙事,原始简单的叙事是文学创作的萌芽。神话是人类社会最初的叙事文学……时代使神话只能是只言片语的短篇,但时代也造就了神话无法取代的审美形式和文化内涵。①"

20世纪以来的文学中存在的"神话叙事"现象可以归为两类:一是以制造新神话为目的,对于原始神话故事的再叙述;二是把神话因素作为文学创作思维的新方式。"神话叙事"不仅仅单指先民讲述的幻想故事,而成为一个纵贯整个文学史的基本术语,用来概括文学发展中重复出现的一种叙述结构原则和创作模式,即神话的原型模式。神话不仅是文学典故,更重要的是力求发现神话在文学中的叙事形式和表现方法,创造现代文学中的新神话。20世纪西方文学艺术复归、原始神话复兴除哲学中人本主义思潮回归诸原因之外,更有文学自身演变和艺术思维与形式探索发展之内部原因。人类学思想及其对原始文化的研究成果如弗雷泽之巨著《金枝》的发表,精神分析学派之对人潜意识的发掘,与叔本华、尼采、柏格森等人本哲学家对人感性复活之吁求,一并构成神话复兴的外在契机。而现代小说家如普鲁斯特、乔伊斯以及卡夫卡等对现代小说心理功能和变形艺术的探索,揭开了现代派文学中的神话方法(mythical method)的序幕,并引发现代主义"再神话化"文艺运动。神话成为理解生活一种必要方式,发挥某种哲学和宗教作用。这一潮流一直延续到后来拉丁美洲魔幻现实主义文学潮流的崛起和爆炸,乃至当前的"重述神话"这一全球化浪潮。神话从一种变体到另一种变体,其实就是利用原有的神话资源构建新的神话世界。而这种利用的依据

① 马林诺夫斯基,李安宅编译.巫术科学宗教神话[M].上海文艺出版社,1987.

恰恰是神话思维。西方文人和艺术家们一直在努力继续着神话叙事。远古神话的变形法则演绎成卡夫卡的《变形记》、艾略特的《荒原》、乔伊斯的《尤利西斯》以至《哈里波特》、《指环王》等。从这个角度讲,厄普代克的《马人》也可被看做神话,因为它沿袭了古代马人与普罗米修斯的神话原型构建现代人的神话世界。

在小说《马人》一开始,约翰·厄普代克使用了蒙太奇画技结合复调的方法建构了乔治·卡德威尔和马人喀戎的合二为一的身份关系,即卡德威尔就是下凡人间的人马神喀戎,而喀戎则是人类所具有的神性,象征了人所有的理想、智慧和崇高的精神。故事戏剧化的开始讲到:卡德威尔一转身,他的踝部中了一箭。学生们哄堂大笑。疼痛的感觉,从他股部的狭长经络往上串,在他的膝部复杂组织中转悠,往外扩展,再窜到他的肠子,疼的更凶了。他疼得眼睛往上一翻,目光射到黑板上他留用粉笔写过的数字上,5,000,000,000(宇宙的大致年龄)①。这种戏剧性文学效果以及叙事建构策略使得喀戎被误伤的神话场景再现,同时也让人觉得神与普通人之间并无绝对不可逾越的界限,甚至那些看似卑微的人也可以拥有神性。通过这样一种风格奇特、表面看半是客观叙述、半是回忆的小说建构方式,呈现一个人对父子关系的历史与价值进行重新认知与塑造的过程。作为乔治·卡德威尔的儿子,彼得要做的并不是回忆,而是重返过去,重新体验那些特殊的时刻,并在这个体验过程中理解父亲在绝望中的自我牺牲,彻底消除以往那些带有否定意味的误解,从而实现与父亲的精神和解,让父亲获得真正的安息,也让自己得到前所未有的解脱。也只有如此,父亲乔治的死才会具有马人式的神圣意义。正如作者引用了卡尔·巴特的"天国是人所不能理解的世界,尘世是人能够理解的世界。人本身是介乎天国和尘世之间生物。"人只有真正理解了尘世中的人与事,那不可理解的天国才有可能得以存在,并最终收留人的原本无所归依的灵魂。因此,小说中彼得·卡德威尔明白,尘世中的那些在现实生活中饱尝失败的微不足道的人,同样可以通过自我牺牲获得具有神圣意义的永恒。

另外,在第一段作者用大量的笔墨刻画"疼痛",这种神话的想象也隐喻了主人公卡德维尔痛苦纠结的人生。如果在这个开场就联系到喀戎显得牵

---

① 约翰·厄普代克.舒逊译.马人[M].北京:外国文学出版社,1991.(P1).

强附会,那么作者进一步的描述可谓是独具匠心,在读者的眼前展示的是两组并行的故事。当受伤后的卡德维尔带着伤口冲出教室,穿过大厅,听到孩子们嘹亮的歌唱,让他回想起自己现在奇怪的样子:

> 从那以后他长成多么奇怪的样子啊!他的上半身像是漂浮在理想的星空和年轻人的歌声里;下半身却沉重地陷入一片沼泽里迟早要淹死。每一次箭羽擦着地板,箭杆就刺他的伤口。他尽量不使他的腿碰上地板,但是剩下来的三个蹄子的杂乱的当啷声很大,他怕会有一扇门被推开,闪出另外一个教员来挡住他的去路。在这危机之中,他的同事像是一些恐怖的牧人,有把他挤回学生课堂的危险。(P4)

此时的卡德维尔完全就是马人的样子,他的上半身隐喻的是生活的理想,而这种理想却浮在星空,美丽但不可企及;他的下半身是三只蹄子的马身,陷入一片沼泽里迟早要淹死。生活的困苦与惶恐让他陷入了万劫不复的精神深渊,几乎压抑的死去。善良、敏感而又能吃苦的乔治·卡德威尔拼力挣扎了一辈子,却始终都无法扭转生活贫困的窘境。他那位早逝的牧师老爸除了一部《圣经》和一屁股债之外,什么都没有留下。他自己呢,则是大多数时间都在为了养家糊口而不得不颠沛流离。他在"一战"时当过兵,未及参战战争就结束了,却险些因一次流感而丧命;他当过百科全书推销员、旅游大轿车司机、体育指导员、消防队员、旅馆服务员、洗碗工,读大学期间在半工半读的情况下仍取得了优异成绩,作为橄榄球后卫鼻骨断了17次,其他骨折4次……他经历了30年代横扫美国的经济危机,他离开了贫困的家庭,随即组建了自己的贫困家庭。最后的15年,他一直是中学教师,带着老婆、儿子寄居在岳父家里。如果说还有什么是比贫困还要糟糕的话,那显然就是令人窒息的失败感了。贫困让他无休止地纠结于深深的疲惫和痛苦,但沉重的失败感却促使他不断走向最后的崩溃,年仅50岁。

希腊神话在《马人》中建构的体系是多维度的。如果说喀戎-普罗米修斯的神话故事作为神话原型叙事建构了卡德维尔与彼得的父子关系,点明了小说的第一层主题:爱推动世界的发展。那么奥林匹斯其它众神的神话同样对于厄普代克的人生价值与道德探讨起到建构作用。小说中关于厄普代克一直都较为关心的主题"性"与"两性"关系的哲学探讨就由另外一组神话原型故事建构。受伤的卡德维尔走出校园,来到了老亨迈(Hummel)的汽车修理厂请其拔取插在他腿上的箭，事后他返回校园，经过男生更衣室时候，回想起他与维拉·亨迈(Vera Hummel)之间曾经发生的事情，并由此回想起在两人之间展开的一场论辩。论辩的内容涉及到各自的出生，众神的情感纠纷以及与之有关的奥林匹斯山的众神之间的故事，和对于他们的道德行为的评判。这段内容的叙述在文中似有画蛇添足之嫌，且他们的争论内容非常的晦涩难懂。但是细细咀嚼似乎是作者在与读者通过两个神之间的对话展开道德与人性的论辩，即将两个问题推上了桌面，供读者思考、争辩回味：两性与人性的话题。

> 在他要上楼回自己的房间的当儿，他撞上了维拉·亨迈。这扇绿门也开了一道缝隙，维拉站在蒸汽里，一条蓝色的毛巾优美地拿在手里，没有遮盖着身体。
>
> “我的宗兄喀戎为什么站在那里目瞪口呆，像一个萨蒂尔呢？神祇对他来说是并不陌生的。”
>
> “我尊贵的女神维纳斯”他把他那文雅的脑袋低了下来。“此刻你的美丽让我陶醉得忘了你我做为同宗的情分了。”(P19))
>
> 她笑着把她那琥珀色的秀发从用头一侧甩到前边，慵懒地用毛巾擦着。“也许你的自尊使你不愿承认这种同宗情分。因为克罗诺斯父王在精力旺盛时化身为一匹马在菲吕拉身上留下你这个情种，而在生我的时候，他把乌拉诺斯的割下来的生殖器像垃圾一样扔进了大海。”
>
> “可我的母亲自己也是俄刻阿诺斯的女儿”他说。(P20)

以上这段对话中实际蕴含着阿芙洛狄特——赫淮斯托斯的神话原型叙事。在希腊神话中，“爱神”维纳斯(Venus)的名字又叫阿芙洛狄特(Aphrodite)，她是匠神赫淮斯托斯的妻子，智慧貌美却又水性杨花，生性多情，与许多的希腊男神都有暧昧关系，也是爱情、性欲及美的女神。在《马人》的第一章节中，维拉·亨迈夫妇被隐喻成神话中的阿芙洛狄特与跛足工匠之神赫淮斯托斯。以上这段对话便来自维拉·阿芙洛狄特与卡德维尔·喀戎之间的论辩。这当中自然就有了关于两位神仙的出身典故了。但是厄普代克在此处引入神话的典故并不是单纯的普及传统文化知识，虽然这些典故确实增加了该小说的文化趣味，在接下来两个神祇之间的对话，都是关于宙斯，赫拉，乌拉诺斯，赫淮斯托斯以及赫克托尔，艾瑞斯以及波塞冬等奥林匹斯众神的内容,在他们之间的对话中,这些神祇具有了世俗人类一切的品行——浅薄、自私、贪欲,狭隘,好妒等等,比如希腊神话中众神之父乌拉诺斯和宙斯都是好色性欲旺盛的化身,而且在希腊神话中也表现了乱伦的人类原始两性关系。而阿芙洛狄特更是被看做爱欲的化身。那么作者在此处如此大手笔的进行神祇们的种种描写,用意何在?厄普代克是在创造一部多维度,深度多元视角的叙事艺术。在此,首先需要从希腊神话的两个重要的神祇的故事开始。

希腊神话中的阿佛洛狄忒便是罗马主神维纳斯,是希腊奥林匹斯十二主神之一,代表九大行星中的金星。在希腊神话中,阿佛洛狄忒有丰收女神之意,她的祭品是麻雀、鸽子和兔子,以及海豚。作为丰收的女神的阿佛洛狄忒在奥林波斯教形成后,便成为塞浦路斯、库忒拉岛、小亚细亚以及希腊岛所敬奉的主神之一。而最先将阿佛洛狄忒奉为神明,进行膜拜的是塞浦路斯人民。地处东地中海的塞浦路斯,历来是一个气候温润多雨,土地肥沃,农业发达的地区。每逢收获季节,人们都会以各种形式的庆祝活动祭奠并顶礼膜拜他们的农业主管女神阿佛洛狄忒。除此之外,阿佛洛狄忒还掌管着人世间婚丧嫁娶,传宗接代以及男婚女嫁之类的事务。因而自古希腊以来,人们便把她尊为爱情与性爱的女神。然而,美丽的阿佛洛狄忒身上也有和人类一样的一些缺点,除了多情,水性杨花的缺点,她的好妒,爱挑是非,工于心计也是这位女神的神性之上的缺点。是她与智慧女神雅典娜,众神之母赫拉一手制造了“不和的金苹果”的故事,挑起特洛伊战争,是她诱惑厄尼多斯,却导致了厄尼多斯命送艾瑞斯的故事。为了报复太阳神阿波罗,而设计陷害月桂女神达芙涅,从而导致二者的爱情悲剧。

阿芙洛狄忒在希腊神话中的意思是“出水芙蓉,来自大海浪花”的意思。在赫西奥德的《神谱》中这样的记载:为了惩罚乌拉诺斯,他的儿子克洛诺斯割下了他的生殖器,并把它远远地扔进了大海之中,突然大海之中泛起美丽的浪花,阿佛洛狄忒从浪花中诞生出来,这也是为什么在希腊神话中爱神的全称为“阿佛洛狄忒-乌拉诺亚”的原因。而根据《荷马史诗》中的记载,是时序女神荷莱伊在塞浦路斯迎接浪花中诞生的阿芙洛狄忒,并为其穿上衣服,然后赫耳墨斯和愿望女神希马洛斯陪同着阿佛洛狄忒登上了奥林匹斯山。有着古希腊最完美的身段和样貌的她,一直被认为是女性体格美的最高象征。据希腊神话记载,阿佛洛狄忒肤如白瓷,眉间点红,金发碧眼,长发垂肩，身材完美，是现代黄金比例的模板，因为她的的美貌，众神都拜倒在她的石榴裙下。就连天父宙斯也垂涎她的美貌。在遭到阿佛洛狄忒的拒绝后，宙斯把她嫁给既丑陋又跛足的匠神赫淮斯托斯（Hephaestus），而赫淮斯托斯小时候因为丑陋而被宙斯的妻子商业女神赫拉踢下奥林匹斯山。美丽的阿佛洛狄忒怎么能够满足于拥有这样一位丑陋卑下的丈夫！于是她与赫耳墨斯生子，与英雄安喀塞斯生下埃涅阿斯，与战神阿瑞斯偷情生下五个子女，其中一个就是小爱神厄洛斯，即罗马的爱神丘比特。

阿芙洛狄忒的丈夫赫淮斯托斯，即罗马主神“伏尔坎”，是希腊神话中的火神以及匠神，他的锻造技艺精湛、也有雕塑之神与工艺之神之称，是奥林匹斯十二主神之一。赫淮斯托斯是神后赫拉自己生的孩子，但是赫淮斯托斯长相丑恶无比，身体羸弱，外加残疾，一出生就被赫拉扔下了奥林匹斯山，几天几夜后他落到了大洋里，被海洋女神忒堤斯收养。长大后，他学会了各种手艺，然后打造了一把极其美丽的椅子——赫淮斯托斯之王座。他把它悄悄放在他不承认母子关系的母亲赫拉必经的地方。虚荣的赫拉一看见这把有魅力的椅子，就喜欢上了它。然而当她坐了上后，她浑身的关节就被椅子的机关锁住，动弹不得，法力也消失了。众神请求赫淮斯托斯回到奥林匹斯山，释放赫拉，但是赫淮斯托斯反复拒绝了。后来，在酒神狄俄尼索斯的帮助下，酩酊大醉的赫淮斯托斯被一头骡子驼上上了奥林匹斯山。面对赫拉的威逼利诱，赫淮斯托斯最终答应她的请求，同意放了她，但是他提出了三个要求：第一是赫拉要当着众神的面向赫淮斯托斯道歉，承认自己当时的不忍之举；第二，要求宙斯与赫拉承认他作为奥林匹斯山主神的身份；第三，要求把奥林匹斯山最美的女神阿佛洛狄忒嫁给他做妻子。情急之中的赫拉为了解救自己便爽快地答应了赫淮斯托斯要求，而心怀被拒之恨的宙斯一是为了报复阿佛洛狄忒，二是为了避免众神之间因阿佛洛狄忒导致不合，便做了顺水人情，将阿佛洛狄忒许与他为妻子。与阿佛洛狄忒结婚之后，赫淮斯托斯不仅释放了赫拉而且为众神建造了一个金碧辉煌的宫殿。不仅如此，才华横溢的赫淮斯托斯还给宙斯制做了王杖和神盾；为酒神狄俄尼索斯制了酒神杖；为海洋女神忒堤斯的儿子阿喀琉斯做了甲胄；为太阳神阿波罗造了太阳车；并用黏土捏出了潘多拉，打造了被缚的普罗米修斯的锁链。赫淮斯托斯虽为赫拉的儿子，但却因为样貌丑陋，被贬为庶民，因此在希腊神话中代表的是手工业者。他没有奥林匹斯其他神祇的高贵与显赫，但是他生性热情善良,刚烈正义。

阿佛洛狄忒与赫淮斯托斯的神话典故在这一维度所建构的是一个关于道德和两性主题。作者将人类原始图腾崇拜的想象爱神阿佛洛狄忒和赫淮斯托斯引入小说,目的就是要展开道德与两性的论辩。首先,根据以上的神话原型我们可以看出作者将"爱与美","自私与狭隘","水性杨花"等品行通过维拉·阿芙洛狄特的角色塑造定义给了女性,甚至在文中直接叫嚣女性。当卡德维尔·喀戎在谈及自己的母亲菲吕拉的时候这样说:

> 于是,他把他的脸贴在树皮上,叫她的名字。可是,尽管他作了一切和解的努力,每当他想起他出生的那段传说时,一种孩提时代的反感便在他成熟的再造的胸中痛苦地泛起被澜;那初生时无辜忍受的焦渴使他如鲠在喉,在那不足百码长的小岛上,他,在洞穴中自然孕育成人的一族之始祖,赤裸裸地躺在地上,这似乎是一切女人的形象:浅薄、狭隘和自私。她们太容易被诱惑,太容易被抛弃,她们的意志在她们的神经网络中自我放纵地哭泣,为了几根马毛她们就让她们落生下来的晶果腐烂在海岸上。所以从折光镜的这面看,他觉得这个传说中的形象,他面前的那遭人嘲笑的神女的小脸,是很可怜的。而从折光镜的那面看,又是很可恶的。这两种想法都把维纳斯都降格了。(P22)

这也许就是女权主义者愤怒谴责约翰·厄普代克"厌女症"的理由,因为在约翰·厄普代克《东镇女巫》之前的女性形象似乎没有过美好与正义。女性在他的小说中完全是被物化的,是男性的工具,也是作者本人用以发泄自己对女性不满的工具。同时,女性也是作者用以探讨"性"主题的工具。至少在这部小说中的几位女性无一幸免于他的诋毁。矛盾的是,厄普代克所奉行的"三大秘密"之一的"性"主题又被作者扣上宗教的神秘色彩,并大肆的宣扬男女是彼此的"教堂"。"性"被看做现代人救赎的最佳选择,成为可以逃避精神荒原的教堂。当然维拉·亨迈夫妇式的西方中产阶级夫妻关系所映射的不至于此。两性之间的斗争也从未停止,所以维拉·阿芙洛狄特对喀戎说:"你了解男人。他们为什么辱骂我?为什么拿我的名字开玩笑?为什么在厕所的墙上乱刻我的像?还有谁像我为他们这么好地服务?还有哪个神仙用同样的手给他们这样的力量、这样的安宁?为什么责备我?"(P27)

爱情在他们的关系中成为不带思考的冲动,稍纵即逝。这便是几千年来理性与感性斗争从未停息的象征,因为"爱情有他自己的伦理,一深思就无可挽回地违反了它。"(P29)

由神话原型建构的《马人》主题是多维度的,除了以上提到的喀戎——普罗米修斯的神话维度下乔治与彼得父子之间爱与牺牲的主题;阿芙洛狄忒——赫淮斯托斯的神话维度下亨迈与维拉式美国中产阶级夫妇的两性与道德主题,神话在小说《马人》中的另外一个维度是由第三章田园牧歌叙事诗歌所建构的。回到了奥林匹斯山,喀戎在这里教授自己一群仙界的弟子赫剌克勒斯、伊阿宋、阿喀琉斯、珀流斯、忒修斯、狄俄墨得斯、阿斯克勒庇俄斯、涅斯托平、墨勒阿革洛斯和奥德修斯等,他们歌颂赞美。本章开门见山的就描述了喀戎匆忙奔向自己的学生,一路是奥林匹斯山的美景:

> 喀戎感到有些晚了,匆匆奔驰在柽柳、紫杉、月桂和冬青橡树的夹道上,那样洋溢着奥林匹斯蔚篮色的雪松、铅杉伞益影影绰绰,下面长着生机勃勃的熊果、鲜梨、山茱萸、黄杨和雄痍果树丛,森林中到处都是花香,树液和新技的香味。在他匆忙奔驰的林隙小径上,到处都有缤纷的花技投过的色彩。(P86)
>
> 他来到那林中的一块空地,他的学生已经到齐:伊阿宋,阿喀琉斯,阿斯克勒庇俄斯、他的女儿俄库罗厄和奥林匹斯山由他照看的其他十多个神仙子弟。那就是他们的声音……像是赞美纯朴生活之神所吹奏的同一芦笛上那苍白而细长的芦苇:"天上的神抵,主宰着风云变化,光明中的光亮,宙斯,听我们歌唱!把光荣注入我们的身心,冠之以雨暴云砧,以缓变的层次塑造我们,雨水的源泉!光芒投射到它的光环之外,阿波罗之上的太阳,哈德斯之下的黄泉,海外之海,赐我们以均匀对称、太空的弧度、桂竹香的弯形!宙斯,让我们兴旺富足。光明中的光亮,我们芸芸众生的上天,我们的希望之乡,我们的恐惧之战,降给我们一个信号,一个吉兆,显示你的神威:答复我们的咏唱。"(P89)

这种与故事情节毫无关系的唯美描写意在赞美奥林匹斯神界的关辉,歌颂信仰的神圣。在这一段作者完全以田园牧歌的优美画面建构了一个新的维度:理想与现实;精神与虚无的寄望。即上半身是漂浮在理想的星空和年轻人的歌声里;下半身却沉重地陷入一片沼泽里迟早要淹死。(P4)理想如同奥林匹斯神界的关辉，神圣且高尚，散发神性的完美无瑕；而现实生活中的乔治·卡德维尔是马人的下半身，为生活的苦难与人生的郁郁不得志而煎熬。第三章还在通过喀戎的讲课传达着爱的主题。在奥林匹斯山上，喀戎说："今天我们的主题是万物的起源，意思是爱推动了宇宙的运动。一切事物都是她的子嗣——日、月、星、地球和它上面的山、河、树木、药草和有生之物。"（P4）因此第三章的神话不仅建构了"理想与现实"主题维度，而且点明小说爱与万物起源的主题。

因此，神话作为人类原始的想象与思维，显示出了人类共有的心理活动、图腾崇拜等。神话叙事是人类智慧的宝库，神话以其独有的叙事结构，人物形象以及思想价值体系为现代文学的建构创造提供原型。神话为历代文学家提供了丰富的营养，成为作家们思考与创作的源泉。无论是神话人物与场景的再现，或是改写，或是颠覆，神话以其强大的文化叙事功能讲述人类历史的变迁，社会的进程，人性道德的辉煌或阴暗，无私或贪欲，从而让文学插上了想象的翅膀，让其在艺术的天空腾飞。正是神话建构了现代社会深层的文化与哲学主题，神话不仅成为文学的结构原型，更成为思想讨论的武器，文学艺术的翅膀。因为有了神话，才会有人类学巨著《金枝》的发表，才会有叔本华、尼采、柏格森等人本哲学家对人性的再思考。而现代小说家如普鲁斯特、乔伊斯以及卡夫卡无一不是以神话方法拉开序幕，并引发现代主义"再神话化"文艺运动。神话成为理解生活一种必要方式，发挥某种哲学和宗教作用。远古神话的变形法演绎成卡夫卡的《变形记》、艾略特的《荒原》、乔伊斯的《尤利西斯》以及《哈里波特》、《指环王》等。厄普代克的《马人》因为沿袭了马人喀戎与普罗米修斯的神话原型构建了一个人神共现的魔幻世界，小说以神话人物及故事作为预设，并结合蒙太奇手法，立体主义，复调交叉叙事以及幕间插曲建构了一个神话与现实连贯的小说世界。在这个小说世界中，平凡的人类因为爱的推动具有了神的光辉，而看似完美无懈的神祇们也会因为神性中存在的不完美的人性而显得无比亲近，充满了人本主义色彩。"马人"作为小说标题以及小说的故事文本，是构建小说认知的原型母题，正是马人喀戎与卡德维尔，维拉与阿芙洛狄忒，彼得与普罗米修斯，亨迈与赫淮斯托斯等之间的蕴含关系构成小说主题的再认知，作为认知隐喻的原域是文本建构的原型，与小说各层主题相吻合。

第二节 神话、隐喻与连贯:《马人》的艺术手法分析

本书在前一小节探讨了神话叙事及其文本建构的关系,指出神话最大的功能就是叙事功能,神话作为人类想象与思维的原型为文学的创作以及文本的建构提供了基础。神话是人类最为原始的心理过程,思想意识,审美与价值体系。神话中的人物与故事结构和主题因为具有蕴含与隐射作用,同样被看做是一种原始的隐喻。作为文学母体以及隐喻思维的方式,神话历来都是文学家们的最爱,远从但丁的《神曲》,莎士比亚的悲剧《特洛伊罗斯与科瑞西达》,弥尔顿的《失乐园》,到近代的文学作品《荒原》,奥尼尔的《哀悼》等,每一位作者都是在借用神话这个强大的文学母体展开伟大的创作。弗莱在《神力的语言》中也曾说,神话具有两种语境,一种是被称为"内在文学性",因为文学的结构与神话类似。一种为"社会意识形态"功能;当作家想要表达诸如生与死,心与性,自然与精神,死亡与永恒,科学与毁灭等深刻的哲学主题时,神话即可以充当小说的创作来源,也可以以神话思维统领小说的主题与风格,对于小说的布局谋篇,行文措辞以及语气基调,甚至是连贯衔接都具有极其重要的影响。

迄今,中外评论家对于约翰·厄普代克及其《马人》的研究主要体现在主题、文体风格以及纵横向对比研究几个层面,但是还没有发现有从语篇隐喻角度探究该小说语篇连贯机制的。因此,本节将从认知隐喻,概念隐喻及叙事策略探讨小说《马人》的连贯机制,并借助微观语言学分析方法与图表功能自下而上探讨小说《马人》的连贯性。首先,本节以神话作为映射的源域,找出两个文本间的蕴含关系,通过认知隐喻方法分析神话与现实之间的连贯统一性;其次,通过概念隐喻以及语篇蕴含预设关系分析了团藻隐喻以及痛隐喻的连贯性。最后,通过叙事手法以及小说的语言表现形式分析小说连贯的机制——整部小说在章节内的连贯主要通过叙事视角及话语转换完成,而小说总体章节之间的关系则是主题之下的V型结构的统一连贯。

1980年,语言学家莱考夫与哲学家约翰逊合著的《我们赖以生存的隐喻》开启了一场声势浩大的语言学革命,隐喻作为传统修辞学的局限被彻底

打破,并成为认知语言学的重要分支。莱考夫与约翰逊指出:隐喻不仅是从种到属,或从属到种的类比;隐喻是将一个概念域映射到另一个概念域的,从而使得两个概念域连贯的重要机制。隐喻不仅使我们的思想更加生动有趣,而且直接作用于我们的理解与思维。

于此,认知隐喻理论的提出将隐喻的研究范围从语法词汇层面拓展到了语义层,从修辞学扩及认知心理学,语篇分析以及小说解读层面。

在语篇层次上,隐喻不仅是动态的,而且是一个命题。它的工作机制与句法层面的机制形同,是把一个领域的结构映射到另一个领域,但在形式上是以语块的形式投射的。作为宏观命题,隐喻可以使语篇按照一定的隐喻框架展开,以整体篇章结构体现隐喻的系统性。因此,隐喻概念的系统性和概念之间的互动赋予了隐喻的语篇功能。在语境中,隐喻表达式连贯地组织起来,以不同的角度展现概念的特征,使得整个篇章组成一个隐喻网络家族;这种系统、连贯的语篇通过概念系统化和语义延伸从不同层次不同角度使人们对事物的理解得以加深和扩展。

Lakoff 与 Johnson 指出①:隐喻不仅使我们的思想更加生动有趣,而且直接作用于我们的理解与思维,隐喻无处不在。同时指出,隐喻是一个概念与另外一个概念的映射关系,它可以发生在词汇句法层面,也可以是语义块的投射。在此基础上,Fauconnier 和 Turner 提出了概念整合理论②,该理论认为隐喻活动是"动态"的。当源域和目标域(分别称之为"输入空间 1"(Input1)和"输入空间 2"(Input2)之间产生投射关系时,这种映射不是单向的,它们会产生出"类属空间"(Generic space)和"合成空间"(Blended space)。类属空间包含两个输入空间内容的映射以及共享结构和组织。合成空间包括从两个输入空间中的提炼与整合,并形成新的意义(如图 1)。

① Lakoff, G & Johnson, M. Metaphors We Live By [M]. Chicago: University of Chicago Press, 2003.

② Fauconnier, G & Turner, M . The Way We Think: Conceptual Blending and the Mind's Hidden complexities[M]. New York: Basic Books, 2008.

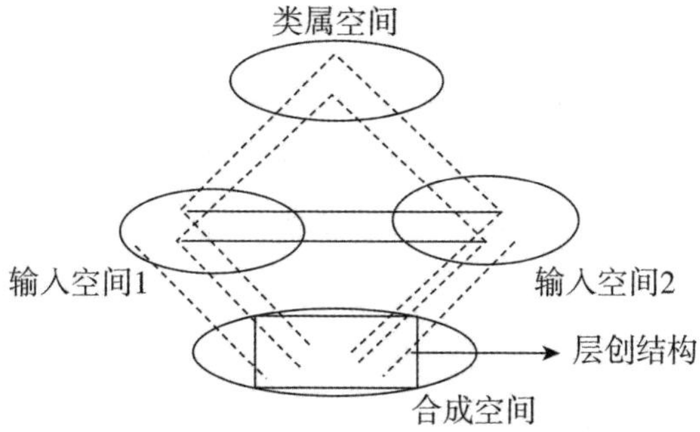

图1 概念整合网络(Fauconnier,1996:151)

依据概念整合理论,神话马人喀戎及其奥林匹斯是小说《马人》所建立的输入空间、类属空间和合成空间的主要手段。其中类属空间反映的是两个输入空间之间的相似性,而合成空间主要包含类属空间相似性以及两个输入空间部分映射以及产生的延伸义。

首先,在小说第一章,奥林格中学的教师卡德维尔,在混乱的课堂中不知被谁的"暗箭所伤",鲜血淋淋地离开了他的课堂,痛苦纠结。他拖着"沉重而健硕的四肢"走过奥林阁的操场,此时作者厄普代克利用立体绘画以及复调叙事的艺术手段复现了马人喀戎的受伤场景,以超现实主义的方法将马人的主题导入小说,在这里我们称之为"神话空间",而被以马人形象引入的主人公则为"现实空间"。根据希腊神话,马人喀戎善良公正、善于医术,而且非常的博学多才,他教导了阿克琉斯,奥德修斯,赫利克勒斯等,奥林匹斯众神的孩子。不幸的是在一次格斗中,喀戎被毒箭所伤,伤口久久不能治愈,痛不欲生,经宙斯的同意,他放弃了永生,以死亡解救了被缚的普罗米修斯,免除他的痛苦。同样,小说的主人公乔治·卡德威尔为人师表、乐于助人,但时运不佳,因此缺乏自信,背负着生活的重压,同喀戎一样活在痛苦中,但求一死,在最后选择了"死亡"结束了自己年轻的生命,完成了与儿子以及生活的和解。因此,马人的外在形象特征以及箭伤之于喀戎就如生活之于卡德威尔:马人是界于神界与人间的物种,它们有着永生不死之躯,但它们的痛苦却是没有身份感和没有死亡的选择。这正好在卡德威尔的现实空间被再现,卡德威尔被描述成喀戎的形象,同样被"箭伤",甚至卡德威尔在小说中多次被直接称作"喀戎",而且被描写成"拖着沉重而健硕的四肢",此时作者并不是荒诞无稽地娱乐读者,因此在两个输入空间合成的类属空间就产生出这样的信息:卡德威尔是喀戎。同时在它们的合成空间延伸出的意义是:卡德威尔的"理想与精神"是在奥林匹斯的精神国度,而现实却如同喀戎身体所受的箭伤,是不可调和,不可治愈的痛,如同马人的尴尬与痛苦,卡德威尔正是生活在生存危机,生死纠结,身份危机的困惑境地。所以他的命运只能深深地根植于人间:纷扰,凡俗,痛苦。("马人"认知概念合成图如下)

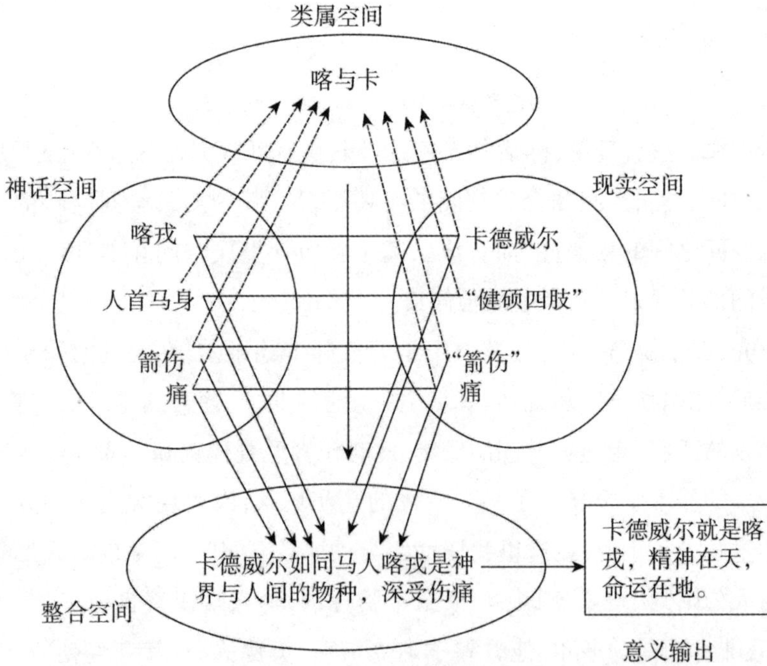

图 2 《马人》概念整合图

其次,在喀戎与卡德威尔这两个映射域之间形成的合成空间想要输出的另外一层意义便是小说的"双重性",即《马人》的标题以及小说本身就是"马人"之间的连贯性。就像厄普代克在 1964 年接受"国家图书奖"的讲话中说道:"这本书和它的主人公一样,也是马人。"厄普代克的话里掩抑不住他的得意之情,他几乎是在提醒我们注意两点:其一是怪异的马人形象中所蕴含的非凡主题,其二是主题与表现形式所达到的珠联璧合的效果。正如康拉德的《黑暗的心》想要表达人的内心哲学主题,小说《马人》是在借助神话向读者阐释人的精神与现实生活的矛盾:在一个矛盾,复杂,混乱的世界里,人们努力寻找个人价值,自我身份与生命的意义,但往往会因为现实的纠结而痛苦不堪,甚至是因为选择无法选择的选择。换言之,马人在神话里是双重的,纠结的。那么除了主人公的个人纠结与痛苦,以及主题要表达生与死,爱与牺牲,存在与卑微等不可调和性,作品被称之为“马人”的原因还是它的结构的双重性。如同一个伟大的魔术师,厄普代克将主题与形式完美结合。小说《马人》的结构是神话与现实并行的,在讲述卡德威尔与彼得三个冬日里故事的同时,厄普代克也将喀戎的神话穿插到小说:全书 9 章中只有在第二、四、八三章中,彼得以第一人称叙述发生在 1947 三个冬日里的故事;而马人喀戎在第一,三以及九章中则完全的被独立作为章节描述,这种神话——现实结构的并置使得卡德威尔的现实与精神形成强烈反差,因此突显了小说的“双重性”以及“矛盾性”,即人物以及主题的“双重性”,以及小说结构的“双重性”。此时,从结构“双重性”的合成空间可以延伸出卡德威尔—彼得的生活是灰暗,忧伤,卑微,且奥林格的每一位似乎都被这种矛盾的“双重性”煎熬着,犹如智慧的猛兽,因为身体与思想的矛盾痛不欲生。对于他们现实就是“沉重而健硕的四肢”,而精神与理想就是马人的上半躯,是永远无法企及的美丽星空。

最后,小说的合成意义还体现在他的叙事手段的“马人”性。从章节内分析,虽然厄普代克应用了丰富的叙事技巧以及话题如进化论、基督教义、神话典故、宇宙天文学等, 但是推进小说发展,衔接与连贯的主要是他所选择的叙事视角以及话语方式的双重转换,使得小说在“神话空间”与“现实空间”的映射关系下形成一个 V 形结构,将死亡,爱,生命以及信仰等复杂主题高度统一在“马人”主题之下。通过叙事技巧的转换,《马人》九章之间是隐喻下的一个 V 形结构。第五章位于“V 形”结构的底部,是故事开始的部分,因为大多数学者认为前几章主要描述了一个“下降”卡德威尔,然而从第五章开始,小说则展现的是一个“崛起”卡德威尔。也就是说,V 形结构下《马人》的连贯机制正是卡德威尔精神升华的一个过程。从这个意义上讲,作为“V 形”结构,它也预示了卡德威尔-彼得的胜利,以及奉献与死亡是爱,是为了更好的生命生机这样的主题。

《马人》的叙事艺术还体现在团藻概念隐喻与小说主题结构间的连贯性。因此,本节将从概念隐喻语言学角度去分析该小说的连贯机制及其叙事特色,尤其对于小说多维度建构的特殊性。概念隐喻理论源自《我们赖以生存的隐喻》一书。该理论认为隐喻是从一个具体的概念域向一个抽象的概念域的系统映射;是一个概念对另外一个概念的解释与衍生。隐喻是思维问题,不是语言问题;隐喻是思维方式和认知手段。Lakoff 在该书中提出,

"隐喻性蕴涵"(metaphorical entailment)指某一隐喻内部的相关义项之间可以发生意义转换，由此产生了隐喻映射过程中的一系列的语义蕴涵关系，从而实现语义项间的连贯。传统的语篇关注点是篇章的整体结构，句子的连接，段落的衔接、逻辑的连贯以及文章的语境和主旨等。鲜有在小说语篇层面探讨概念隐喻的连贯问题，其原因有二：一是，在小说语篇层面分析连贯性对于语篇的叙事体裁有特殊的要求，即该类小说必须具有隐喻特点，至少要具备蕴含与映射关系。二是，连贯一直是被放置在语言学层面讨论的研究较多，很少有学者会从小说层面分析语篇的连贯性，这也是因为小说语篇相较于短小的段落或篇章的分析难以操作，所以将概念隐喻用于研究小说的连贯与叙事策略的示例并不多见。之前已经探讨了《马人》在认知隐喻层面的连贯及其叙事特色，指出小说的合成意义还体现在他的叙事手段的"马人"性，突显了小说的"双重性"以及"矛盾性"，即人物以及主题的"双重性"，以及小说结构的"双重性"。《马人》中还有一个比较显著的叙事特色就是，作者对于一些诸如海藻，数字，疼痛，田园牧歌的隐喻，因此通过概念隐喻的理论分析小说中的微观层面的叙事艺术也算是另辟蹊径，独具匠心。以下通过概念隐喻的蕴含预设关系分析小说中的海藻隐喻与该语篇的连贯关系。

综合之前所讨论，小说《马人》有三个维度：第一维度是以卡德维尔和彼得三天的故事作为建构基础的现实世界；第二维度是以普罗米修斯和马人神话为基础的希腊神话维度；第三个维度是彼得游离不定的声音，这个声音是嫁接神话与现实的主要连贯策略，并促成这个三维世界的连贯性。团藻隐喻使得该小说具有多重主题及艺术性，增加了小说的立体、丰富、深刻的内涵，与小说的题目以及主题天然浑成。团藻菌是一种古老的微生物，据说是地球上最古老的植物。它们是一种非常有趣的生命体，是合作、奉献与死亡的完美化身。每个团藻细胞都能引导一种永恒的生命。每个细胞在这个整体当中是一个不可或缺的成分，通过主动承担自己特殊的责任而进入一个相互协作和妥协的有机环境，最终为整体机制献出自己的生命。团藻细胞本是可以不死的生物，但是由于它们要组织在一起，形成完整的有机体，所以就必须遵循生命代谢的规则，在这个有机体中各司其职，接受死亡，这种古老原始的生命是一个有着严密组织和纪律的有机体，犹如一个纪律严密的社会体制。并且在这个社会团体中，每一个团藻细胞就像一个公民呢，承担着自己应该承担的工作，执行自己应有的责任和任务，这就是典型的利他主义。以下是卡德维尔在课堂上为学生讲述团藻菌的一段课程，课程是以人类生命起源开始的。在课堂当中，卡德维尔提到了三中最原始的藻类，讲述他们的生命运动特征。

> “第三个，”卡德维尔叫道——教室里的声音暗流升到他的唇边——“团藻菌。在生命的王国中的这些早期公民之中，团藻菌之所以使我们感兴越，是因为他发明了死亡。在原生质的内部机质中没有什么理由使生命一定要终结。阿米巴是不死的；那些成功的雄性精子细胞成为延续其父生命的界石，但是团藻菌这种滚动的球形鞭毛藻由于开拓了合作这个新想法而组合成为体细胞与生殖细胞，它不是植物也不是动物——在显微镜下它和圣诞球很相像——把生命滚入与偶然死亡相对的必然死亡的王国中。因为——坚持一会儿，还有七分钟的罪受——每个细胞虽然是可以永生的，但是如果它自愿在一个有组织的细胞社会里专司某种功能，它就进入了一个取舍的环境之中。这种奋力而为的结果便使其逐步伤耗致死。它是为了整体的利益而牺牲的。最早的一批细胞们没完没了地老是坐在那青蓝色的泡沫里坐得厌烦了，就说：‘让我们凑在一起变成个团藻菌吧’，它们是最早的利他主义者。最早的做好事的。如果我戴着帽子，我要为它们脱帽致敬。”（P39）

根据Lakoff的概念隐喻理论，如果源域与目标域之间的两个概念之间有蕴含与映射关系，这两个映射域之间就是连贯的。以上的这段内容包含了一个隐喻概念，即团藻隐喻。隐喻中团藻的生命运动，死亡与以及利他主义与人类（卡德维尔）关于爱与牺牲和死亡这样的一个哲学主题间有蕴含及映射关系，体现了文本的连贯统一性。从这个意义讲，团藻菌自愿创造了死亡的利他主义与神话中喀戎献身于被缚的普罗米修斯以及卡德维尔之死亡三维世界包含了共同的蕴含与映射关系，从而实现了小说的连贯性。从神话故事我们了解到普罗米修斯为了人类，不惜冒犯天父宙斯，窃取天火给人类以光明与温暖，献出了自己的自由。喀戎放弃了不死之躯，选择死亡来换取普罗米修斯的自由，这种自愿创造死亡的利他主义与小说的主题连贯统一。在现实生活中，卡德维尔与喀戎是合二为一的，卡德维尔之死同样是自愿创造死亡的利他主义。

小说的第五章是一种讣告体,讲述了卡德威尔的一生功过荣辱。卡德威尔作为奥林格中学的科学老师以及地方教堂的一位神职人员,一生是受人尊敬的。这个讣告是彼得以第三人称全知视角,重返历史对自己父亲的评判。卡德维尔一生都为生活的窘迫所困扰,他屁股后面有有父亲遗留下一大堆的债务,他希望家人过得更好,却又力不从心,他曾经从事过各种各样工作,也经历了30年代的大萧条。乔治也有过辉煌的过去,他曾经是校队最著名的橄榄球守门员。至于他最重要的教师生涯,评价怎样呢?他那寻疑不懈的秉性促使他对自己的放学方法孜孜以求地不断改进——达仅仅是他的一部分优点。在他教过的学生的记忆里,一直不能忘怀的是他那超过常人的无私品德——他那种全心全意关心他人的热储也许过份了,以至没有给自己留下多少寻欢作乐和安稳休息的机会。(P159)在这段讣告中,除了以上的评价,还有一个信息,就是卡德维尔离开人世时只有50岁。关于卡德维尔之死一直是一个比较争议的话题。学界有两种说法:比较占多数的认为卡德维尔之死并非真正的死亡,他最后走向死亡只是一种隐喻,象征着卡德维尔如同喀戎一般的神圣奉献精神,是一种精神之死;另外一种说法认为卡德维尔之死是自愿创造死亡的利他主义,这就与小说中团藻菌自愿创造死亡利他主义的蕴含关系统一。

现实中的乔治·卡德威尔,由于他的精神困扰,是个非常悲观渴望死亡的人,这一点可以从小说多处瞥见。比如数字的意象,小说中有很多非常大的数字,带有许多零的数字,乔治·卡德威尔问过学生"你们知道这么多的零,它们所代表的是什么吗?它们代表的是死亡。"当他走过学校地下室的时候他感到的也是死亡。来到加油站的时候,他也会说"这会让我想到死亡。"当他和自己的太太凯西讨论"自然"的时候也会说"我讨厌自然,它让我想到了死亡,自然与我来说就是垃圾,迷惑和困惑。"小说第八章当中,当乔治·卡德威尔和儿子彼得回到家中,听见兴高采烈的凯西带给他X光检查的结果,被告知他的身体完全没有问题,非常健康的时候,乔治·卡德威尔的反应是"非常的失望沮丧。"他的精神负担远远大于他的肉体之痛。他为自己无法让整个家庭脱离贫困,不能够让家人快乐感到负疚,他为深深的失败感所折磨。他认为自己是一个LOSER,而且应该死掉,就像自己的父亲,为了整个家庭,只活了49岁。尤其当乔治·卡德威尔从大雪中回来时,看到克雷默老爹和凯西像没事人似的,过得非常的开心,并没有因为他的不存在而惶恐。他明白了,其实这个世界,凯西,彼得,克雷默老爹都不会因为他的不存在而不快乐,地球也不会因为没有他而不能够转动。凯西是一个崇尚自然,希望回归自然和真实生活的人,离开了他会过的更好。乔治·卡德威尔对于自己儿子彼得的爱更是无微不至,他希望他早晨能够睡到自然醒,希望他的早餐足够有营养,希望他不要那样的焦虑,希望他能够像 Virmir 一样成为法国巴黎一流的画家。而且他也知道,彼得问题不光是他皮肤病的问题,他最大的问题就是他不能够真正的将自己暴露到自然当中,这就阻止他成为一流画家或艺术家的道路。死亡对乔治·卡德威尔而言是为了更好的成全与解救彼得成为更好的自己,实现自我的蜕变。所以他接受了死亡:他从精神上是接受自己是死亡的,他的精神世界接受了死亡。正如彼得在自己的重返历史与父亲和解的最后所说:“难道就是为了这些父亲才会选择放弃自己的生命吗?”(P270)

> 一切欢乐属于上帝!无论在什么样的肮脏、混乱和悲惨的境遇里,只要一感到欢乐,上帝便来收归他所有了;走进酒吧、妓院、教室和到处是痰迹的巷子,无论是多么黑暗,破落和偏僻的地方,在中国、非洲或巴西,只要偶有一时的欢乐,上帝便立即窃为已有,加进他那持久统治的势力范围里。其余不属于欢乐的一切便留下沉淀,都是不曾存在的渣滓。他想到他妻子对田地的欢喜,克雷默老爹对报纸的欢喜,他儿子期待未来的欢乐,他很高兴和感激他还能给这些维持住一席之地。X 光片上没有什么东西。一片白茫茫日子向前方伸展着。留给他的时间像广阔的蓝天,他可以像俄刻阿诺斯的真正孙子一样在里边遨游;他发现在把他自己的生命献给他人时他进入完全自由的天地。伊迪山和迪基山从对面的蓝天像巨浪一样向他劈面扑来,在他身体直立的姿态中,天和地又交配了。只有美德活下去。可它确实活着。现在他来到转弯的地方了。百步之外他看到那辆别克车像他必须进入的黑色的大口。那曾是一个殡葬人的车。喀戎接受了死亡。(P275)

乔治·卡德威尔是如何成为自愿创造死亡的利他主义者?这是一个非常晦涩难懂的问题。死亡的主题也是《马人》贯穿的一个非常重要的内容。死亡的主题不仅是小说的主题,而且也是作者借助小说的平台与读者展开的一场关于神学与死亡的论辩。厄普代克早在 20 多岁的时候,曾经患了一场非常严重的病,焦虑,压抑,抑郁使他一度陷入严重的精神危机。在他后来的自传回忆录中提到过,当自己面对沉重的精神枷锁无法自拔时,是卡尔·巴特与克尔凯郭尔帮助他走出了精神危机。

卡尔·巴特①(Karl Barth,1886-1968)是一位瑞士籍新教神学家,新正统神学的代表人物之一。他的个性及文字深刻地影响并改变了基督教神学的方向,对二十世纪的政治和文化生活留下了不可泯灭的印迹。有人称之引发了一场"神学革命",被誉为"二十世纪的教父",他惊人的创造力、深邃的思想见地以及普遍深入的影响力,致使他的名字同一批出类拔萃的基督教思想家联系在一起,诸如奥古斯丁、阿奎那、路德及加尔文。巴特的神学思想主要包括危机神学,辩证神学以及教义神学。早期的巴特是一位自由主义神学者,深受自由主义神学家威尔汉·赫尔曼的影响,这一时期巴特受其影响而着迷于伊曼努尔·康德的知识论跟弗里德里希·施莱尔马赫的开明神学主张。在第一次世界大战期间,由于看见素来尊敬的几位神学家发表好战言论,遂反思这些年间在德国所接受的自由主义神学,从而回归正统神学。巴特深信,他的老师们理解上帝的方式是错误的。在他 1919 年出版的《罗马书释义》一书当中,巴特强调上帝乃是经耶稣与十字架所揭示的真理,并透过"十字架事件"向整个世界的文明与非真神信仰的宗教做出的一次严正挑战,人类应该要接受上帝的挑战。十九世纪以来,阐述基督教教会义理之学的教义学发生了某种变化,这种变化是以教义思想阐述的个体化和学科化为特征的,以致于基督教教义学削弱甚至抛弃了信经义理阐述的教会性。对这种变化,巴特毅然决然予以反击,坚守教义学的传统,反对传统的教义学屈就于现代人文学科,重申教义论述的合理性来自于上帝的启示,即重申教义学具有的启示神学的性质,力图通过使教会作为神启的结果回到它真正的基础,从而帮助教会复兴其生命与思想。

巴特认为神学不凭借外来的标准来衡量自己,而是依据自身的来源和对象来衡量。1933 年,德国纳粹执政,要求德国的福音派基督教将纳粹民族社会主义当成是神祇,并制造一套自称神圣性的意识形态语言,试图净化基督教传统,使布道服务于希特勒所理解的国家意识形态。希特勒多次召集宗教界名流,引诱并迫使他们认同"第三帝国"的神圣性。当大部分人俯首

---

① 张旭.卡尔·巴特神学研究[M].上海:上海人民出版社,2005.

称臣服从于这一命令时，巴特坚决抵制任何伪造神圣的意识形态，认为只有上帝才是神圣的。对巴特来讲，政治理应是神学的必然结果，而神学永远不会是政治的必然结果。为了抗拒希特勒控制德国教会的企图，巴特创建了“德国忏悔教会”，来反击已成为纳粹党利用工具的“日尔曼民族福音教会”。1934 年 5 月，巴特同其它反纳粹的教会领袖召集了巴门会议。在会上通过了大部分由巴特执笔的《巴门宣言》。指出“ 正如《圣经》为我们所证实的，耶稣基督是我们无论生死都必须聆听、必须信赖、必须服从的唯一的上帝之道……我们要摒弃这样一种虚妄的理论，说什么我们的生活似乎有这样一些领域，在其中我们竟会不属于耶稣基督，而属于别的君主。”

在人类的历史，尤其是二十世纪，将世俗的政治权威和此世神圣化而导致的血腥，是无法抹掉的。二十世纪是一个屠杀、破坏、摧毁旧制度的时代。人类因为拥有科学和技术而变得狂妄自大，想把社会消灭，重新塑造文明。纳粹残害犹太人、柬埔寨大屠杀，以及中国文化大革命，都不是无缘无故杀人，而是假借信念、进步、革命之名进行的，这就是人类的狂妄。巴特认为教会应给世人以真实的帮助和指导，因为教会在世界上是与人相关涉的。基督教会如果不能依靠上帝的圣灵向世人展现自身，传言福音，见证上帝的话，救就会成为伪神，那么教会随时随地都有可能陷入困境，遭受迫害，从人们的视线中消失，如同历史上以色列教会的遭遇，沦入错误和迷津，背弃它的主，使教会蜕化变质。

尼采指出，在资本主义社会里，尽管物质财富日益增多，人们并没有得到真正的自由和幸福。僵死的机械模式压抑人的个性，使人们失去自由思想的激情和创造文化的冲动，现代文化显得如此颓废，这是西方现代文明的病症，其根源是生命本能的萎缩。这便是后来成为后现代主义者所追崇的尼采式的虚无主义论断。巴特的所有教义的内容都是针对问题来展开，从而使人认识到问题的本真面目，不得不走到上帝面前，所以他的神学思考中至关重要的特征是他力图遵守《圣经》的信息而同时对他所生活的时代保持敏锐性。关于“虚无主义”，巴特的思想涵盖了“存在与虚无问题”，“面对死亡的存在”问题以及基督教传统中的“罪论”。巴特的虚无论在基督教的教义史中指的是罪论，不过巴特认为罪和恶、死亡一起是虚无的表现形式，而虚无是它们的本质。他指出，虚无在实质上有三种表现形式：罪、恶和死亡，这三种表现形式同有一个本质，就是虚无，所以任何一种形式都是不会单独出现的,总是相伴而行。在巴特看来,人们习惯上对虚无有两方面的看法。一方面认为虚无和其它被造物一样源自于上帝的能力和工作,并且这一被造物主要对虚无负责,被造物则对虚无的存在、出现和活动不负任何责任;另外一方面是认为虚无是仅仅来源于被造物的活动,在与虚无的关系之中上帝的治理仅仅是消极的许可和观察,一种无效的预知和随后的态度。他分析说,第一方面的错误在于人们忘记了上帝是主,若那样的话他的主权则对虚无是无效的;另一方面的错误在于误解了主权的意思,也即是说,上帝那伟大、无限的威仪统治着每一领域,因此也统治着虚无。① 卡尔·巴特关于死亡的存在主义哲学思考依然是遵循《圣经》与上帝至上的遵旨,上帝既然创造了人类,对人类有绝对的主权,同时也对人类又负有责任,那么人类所面临的一切的困境,苦难和虚无都是上帝的主权与责任,人只有绝对的忠信于上帝,才能享有庇佑。死亡既然是不确定的确定,人就不该在绝望、茫然、无奈、恐惧中面对死当,人跨过死亡的大门,就进入真正崭新、喜乐、永恒的生命。在文中有一段关于乔治与马契牧师之间的对话,他们讨论的是关于"SELF"和"上帝"的关系,当人绝对的将"SELF"交于上帝时,自己的一切愿望才会受到上帝的庇佑;人"死亡"后进入天国是真正的将自己交于上帝。《马人》是一部复调叙事小说,这种艺术形式曾经也是卡尔·巴特所爱。晚年的卡尔·巴特曾经非常喜欢莫扎特的音乐,还为此发表过一些言论,在他的《教会教义学》中指出:莫扎特的作品从来都是复调的,没有纯粹的快乐,也没有纯粹的悲伤;这些不同情感的音符搭配在一起,共同组成了一首美妙的曲子;上帝的作品也是这样。承认人生的不完美是构成完美不可或缺的部分,这些正是厄普代克在这部小说中所要传达的,包括人类的空虚,都是上帝的杰作,而死亡是走向永恒的途径。

帮助约翰·厄普代克走出精神困境的另外一位思想家是索伦·克尔凯郭尔。索伦·克尔凯郭尔(Soren Aabye Kierkegaard,1813-1855)丹麦宗教哲学、心理学家、诗人,现代存在主义哲学的创始人,后现代主义的先驱,也是现代人本心理学的先驱。他的思想成为存在主义的理论根据之一,一般被视为存在主义之父。他反对黑格尔的泛理论,认为哲学研究的对象,不单单是客观存在,更重要是从个人的"存在"出发,把个人的存在和客观存在联系

---

① 魏红亮.试析卡尔·巴特的虚无论[D].中央民族大学,2009.

起来，哲学的起点是个人，终点是上帝，人生的道路也就是天路历程。克尔凯郭尔以自己“孤独”与“例外”的感受创造出对人的关心的哲学——存在主义。

索伦·克尔凯郭尔认为，人在通向上帝的道路上可能经历三个认识自己的存在的阶段，也是人的存在的三个层次、境界，是人的三种不同生活方式。这三个阶段的论述构成了克尔凯郭尔哲学的重要内容之一。第一阶段为审美阶段，其特点是人的生活为感觉、冲动和情感所支配，个人沉溺于感性的享乐生活，甚至是粗野的肉欲，其中充满了各种混乱、腐化堕落、道德败坏、厚颜无耻的行径，但有时也被诗人涂上浪漫王国的色彩。作为肉欲的人格化的莫扎特歌剧《唐·璜》里的人物唐·璜可说是这种生活方式的典型。这种生活是偶然的、暂时的，此时此刻的享乐就是一切。它既不追求确定的信念，又不遵循固定的和普遍的原则和规范。这种生活到头来必然会因满足后的空虚和厌倦而使人痛苦。痛苦使人失望，而失望促使人去追求另一种较高的生活方式，即伦理的生活。于是就由第一阶段而跳跃到了第二阶段，即伦理阶段。第二阶段为伦理阶段，其特点是人的生活为理性所支配，能倾听理性的呼声，克制自己暂时的情欲，将个人所欲与社会义务结合起来，遵守具有普遍意义的道德准则和义务，赞美善良、正直和仁爱等美德，趋善避恶、崇尚理想，甚至愿意为了实现某种崇高的理想而作出自我牺牲。苏格拉底的生活方式就是这种生活方式的典型。个人在伦理阶段所选择的不是具体的善或恶，而是选择善恶，不超出善恶之外。伦理阶段的生活存在的矛盾主要是道德义务与个人对道德义务的履行之间经常脱节；因为个人不能摆脱世俗的感性的生活，容易受到第一阶段的生活方式的引诱而忘却道德义务。道德义务是一般的，个人的行为是特殊的，用一般的方法往往不能解决个人的问题，当二者发生冲突时，伦理的人会因自己不能满足道德律的要求，而感到自己有罪。在克尔凯郭尔看来，这种有罪感是个人的存在的最具体的表现。而有罪感超出了伦理阶段所属的理性范围。为了解决有罪的问题，不能依靠伦理，而只有依靠忏悔。于是就由第二种生活方式转向了第三种生活方式，即宗教。第三阶段为宗教阶段。生活为信仰所支配，人不仅不再追求审美阶段所追求的享乐，从而摆脱了世俗的、物质的东西的束缚，也不再崇尚伦理阶段所崇尚的理性，从而摆脱了普遍的道德原则和义务的制约。人在此是作为他自己而存在，他所面对的只是上帝。克尔凯郭尔并不完全排斥理性和伦理,但他认为信仰和宗教高于理性和伦理,宗教不仅不依赖伦理,反而是伦理的否定;信仰不仅不依赖理性,反而是理性的否定。因此,他对黑格尔哲学以及新教神学中一切将信仰理性化的尝试都加以嘲笑,更不同意传统的理性神学证明上帝存在的那些理论。认为上帝的存在不能由逻辑方法证明,只能把上帝当作信仰的对象,即作为个人在处于孤独无依、恐惧、忧郁、绝望、痛苦等状态时的精神依托,作为个人在感到自己有罪时的忏悔的对象。人只有在宗教境界中才达到真正的存在。因此人生的道路就是走向上帝的道路。克尔凯郭尔认为个人的存在是非理性的存在,是因感到自己有罪而处于恐惧、厌烦、忧郁、绝望等消极悲观情绪下的存在,是孤独地站立于上帝之前的存在,而这只有在宗教阶段才得到充分的体现。

关于理性与存在,道德与宗教,传统宗教与改革派的思考论辩已经多次出现在厄普代克的文学作品当中,几乎他的每一部作品都会涉及宗教的主题,作为克尔凯郭尔笃信者,在小说《马人》中,乔治卡德维尔的人生似乎就处在精神的危机边缘,他被理性与道德义务以及上帝的宿命论所困扰,在他与牧师的对话中,卡德维尔的质疑,正是厄普代克的困惑:

> 浪费,腐朽,空虚、噪音、臭味、死亡:在这个中心思想带来的诸多外貌闪过他的头脑时,好像是上帝的安排,卡德维尔在角落里正碰上倚在折叠椅子上、站在维拉身边的穿着黑色教服,戴着倒领的马契牧师。
>
> "我不知道你认识我不?"卡德维尔说。"我叫乔治·卡德维尔,我在这学校里教自然科学。"
>
> "我想我们大约没有正式会过面,但是自然我听说过你,见面也认识的。"
>
> "我是路德派教徒,所以我想我不是你的教员,"卡德维尔解释道"我希望我没有打扰你和维拉的谈话;事实是我精神上的烦恼太重了!"
>
> 马契情急地看了维拉一眼,她已经转过头去,有可能要从他身边溜走,忙问道:"哦,烦恼些什么?"
>
> "一切,各项工作,我都算计不出来。如果你能谈谈你的看法,我会很感激的。"
>
> 这时马契没看他,眼睛在到处看,想从人群中找个人把他从这

狼狈的高个子神经病的纠缠中解救出去。"我们的看法和路德教派的看法基本上没有区别,"他说。"我希望将来有一天主张宗教改革的教民子孙重新团结在一起。"

"如果我说错了,请纠正我,牧师"卡德维尔说,"据我了解,分歧是路德派说耶稣基督是唯一的答案,而加尔文派说你遇到的事情就是你的遭遇,这才是答案。"

马契在焦急、气愤和尴尬中往旁边一伸手,几乎是搂住了维拉的身体,把她留在身边,以度过这荒唐的干扰时刻。"那是荒谬的,"他说,"正统派加尔文派——我把自己列入偏正统的——也和路德派教义一样完全以基督为中心。也许加个更字,因为我们把圣徒和任何圣餐仪式的度化作用排除了。"

"我是牧师的儿子,"卡德维尔解释说,"我老人是长老会教派的,我从他那里了解到有上帝的选民和非上帝的选民,有灵根的和没有灵根的人,那些没有灵根的人永远得不到这种灵根。我这笨脑袋一直搞不通的问题是,为什么上帝从打一开头非要创造那些没有灵根的人类。我能琢磨出来的唯一理由,是上帝就要某些人下煎熬地狱。"

奥林格小学篮球队分数开始领先,马契得使劲抬高嗓音才能使对方听到。"宿命论的教义,"他喊道,"必须理解为以上帝无限慈悲教义为平衡砝码。"观众的嗓音减退了。

"我猜想我的问题就在这儿,"卡德维尔说。"我不理解如果上帝的慈悲什么也不改变,它又怎么会是无限的?也许它是无限的,但是在无限距离之外——这是我能想象的唯一可能性。"(P232-234)

然而,卡德维尔最终选择的还是对上帝的绝对依赖,在相信了神恩的不可理性理解与猜忌的时候,他最终选择了"死亡",以通向真正的永恒,接受上帝的庇佑。同时,当他将"SELF"完全献给上帝,完成自己的天路历程,他才获得了绝对的自由,这种自愿选择死亡的行为,也是他对于家人最后的道德义务,成全了凯西,克雷默老爹以及彼得。从这层意义上讲,隐喻中团藻的生命运动,死亡与以及利他主义与卡德维尔—彼得的现实生活以及喀戎-普罗米修斯神话三者之间的蕴含及映射关系,体现了文本的连贯统一性。

从语篇隐喻角度讲,神话马人喀戎的故事是同名小说的认知源域,也是文本建构的母体,小说各层主题以及谋篇布局是在马人的动态命题蕴含关系中产生其系统性的。神话隐喻的宏观决定了小说的语言表现形式,艺术手法以及叙事手段,是小说连贯的主要因素(如图所示)。

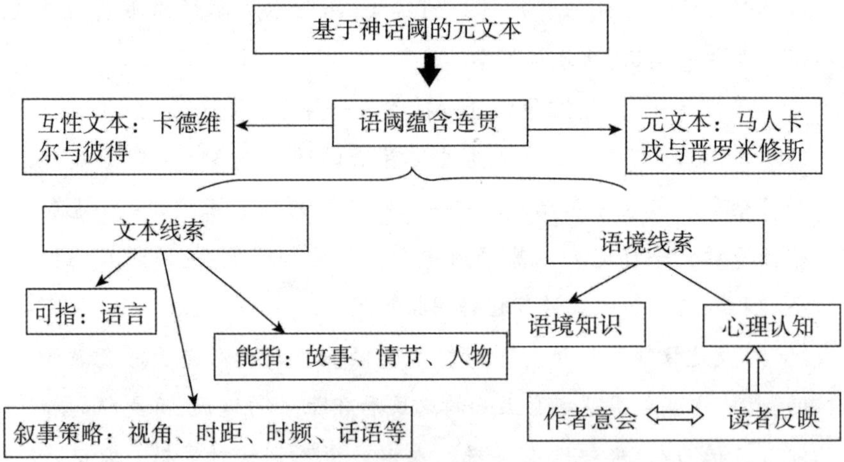

从图表可以看出:语境线索与文本线索是小说连贯的双重机制。语境在这个故事里就是马人喀戎的神话母体。文本线索则是小说的叙事策略,包括叙事视角,话语方式,以及蒙太奇手法,立体主义画技,复调交叉叙事以及幕间插曲,讣告、梦境,田园挽歌等艺术手法。全书9章中只有在第2、4、8三章中彼得以第一人称叙述故事。而在第一、三、五、七章,作家采用第三人称从旁观者的视角,补充片段之间的空缺,完整了故事。正如前文中提到的,在叙事者的文本世界,卡德维尔寓指咯戎,而彼得正是普罗米修斯,以及奥林格的每一个人物都能在神话人物中找到原型。第一章节中,奥林格中学的教师卡德维尔,在混乱的课堂中不知被谁的暗箭所伤,鲜血淋淋地离开了他的课堂,痛苦纠结,他拖着沉重而健硕的四肢走过奥林阁的操场,紧接着在卡德维尔与维拉.亨迈之间有一场关于奥林匹斯众神的闲谈。此时的卡德维尔就是马人咯戎受伤的复现。厄普代克以蒙太奇手法,立体主义,复调交叉叙事建构了一个神话与现实世界的统一体,形成了一个强大的隐喻网络。让喀戎完全托身与卡德维尔,而喀戎的奥林匹斯生活则是卡德维尔的精神所托。希腊神话中马人喀戎善良公正、善于医术,而且非常的博学多才,他教导了阿喀琉斯,伊阿宋,俄库罗厄等许多奥利匹斯众神的孩子。不幸的是在一次格斗中,喀戎被毒箭所伤,伤口久久不能治愈,痛不欲生。最后,经宙斯的同意,他放弃了永生,以死亡解救了被俘的普罗米修斯,免除他的痛苦,自己则变成人马座的一颗星星。同样,小说的主人公乔治·卡德威尔为人师表、乐于助人,但时运不佳,因此缺乏自信,背负着生活的重压,同喀戎一样活在痛苦中,但求一死,在最后选择了自杀结束了自己年轻的生命,完成了与儿子以及生活的和解(如图所示)。

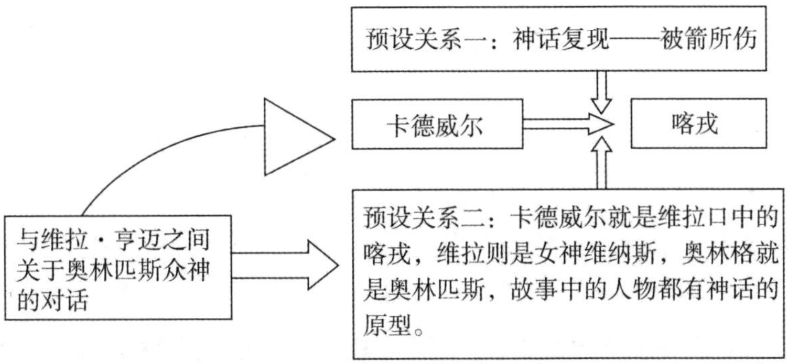

从图表二看出,卡德威尔和喀戎在文本世界是相统一的,他们被假定成两种预设。在小说的开始,卡德威尔在现实生活中被戏剧化的放到了神话背景下:卡德威尔像神话世界的喀戎那样被箭所伤。这就是作者文学戏剧性延伸的意图,两个文本世界的故事叙事方式像一个紧密结合的的网络。维拉和考得威尔的对话看似偶然,脱节和荒谬,但却是一种重要的语义层次的和谐:一方面,奥林格向平凡人散发出神的光芒;另一方面,它预设了两个文本世界的融合。因此,这种现实与神话互文一开始就保证了小说的连贯性,确定了小说的主题:天国是人未识的世界,尘世是人所知的世界。人本身就是介乎天国和尘世之间的造物。

从叙事策略的角度分析小说第一章的连贯机制发现:虽然作者选择了音乐间奏法,立体主义绘画,复调叙事的技巧将神话的元素引入现实故事,从而实现卡德威尔-喀戎的合二为一。但是,故事的推进与发展却不完全是线性的,因为作者虽然选择了第三人称全知视角,但是整章推进却主要借助于话语方式的转换,包括直接引语对白, 独白和内心意识流独白(如图所示)。

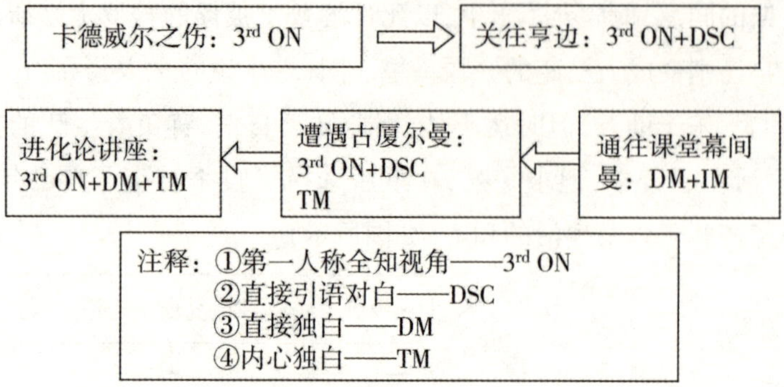

同样分析发现：小说的第二章，四章，七章以及八章，除了选择第一人称叙述视角，以彼得回忆的方式讲述 1947 年三个冬日暴风雪中的故事，这些章节的叙事还可以统一为两种方式：一、皮特以观察者讲述了生活的所见所闻，并且表现他内心的独白；二、对话的直接引语在推动整个故事发展和表达故事主题上起了重要的作用。其中，第七章是第三人称全知叙述和外部聚焦现实故事连贯。

第三章体裁是田园挽歌，以第三人称全知视角以及对白的叙事方式推进发展与连贯。整个章节完全脱离了现实描写，转而歌颂了奥林匹斯的光荣和美丽，赞颂宙斯的神圣，描述了喀戎为自己学生讲授“万物起源，唯有真爱”的主题，同时凸显喀戎作为老师高贵的地位。这一章的挽歌体和赞美诗与现实生活中卡德威尔的悲剧形成鲜明对比。

第五章为报纸讣告体，以第三人称全知视角写下了卡的维尔的传记。这一章是所有的章节里对卡德威尔最全面也是最真实的交代。然而，与传统传记不同的是，这个传记以报纸讣告开始，以倒叙的方式交代了卡德维尔的生平，同时为最后的结局埋下了线索。

正如巴尔扎克所说：艺术是一种用最小的面积来揭露最极致思想的武器。第六章超现实主义梦境，以超长的叙事时距和第一人称叙事视角讲述了彼得的梦，通过对白与独白叙事话语的转换推动情节发展和连贯，以多声部复调传达了丰富的信息与主题。彼得在梦里邂逅不同的人，并与他们展开的对话，包括菲利普先生，潘妮，乔尼，阿波顿小姐等等。并且每次他们都在讨论不同的话题，如性、灵魂、死亡、宗教以及和谐生活等。

第九章使用第三人称全知视角及内心独白的叙事方式描绘了喀戎—卡德威尔的死亡。故事一开始写到：他独自走在白色的广漠上。他的蹄子嗒嗒地，一种四度刮擦音响彻在石灰平原上……马人的眼神所在之处是一片白,死亡的颜色,光谱的总和。通过蒙太奇以及文本并置的手法,卡德威尔和喀戎通过预设再次合体,从而实现了文本的连贯。

《马人》九章之间的连贯机制是指示与预设关系下的 一个 V 形结构。第五章位于"V 形"结构的底部,是故事开始的部分,因为大多数学者认为前几章主要描述了一个生命"下降"卡德威尔,然而从第五章开始,小说则展现的是一个"崛起"卡德威尔。也就是说,V 形结构下《马人》的连贯机制正是卡德威尔精神升华的一个过程。从这个意义上讲,作为 "V 形"结构,它也预示了卡德威尔-彼得的胜利,以及奉献与死亡是爱,是为了更好的生命生机(如图所示)。

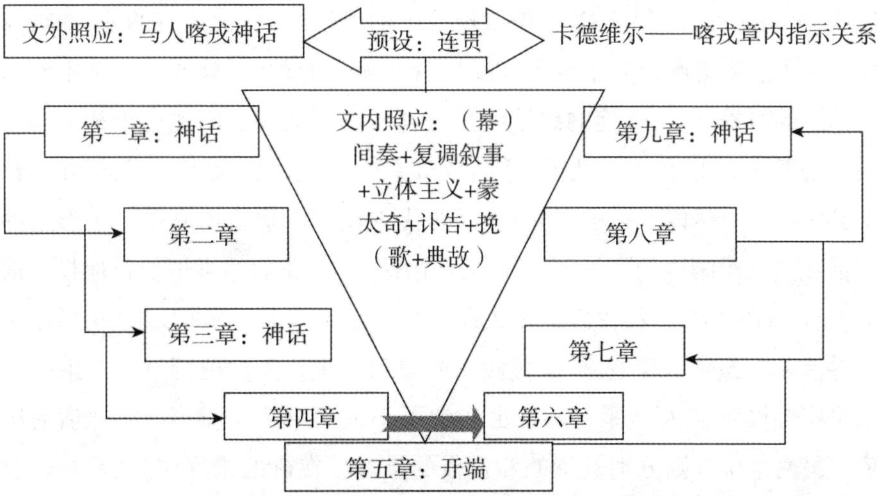

隐喻是构成语篇衔接和连贯的重要机制;作为动态的预设命题,它是小说的母体,决定了小说的基调与叙事结构。从小说的文本建构来看,隐喻是促成《马人》文本连贯与统一的主要因素。因此,本文通过借助认知隐喻学及叙事学的理论方法解析《马人》的连贯机制。小说《马人》由九个章节组成,内容讲述了乔治 · 卡德威尔(George Caldwell)和彼得 · 卡德威尔(Peter Caldwell)父子俩在 1947 年三个冬日里发生的故事。小说中,喀戎—普罗米修斯的神话与卡德维尔—彼得的故事合二为一,给普通人的庸常生活染上神秘的光泽。使得杂乱迷惑的文本表象之下人与神,自然与精神,奥林匹斯山与奥林格,彼得—普罗米修斯与卡德维尔—喀戎,生命与死亡之间完美和解。该小说独特的创作手法引来无数观叹。然而《马人》碎片化的结构,多声部复调叙事,神话与现实及交媾混杂,以及去情节化的叙事方式使得读者难以找出小说的连贯性所在。《马人》的系统性,即它的连贯机制是建立在隐喻预设基础之上的。神话马人作为认知隐喻的源域是文本建构的母体，决定了小说的主题基调和叙事策略。从章节内分析，虽然厄普代克应用了丰富的叙事技巧以及话题如进化论、基督教义、神话典故、宇宙天文学等，但是推进小说发展，衔接与连贯的主要是他所选择的叙事视角以及话语方式，如 1st ON，3rd ON，DSC，DM and IM。而小说章间的连贯是指示与预设关系下的 一个 V 形结构，它将死亡，爱，生命以及信仰等复杂主题高度统一在“马人”主题之下。这个“V”形结构的两边，一条是下降的叙事线，一条是上升的叙事线。前者是乔治在深沉的失败感中否定了自我存在的价值，以近乎自暴自弃的方式、怀着对儿子的深深眷恋和内疚走到人生的终点来完成解脱，这条线也可以说是条被极度压抑了的感情线，仿佛所有的爱，都被冰层封住了。后者则是儿子彼得在反思后对父亲的理解，就像是一个不断消融冰层的过程，所有沉淀的感情都在复苏中不断涌现。因此也正是父亲乔治那条下降的线，催生了儿子彼得上升的线。从这个意义上说，父子在精神上其实是一个整体。关于这一点，厄普代克在第四章里提供了一个形象的例证：“这是个晴冷的下午，在城西的斜阳照射下，我们的影子长长地投在前边。从影子的构图看，我俩像一头前行的四足兽。”将马人的故事与形象用在乔治·卡德威尔身上，是厄普代克的得意之笔。为此他特意将乔治的生日星座也设定在人马座上。这也造就了小说的第三个维度——神话的维度。另两个维度则分别是诗的和世俗的维度。在诗的维度中，主旨是理解与爱。所以故事并不重要，重要的是与理解、与爱相关的那些繁密细腻的场景细节，它们主要集中于“我”的叙述过程中，可以将其视为一个自我恢复的过程，不仅是要恢复对父子历史的认知与感应，还要恢复自我存在感与对希望的渴望。只有如此，父亲的惨淡人生才不是失败的，而是可以永恒的牺牲。“我”依靠重建的亲情历史，重新拥有了现在，进而有了摆脱不断迫近的虚无的可能。“我”知道，重要的是爱，是还能够去爱。也只有爱，才能让人有力量去面对那个将父亲乔治压垮的世俗维度，并在精神上以艺术的方式超越它。这种近乎神圣的爱，从某种意义上说也正是父亲乔治留给儿子的真正遗产，尽管他时常表现出那么多的厌倦和对死的渴望。彼得在重新体验了与父亲相处的那些瞬间后，才领悟了这份爱。即使是死神也夺不走这样的爱。因为它，尘世才是“人能够理解的存在”。正如小说中博学多识的马人在给他那些有神性的学生们上“万物的起源”课时所说的：“爱推动了宇宙的运动。”因此，厄普代克通过神话的隐喻建构了一个人神共现的世界。在这个世界当中，精神是永恒的，死亡是神圣的，而“爱”是父子和解，人神和解，精神与世俗和解的唯一动力。

《马人》的艺术价值不仅表现在其独特的叙事方式，它更应该是一部个人精神的成长蜕变的历史，凝缩了美国整整一个时代的变化。它以神话的隐喻方式，通过复调的狂欢展现了卡德维尔父子之间持久盛弥的感情，从神话哲学的角度思考“爱，性、宗教、死亡”的终极价值。同时，小说从始至终都弥漫着淡淡的忧愁，表现出整个民族在灾难下的失望与悲观的色彩。正如厄普代克几乎所有的作品，不直接的描述时代背景和历史语境，《马人》非常微妙地在故事情节，人物对话，以及个人反思中融入历史。它没有公开揭露“两次危机”所带来的直接影响，却以紧密的描写、情景的交融，从微小的人物见诸于整个时代语境下的民族的“马人”现象：“天国是人所不能理解的世界，尘世是人能够理解的世界，人本身是介乎天国和尘世之间的生物。”

第三章　约翰·厄普代克小说的后现代叙事

20世纪60年代,随着科技和经济的迅速发展,现代西方社会进入了后工业社会阶段。西方文化随之经历了一次新的裂变,全面推进到后现代主义时期。这个时期,各种文化哲学理论都陷入偏激的争执和论战之中,各种理论群体和流派杂色纷呈,各种文化(艺术、文学、美学、哲学等)倾向更迭汰变。随着一次次理论撞击和兼容,后现代主义迅速扬弃现代主义而成为风靡当代西方的"显学"。而科技高视阔步、电脑和数据库的广泛运用导致了人类知识的空前膨胀,使得这一"显学"合法化。从此,后现代文化与美学无所不在,高雅文化与通俗文化的对立归于失效,"新型"的商品文化则贴上了复制、消费、平面的标签。生命的意义和文本的深度同时消失,消费意识的渗透使自然与人类意识这两个领域日益商品化。而这一状况反过来深刻地规范着人类的心理机制和行为模式,导致一种反文化、反美学、反文学的极端倾向。

后现代主义术语并不是文学批评家的发明,但可以肯定地说文学是后现代主义最重要的实验场之一。文学之所以成为后现代研究的主要阵地也是因为它产品的规模与惊人的思想流派的数量。与1970s和1980s期间的建筑研究,电影研究,女性主义研究及文化研究相比,后现代文学的作品数量与研究的热度非常之巨大。什么是后现代?一直没有定论。一方面学界没有达成共识的概念对其进行解释;另一方面一些后现代的思想领军学者认为后现代究其本身不确定、反统一的特点,不应该有任何的定义。后现代反对约定俗成的形式、认为世界具有多元性和复杂性;反对一切统一、程式化的内容。但从这一思潮发展的背景看,后现代主义是一种源于工业文明且对工业文明的负面效应的思考与回答,是对现代化过程中出现的剥夺人的主体性、感觉丰富性的死板僵化、机械划一的整体性、中心、同一性等的批判与解构,也是对西方传统哲学的本质主义、基础主义、形而上学、逻各斯中心主义等的批判与解构。因此,后现代主义是对现代主义的继承与拨乱反正,它是现代主义内部发生的逆动,是对现代主义纯理性的心理逆反。也就是说,后现代主义是对西方传统哲学和西方现代社会的纠正与反叛,但是在批判与反叛中又未免会走向另一极端——怀疑主义和虚无主义的"矫枉过正"。

美国后现代主义文艺美学家伊哈布·哈桑(Ihab Hassan)一直是"后现代主义"这一术语和概念的最坚决的捍卫者。他在《后现代转折》(1987)中提出,后现代主义一词的"源头"最早可以追溯到弗·奥尼斯,在他1934年出版的《西班牙暨美洲诗选》中首先提出"Postmodernism"一词。随后,费兹(D. Fitts)在1942年编辑出版的《当代拉美诗选》中再次使用此词。评论家奥康诺(Frank o' conner)在《大学新才子和现代主义的终结》(1963)一书中,将英国50年代的"大学新才子"为中心的文学运动作为"后现代主义"的开端。德国当代文论家柯勒(Michael Kohler)在《后现代主义:概念史的考察》中,更进一步地检讨了后现代主义一词的历史沿革,并提出了对"现代"、"后现代"、"当代"三个术语划分的严格标准。当代重要思想家和理论家伽达默尔(H.G. Gadamer)、德里达(Jacques Derrida)、福科(Michel Foucault)、罗兰·巴特(Roland Barthes)、丹尼尔·贝尔(Daniel Bell)、哈贝马斯(Jurgen Habermas)、利奥塔德(Jean- Francois lyotard)、杰姆逊(Fredric Jameson)、斯潘诺斯(William Spanos)也对分期问题提出各自不同甚至互相矛盾的看法。

在后现代主义兴起问题上,提出比较中肯切实意见的,是荷兰学者汉斯·伯斯顿(Hans Bertens)。他在与佛克马合编的《走向后现代主义》(1986)书中,认为后现代主义的概念经历了四个衍化阶段:1934—1964年是后现代主义这一术语开始应用和歧义迭出阶段;60年代中后期,后现代主义表现出一种与现代主义作家的精英意识彻底决裂的精神,禀有了一种反文化和反智性的气质;1972—1976年,出现存在主义的后现代主义思潮;70年代末至80年代中期,后现代主义概念日趋综合和更具有包容性。这一发展轨迹,显示出这样一种内在逻辑:后现代主义并非一种特定的风格,而是旨在超越现代主义所进行的一系列尝试。在某种情境中,这意味着复活那被现代主义摈弃的艺术风格。后现代主义的正式出现是50年代末至60年代前期。其声势夺人并震摄思想界是在70年代和80年代这一阶段,在欧美学术界引起一场世界性的大师级之间的"后现代主义论战"。到了90年代初,后现代主义开始表现出狂躁以后的疲惫声势大减。据此,杰姆逊认为,后现代之"后"

将是“新历史主义”登上历史舞台。但这一看法,并未得到其它学者的证实。

后现代主义作为一种风靡欧美的文化思潮,使当代西方各种问题和困境在大暴露的同时,又在整个思想文化领域进行了一场“革命的冒险”和“后现代转折”这种颠覆性的逆转和标新立异,已远远超出艺术领域和文学领域,而深达哲学、科学、心理学、宗教法学教育学领域。可以说,当代一流思想家无一不是站在思想最前沿问题上展开后现代主义论争的。后现代主义思潮所裹挟的各种先锋性、多元性的哲学观念、美学理论和艺术流派,使得对其加以清晰描述遇到困难。后现代主义的理论家们认为随着科学技术的革命和资本主义的高度发展,西方社会进入一种后工业社会,也称作信息社会、高技术社会、媒体社会、消费社会、最高度发达社会,在文化形态上称为后现代社会或后现代时代。后现代时代在科学、教育、文化等领域经历了一系列根本性的变化,这些变化表明它是人类历史的一次断裂或一个新的发展阶段。后现代之“后”具有双关性,它体现了对待现代性的两种不同态度。在一种意义上,后现代是指非现代,它要与现代的理论和文化实践、与现代的意识形态和艺术风格彻底决裂。“后”可以肯定地理解为积极主动地与先前的东西决裂,从旧的限制和压迫状态中解放出来,进入到一个新的领域;也可以否定地理解为可悲的倒退,传统价值、确实性和稳定性的丧失。后现代主义认为,在今天的世界里,各种各样不稳定、不确定、非连续、无序、断裂和突变现象的重要作用越来越为人们所认识并重视。在这种情况下,一种新的看待世界的观念开始深入人们的意识:它反对用单一的、固定不变的逻辑、公式和原则以及普适的规律来说明和统治世界,主张变革和创新,强调开放性和多元性,承认并容忍差异。在后现代,彻底的多元化已成为普遍的基本观念;后现代的多元性是一切知识领域和社会生活各方面的本质。这种多元性原则的直接结论是:反对任何统一化的企图;后现代思维积极维护事物的多样性和丰富性,坚决反对任何试图将自己的选择强加于别人,使异己的事物屈服于自己意志的霸权野心;它尊重并承认各种关于社会构想、生活方式以及文化形态的选择。后现代的基本内容在20世纪上半期作为科学和艺术的宗旨便已经存在,只不过当初它们大多停留在一种主张、宣言或构想之上,或仅仅是某一领域的特殊现象,而今天它已开始全面而深入地成为我们的生活现实。在这种时间意义上,后现代主义似可理解为现代主义的继续和发展。但是,在一些问题上现代主义和后现代主义的主张是完全不同的,例如:现代主义主张创造的总体化、综合、在场、中心、文类边界、主从关系、叙事正史、类型、本源、超验、确定性、超越性等,而后现代主义则反其道而行之,主张解构、对立、缺席、分散、互文性、平行关系、反叙事、变化、精神分裂症、异化、反讽、不确定性、内在性等。后现代主义与现代主义存在着根本的分歧:它反对任何一体化的梦想,否定普遍适用的、万古不变的原则、公式和规律,放弃一切统一化的模式。在这个意义上,后现代思维又是对现代主义的批判和超越。

后现代文艺是对现代主义文艺的反动,它的主题不再是对资本主义异化现实的反抗和绝望。相反,后现代作品中的人物只不过是场景中一个可以替代的暂时性角色,他丧失了悲剧的气息,而多了些游戏成分,他以自身灵肉的无言的麻木的方式达到减除欲望的焦虑痛苦的目的。这一切皆源于后现代主义的"自我"的分崩离析。个人不再有反抗异化和逃避痛苦的承诺,现实异化和精神分裂成为人的本然处境。个人既不需要反抗异化的能力,也没有抵御痛苦的必要。在这个意义上后现代作者客观上成了一群自虐者,他们在疯狂地解构和自我消解中击败了"自我",却默认了现存社会秩序及其权力关系。面对后现代主义文化的盛弥,传统价值被消解,为了做到与时俱进,许多的美国作家都对其相继投出了橄榄枝,甚至有敷衍趋势的做法。

约翰·厄普代克在坚持自己一贯写作目的与宗旨的前提下,也在尝试着一些更具表现力和后现代性的艺术手法。然而,在批评家对约翰·厄普代克小说的评论中几乎从来没有提到过后现代主义这一叙事特征。他的小说常常被界定为现实主义作品,偶尔也被认为是现代派。约翰·厄普代克与后现代主义之间的关系远远超出了我们对他的判断。作为一位自然写实主义作家,约翰·厄普代克冷静而客观的态度无可厚非,然而现实主义作家的声名并不代表他就是一位因循守旧,坚持传统而传统叙事的作家。恰恰相反,他以极其敏感的审美,时时关注着二十世纪后半叶的文艺动向,以创新的写作手法和不同凡响的写作理念表现出不同于传统现实主义作家的叙事风格,所以笔者在此更加愿意将厄普代克称作一位名副其实的"后"写实主义先锋派作家。

事实上,约翰·厄普代克从 1975 年写作《一个月都是星期天》开始,就尝试着使用新的创作理念,不同于以往的写作题材与体裁表现不同的历史语境。特别是在20世纪90年代之后,他更是大胆创作,写了诸多可以被称之为是具有后现代写作特色的作品,这些作品超越了他长期以来的现实主义创作理念与艺术手法。被学界看做厄普代克"反自我"的小说"贝赫三部曲"(《贝赫》(1970)、《贝赫回家》(1982)、《贝赫陷入绝境》(1998))是探索约翰·厄普代克后现代叙事的代表作。在这些作品中,作者充分展示了自己的艺术才华,形成了自己的"后现代"风格:意识流、性心理描写、荒诞、互文、魔幻现实主义、蒙太奇、原始文化的碰撞;"性爱、宗教和艺术"主题的相互交织、相得益彰,再辅以象征群、意象群和模仿联想,从而使得作品以独特的方式与读者产生出艺术的共鸣。由于对讽刺、幽默和神话技巧的娴熟运用,约翰·厄普代克在这种相互关系中使作品既保持了含蓄的语调,又保持了艺术的魅力。约翰·厄普代克的许多小说都揭示了一位后现代主义小说家应有的技术和审美。他在记录当代美国的故事时,尝试以各种后现代主义叙事策略更加淋漓尽致的表达美国的社会万象。可以说约翰·厄普代克在最后的三十年里的作品,在文字与审美上都是具有后现代写实特征的,从魔幻现实主义小说《巴西》到科幻小说《时间的尽头》,我们发现后现代理论和诗学对约翰·厄普代克作为现实主义作家的地位提出了挑战,而厄普代克对后现代叙事策略的运用对某些美学理念和哲学思想也发出了质疑。

这种挑战与质疑在约翰·厄普代克的"贝赫三部曲中"体现的较为突出,在这些作品中,厄普代克不仅回击了诺贝尔,而且表达了个人对于后现代的一些观点。二十世纪70年代以来那些具有后现代风格的少数族裔作家频频摘得诺贝尔的文学桂冠,这让厄普代克甚是费解,感到愤愤不平,"贝赫三部曲"中那个"他我"亨利·贝赫正是厄普代克对于诺贝尔的有力的回击,他以自己的文学风格对抗着二十世纪后半叶出现的文艺突变,他的每一部作品中的不同的声音正是厄普代克对诸多意识流变所发表的个人看法。"贝赫三部曲"是作者在探索作家在功成名就之后的写作生活。在作品中,贝赫的作品《轻松旅行》(Travel Light) 一直不断被世界各地的学者研究,被奉为经典之作,当然也少不了遭受各种批评家和读者的误解和贬低。他到世界各地去旅游,想要突破自己的写作障碍。回到美国发现,他的《好高骛远》(Think Big) 又大获成功,成为其代表作。他到捷克斯洛伐克去访问,受到了粉丝的热烈欢迎。这些看似好笑的描写,真实地反映了某些知名作家和大牌作家的生存现状。作品的主人公贝赫,滑稽而有趣,是作家厄普代克所设计的一个"他我"(alter-ego)。这个"他我"站在他的对立面,被厄普代克本人称之为"反厄普代克的"(anti- Updike),当然,他也是个反英雄式的角色。对比厄普代克一生的经历,贝赫所呈现的是完全不同于作者的一个形象——贝赫1923年出生,长期单身,直到很晚才结婚做父亲;他来自城市,是一位犹太裔小说家,参加过二战,是退伍老兵,从事创作后小有名气,只是不够多产,但最终却获得了诺贝尔文学奖;因为写作成为公众偶像的贝赫在70多岁、已经进入迟暮之年的时候,还可以老当益壮,周游全球,所到之处外国显官达人陪同,头天在这里逍遥,第二天就可能要跑到大学中去做巡回讲演。他有时候愤世嫉俗,有时候又天真纯朴,有时候讽刺幽默,有时候又慈祥宽容;他从不缺少风情,多情好色是他籍以逃避现实的哲学。作为犹太裔作家,贝赫似乎并没有太多的犹太知识,也没有什么民族认同感。厄普代克反讽式的书写与解构无非是要通过贝赫这样一位滑稽可笑的人物,让读者看到美国作家的生活状态。因此,在贝赫身上,我们能够看到厄普代克同时代的作家如罗斯、贝娄、梅勒、马拉姆德、塞林格等,贝赫甚至被认为就是根据他们塑造出来的。当然,我们也能看到厄普代克对自己的反省,他不愿成为像贝赫这样的作家,却又无奈于流寇式的写作。从某种程度上说,贝赫是厄普代克作品当中不多见的作家形象,而且也是不多见的品行高尚、温文尔雅又有点倒霉的人物。虽然他不像厄普代克笔下的兔子一般为世人所熟知,但也绝对是个和蔼可亲的人物。厄普代克用轻松幽默而又尖刻的写法将矛头直指当今美国知名作家的生存和写作状态。在贝赫身上,厄普代克让我们看到很多他所不屑的当代作家的丑陋做派,比如到处参加文学晚宴,对青年一代评头论足,四处宣扬要写回忆录,总是抱怨这埋怨那的,痛恨批评家,最有趣的当然是厄普代克笔下的这位贝赫最后居然获得了诺贝尔文学奖,震惊了许多西方作家与批评家。要知道,厄普代克直到去世也没有能够摘取这颗明珠。而与此相对应,贝赫的形象也衬托出了一个鲜明的厄普代克形象,他是一个坚定不移的坚守个人文学创作的作家。作为作家的“他我”，贝赫无疑也是厄普代克的传声筒，从中我们也看到了厄普代克的另一面，在表达对同时代作家生存状态的不满时，其笔调冷嘲热讽，甚至说尖酸刻薄也不为过。但从中我们似乎更能看出作者孤独的才情。厄普代克与贝赫一样是反对后现代主义的，但是有一点无可置疑，那就是后现代理论确实为厄普代克的后期写作提供了一定启发性的写作灵感。通过对后现代理论的有意调侃和戏仿，厄普代克含蓄地邀请读者参与到这场学术纷争中去，并且期待自己这种颠覆解构式的后现代做派会对他的作品会带来什么样的读者反应。①

虽然，与塞缪尔·贝克特，唐纳德·巴塞尔姆，库尔特·冯内古特，约瑟夫·海勒，托马斯·品钦，弗拉迪米尔·纳博科夫等后现代主义先锋作家相比，约翰·厄普代克的作品还不能称得上是真正意义上的后现代文学、确切地说约翰·厄普代克是一位具有探索和创新精神的先锋派写实主义作家，但是他与时俱进的艺术敏感性，毫无逊色的艺术表现手法远远超过了后现代赋予文学的意义。如果说后现代以解构、消解、无意义、零度写作等为手段怀疑消解传统与现代主义，那么约翰·厄普代克的作品也是做到了其实质的内容，只是他没有像某些作家和艺术家那样矫枉过正。所以，约翰·厄普代克的作品在表现后现代人类社会，尤其美国中产阶级的生活与精神状态时，所表现出的后现代叙事与美国当代发展主流是相得益彰的。所以，后现代主义的历史语境与文学审美特征共同构成了约翰·厄普代克后期小说的文艺思想与叙事特征。

第一节　后现代主义文学概述

始于20世纪60年代，盛行于80-90年代的后现代主义文学思潮是以乔伊斯(James Joyce)的《芬内根的觉醒》(1939)为上限的。而理查德·沃森(Richard wasson)在《论新感性》(1969)中，则把魔幻现实主义作家品钦(Thomas Ruggles Pynchon, Jr.)和“新小说”家阿兰·罗伯·格里耶(Alain

① 郭英剑. 厄普代克：一位后写实主义小说家[J]. 英美文学研究论丛，2016(2).

robbe- Grillet)看作后现代主义文学兴起的标志。

从发展背景看,后现代文学是西方后工业社会的特殊产物。一方面,20世纪50年代以来,科学技术迅猛发展,人类进入了以电子计算机为核心的第四次技术革命,即电子技术时代。科学知识和技术领域的空前扩张,深刻地影响乃至规范着人类的行为和价值观念。科学的成就使一切事物失去了神圣性、神秘性和历史性。另一方面,50年代以后,世界大战的危机,局部战争连绵不断,热核战争的恐怖阴影,东西方冷战,贸易大战持续不断,西方人由恐惧绝望的悲观主义,转向吸毒、斗殴、性解放、摇滚乐的激进主义,在疯狂的渲泄中解脱自我。人们放弃了偏执的信仰和绝对的社会目标,不愿再承担政治家、哲学家的重任。西方社会形成了多元的生活准则,价值的变异,自由的变态,各种解放运动的风行,全球范围的分裂和派系倾轧,恐怖主义肆意嚣张,虚无主义、无政府主义盛行,构成了一幅没有权威,丧失中心,处于分解状态的世界图景。社会心理的随意性和多样性,成为了后现代主义社会的主要特征。后现代主义文学主要以叔本华、尼采、柏格森和弗洛伊德的哲学和心理学为基础,同时还受到海德格尔、萨特的存在主义哲学,弗罗姆、马斯洛的人本主义心理学影响。另外,诸如现象学、阐释学、分析哲学、后结构主义、解构主义、法兰克福学派等,都不同程度上对后现代主义文学流派作家,产生过一定影响。后现代主义文学的主要流派有存在主义文学、荒诞派戏剧、新小说派、垮掉的一代、黑色幽默、魔幻现实主义等。

后现代主义文学是现代主义文学的延续和发展。主流学术界曾经不区分"现代"和"后现代"两个概念,但由于二战之后文学发展的特征已经远远超过了传统的现代主义所能涵盖的范围,因此将后现代主义文学看作一个独立的文学思潮,和古典主义、浪漫主义、现实主义以及现代主义并举。后现代主义文学不仅仅反"旧的"传统,对于现代主义文学试图建立的"新的"传统也彻底否定。在后现代主义者眼中,文学和艺术应该是建立在对现有秩序的解构基础之上的。后现代文学不依托任何死去的或活着的理论。在体裁上,对传统的小说、诗歌和戏剧等形式乃至叙述本身进行解构。因此,后现代主义文学是某种意义上的反文学现象。后现代主义作家不愿意对重大的社会、政治、道德、美学等问题进行严肃认真的思考,他们不仅无视对这些问题的关切,甚至无视这些问题本身。他们不再试图给世界以意义。后现代主义文学崇尚所谓零度写作,反对现代主义关于深度的神话,拒斥孤独感、焦灼感之类的深沉意识,将其平面化,因而意义被消解。在后现代文学中,写作内容消失了,而转向写作自身。作家仅仅把话语、语言结构当作自己为所欲为的领地,写作成为一种纯粹的表演、操作。例如,后现代主义作家往往蓄意让作品中各种成分互相分解、颠覆,让作品无终极意义可寻。后现代文学蓄意打破精英文学与大众文学的界限,出现了明显的向大众文学和亚文学靠拢的倾向。有些作品干脆以大众的文化消费品形式出现,试图模糊文学与非文学的界限。在文体上,惯用矛盾、交替、不连贯性和任意性、极度、短路、反体裁、话语膨胀等手段,使得读者对作品的解读困难重重。后现代叙事在小说的创作中,并无鲜明的现代与后现代之分,确切的说后现代叙事是对现代叙事的继承与革新,后现代文学及其叙事只是后现代主义的表征方式,而后现代主义则是文学领域的意识形态。后现代主义小说既揭示了现实与历史的虚构性与真实性,也以其不断创新的姿态证明了自己真实的存在。后现代主义小说更为常用的表现形式是元小说、反体裁、语言游戏、通俗化倾向、戏仿、拼贴、蒙太奇、迷宫、黑色幽默,表现出语言主体、叙事零散、能指滑动、零度写作、不确定性和内在性等主要特征。琳达·哈琴在《后现代诗学》中指出,它既是对现代主义小说方式的应用又是滥用,既是模仿又是变异,基本手法是戏仿、反讽、互文、拼贴,本质特征是新旧混合、矛盾、悖论等。哈桑也指出现代主义是严肃、中心化、叙述的,而后现代主义是游戏、发散、碎片化、反叙述的。在英美,20 世纪初至 40 年代现代主义小说占主导地位,50 年代现实主义小说盛行,取代了现代主义小说的主导地位,60 年代虽还有很多小说家继续采用现实主义的创作方法,但不少人对之产生了怀疑和厌倦情绪,刻意反拨,开发出了各种新路子,创建了各类新形式,如新小说、浪漫怪诞小说、元小说及其后继者奇幻现实主义小说、魔幻现实主义小说等。比如,唐纳德·巴塞尔姆(Donald Barthelm)其代表作《白雪公主》就是通过对经典格林童话的改写,解构与颠覆,呈现了一部后现代寓言,堪称荒诞派文学经典之作。巴塞尔姆的《白雪公主》讲述了一个颠覆传统格林童话的黑童话故事,揭示现实生活的反童话实质。作者打破常规写作风格,自造许多古怪新词,运用戏仿、反讽、拼贴等手法大胆进行语言实验。在《白雪公主》中,巴塞尔姆把童话中的白雪公主和七个矮人变成了现代社会的普通人,故意抽去小说人物的血肉,让他们成为丧失了终极意义的后现代生活的象征,与现实生活中的真实人物拉近了距离。小说中的白雪公主虽然保留着她的名字和外表的魅力，但她的身份、个性、态度和命运等都变了，她不再像名字那样纯洁可爱、天真无辜，也不再是文章的主角，因为七个矮人也都或多或少地占有一定的篇幅。整部小说的情节和道德内涵与童话故事形成强烈的反差，杂乱的提纲，散漫而不着边际的叙述充满嘲讽和调侃。

从文学研究的角度来看，后现代主义思想的形成往往是以文学为基础的，后现代主义倾向于把重点放在文学写作与理论批评的研究上。最有影响的后现代主义著作有琳达·哈钦的《后现代主义诗学》(A Poetics of Post-modernism：History，Theory，Fiction，1988)和布赖恩·麦黑尔的《后现代主义小说》(Postmodernist Fiction，1987)，《建构后现代主义》(Constructing Post-modernism，1992)。它们都是关于后现代主义的理论著作。其中布赖恩·麦黑尔的《后现代主义小说》对后现代小说进行了整合性概述，而《建构后现代主义》则对一系列具体文本(如托马斯·品钦，温贝尔·艾克，约瑟夫·麦克尔罗伊以及爱丽斯蒂娜·布鲁克-罗斯)和文类(赛博朋克小说)进行研究。《后现代主义诗学》是一部系统阐释、界定后现代主义的力作，横跨建筑、文学、绘画、雕塑、电影、录像、舞蹈、电视、音乐、哲学、美学理论、精神分析、语言学、历史编写领域，对后现代主义构成了立体、交叉透视。书中指出后现代主义既是现代主义矛盾造成的结果，又是对其的背离与质疑，它既具有强烈的自我指涉性和戏仿性，又试图将自己植根在其指涉性和戏仿似乎要避开的历史世界之中。与左派后现代作家詹姆逊和伊格尔顿不同，即对后现代基本持否定批判态度，认为后现代主义是资本主义社会发展到最高阶段导致的商品逻辑向文化生产部门渗透的结果，是现代主义先锋派向商品拜物彻底诚服的表现；后现代的艺术完全是毫无意义的“拼贴垃圾”。哈钦则认为后现代的产品只是以特殊的方式对原本隐含在文学、文化及历史中的话语-权利关系的重新编码；后现代艺术不是对历史的消解，而是一种保持距离的重复行为，一种历史戏仿。

如果说现代主义意味着文学研究的是诗学状态，那么后现代主义就倾向于文学的叙事性。从现代主义向后现代主义的转变涉及到从诗歌到小说的转变。事实上受到了这一转变的影响，学界对文学现代主义本身的研究重点似乎从它的代表诗人——叶芝，艾尔，庞德和史蒂文转移到小说家身上，如詹姆斯、康拉德、劳伦斯、理查森、乔伊斯和伍尔夫等。无论是从意象诗，还是从长诗中的典故意义来看，如艾略特的《荒原》、庞德的《诗章》、大卫

·琼斯的《幻境》和威廉·卡洛斯·威廉斯的《帕特森》,这些现代主义诗歌的目的是将时间和历史的复杂性浓缩起来,使它们在某一框架内被读者理解。现代主义的特点在于研究小说发展结构的原则和诗学特性,努力确立小说的尊严和严肃性。这种诗学研究是按照场景学的原则运作的。对于现代主义小说家和理论家,如亨利·詹姆斯,韦恩·C·布斯以及珀西·卢伯克而言,小说研究的视角问题,即"谁在看"和"怎么看"的问题,是诗学与视觉形式的结合。1945年,约瑟夫·弗兰克发表了《现代小说中的空间形式》(Space Form in the Modern Novels)一文的内容主题主要涉及写作的主旨、现代诗歌、福楼拜与乔伊斯、朱娜·巴恩斯的《夜林》(Nightwood)及空间形式的概念等问题,在其中他首次提出了"空间形式"这一概念。

相比之下,一些后现代主义的叙述似乎依赖于声音而不是眼睛,或者更准确地说,无论是作为一种看到的方式,还是作为被看到的东西,后现代主义的叙述似乎使声音难以编码。萨勒曼·拉什迪的《午夜的孩子》(Midnight's Children,1981)类似于一部声音杂乱无章的噪音。塞缪尔·贝克特小说"三部曲"(《马洛伊》、《马洛正在死去》和《无名的人》)以马洛伊寻找母亲的近似现实主义的细节描写开始,通过马洛纳超现实主义的临终反思,直到以无名人脱离躯壳的头颅在旋转的幻觉世界中心的灰色心理作为结局。"三部曲"通过个人色彩浓厚的叙述风格,引导读者越过一切参照标志而进入纯主观的灰色格调,在那里我们听到而不是看到叙述者痛苦、喘息,咆哮,争吵、失落和绝望的声音;那些似乎难以诉诸笔端、不言而喻、扑朔迷离而又完全属于个人的一切。

当然,将叙事的开放和展开过程映射到静态或循环结构上,总是有一些矛盾之处,对叙事的结构主义分析有点类似于纸牌游戏,旨在解释游戏构成要素的意义,并非有必要阐释游戏的本质是什么,这种分析所逃避的恰恰是游戏的本身。这些叙事的张力在某些后结构主义分析的例子中比较常见。比如,罗兰·巴特在《S/Z》中试图运用后结构主义分析的范式和技术,以开放或无限可能的阅读行为阅读巴尔扎克的故事《萨拉辛》(Sarrasine)。巴尔扎克的《萨拉辛》是一篇并不引人注目的短篇小说,但是,当它与罗兰巴特相遇时,沧海遗珠瞬间化为风光月霁,巴特以精湛、手术般的解读,逐字逐句地将小说结构的分析和解读提高到了无以伦比、令人倾倒的高度。即使是像杰拉德·热奈特这样的叙事学家,在对叙事成分进行仔细的区分和排序过程中,还是会在某些情况下遭遇到超范围或超类别的例子。直到20世纪90年代中期,在对叙事的理解和分析中,后现代主义分析的张力美学才使其独立并产生了重要的意义。安德鲁·吉布森的《迈向后现代叙事理论》(Toward a Postmodernist Theory)一书中借鉴了利奥塔、德鲁兹和德里达的作品,主张分析符合叙事的流动力量,而不是抓住它的抽象形式。当然,不同的叙事形式,如书信体小说,浪漫小说,西部小说,也应该有不一样分析模式,而非千篇一律。对于吉布森来说,叙事的力量在于它超越了某些叙事的极限,这种叙事与后现代运动协调发展,并与后现代思想同时繁荣。这种叙事分析不改变作品的本质,因此就可以不必关注叙事中发生的事情,而是关注后续会发生什么。因为线性本身就是一种使时间与空间合二为一的方式,它是时间段落的语法,而不是段落本身。吉普森研究的是破坏了线性叙事的形式和力量因素,并进一步分析了变异,切分,不规则以及随机等时空概念。当然这有时会给那些将时间看作线性运动的人制造困难,对他们来说,非线性叙事总是静止的。

从叙事上看,文学后现代主义显然并不是说所有的叙述从此都是以简单而充分的后现代主义的方式展开分析。后现代叙事在西方文化中的霸主地位在那些畅销的小说名单中得到了充分的体现,它在广告和电脑游戏中广泛的出现,尤其被电影毫不掩饰的放大。它表达了对传统诗歌,小说,散文以及其他文学模式的零容忍。是对现代主义叙事特征的反抗,因此在一定意义上是现代主义权威衰落的症状。但是詹姆逊、哈钦和麦黑尔等后现代评论家对后现代叙事研究日益浓厚的兴趣的结果,不仅是试图消解现代主义的绝对权威,而且是为了推动现代主义更进一步的发展,使它在其自身的矛盾中自我更新。布莱恩·麦黑尔认为如果现代主义小说属于认识论范畴,即现代主义小说关注的是知识与理解的问题,那么后现代主义小说则属于本体论范畴,它们关注的是存在世界的创造与创造的关系。这对于那些将现代主义与后现代主义割裂对待,否认后现代主义是现代主义的完善与整合的人来说显然是不能够接受的。事实上,从认识论到本体论,从观察世界到制造世界再到探索世界的过程,就是对原有世界的强化与改变,因为对于事物的认识和理解的结果本身所产生的是对存在世界的改变与完善。

后现代主义叙事的突出特点并不意味着后现代主义就没有重要的诗歌或戏剧,更不意味着批评家会对它们保持沉默和无视。但这似乎确实解释了这样一个事实:在后现代主义语境中,人们倾向于关注各种形式的创作过程以及张力,而不是已经被完成的形式。例如,马乔里·佩洛夫的《不确定性诗学:从兰波到凯奇》(The Poetics of Indeterminacy: Rimbaud to Cage, 1981))认为,后现代主义诗歌的特点是对以自我为中心的现代主义抒情诗进行的解构,认为后现代主义诗歌更倾向于结构松散、粘连的,随性的结构。它们通过时间来建造形式,而不是将形式强加于时间之上——诗是女孩子马尾辫上的装饰品,而不是套索。克里斯蒂娃和符号学家罗兰·巴特关于文本的研究不仅揭示了"不确定性",而且张扬"不确定性"存在的意义。后现代诗学继承了尼采反抗传统理性的精神内核,并且把"不确定性"观念延伸到社会意识领域的多种层面。主体理论方面,拉康认为真正的主体是无意识主体,无意识是他者的语言,这就瓦解了自笛卡尔以来主体概念的统一性;克里斯蒂娃比拉康提出"不思","无语"的主体更积极一些,主张主体通过精神分析和言说行为打破被禁锢的状态,主体应该具有流动性和反抗性;从语言研究的角度看,德里达和耶鲁学派的解构主义是尼采关于语言修辞性量本质理解的一种深化,达到了社会和文化的深度。

后现代主义戏剧初期呈现的"精神分裂症"同其它艺术品的融汇和混合,打破了艺术与生活的界限,通过即兴、偶发、随机的表演,将生活搬上舞台;变革戏剧表演空间,打破戏剧演出场的界限;加强戏剧的行动性、参与性和政治性;取消剧本、摒弃语言,强调肢体语言动作;以及从题材内容到结构表现出的混杂与拼贴等等。戏剧中的后现代主义作品已经变成了不再符合诗歌或戏剧特性的假定。有些作品因为故意功亏一篑或未能满足一个流派的最低要求而被人们指责为精神癫痫。彼得·汉克的《冒犯观众》(Offending the Audience,1966)就是一个很好的例子,在这出戏中,只有四位发言者详细地解释了他们不会采取行动,不会有风景,也不会有任何表现,没有剧院,观众感知它的方式只有听,什么也看不到,除了坐在斜对面的和自己一样的其它听众,而听到的也只是一男一女的独白抑或对话,中间也没有什么音乐或其它的伴奏。正如《冒犯观众》这个名字,它的确冒犯了观众,不单单的是冒犯,甚至从某个层面上来看,它在挑战观众的忍耐性。耳旁自始至终的充斥着唠叨,而我们却看不到任何东西,始终没有看到任何演员,道具、孤独的舞台静静的凝呆,观众好像一群被诅咒了的信徒傻傻地坐在椅子上忏悔。再比如,还有一些后现代主义戏剧直接背道而驰,拒绝承认自己是戏剧,例如罗伯特·威尔逊和菲利普·格拉斯合作的歌剧《海滩上的爱因斯坦》(Einstein on the Beach,1976),还有 1984 年在洛杉矶举行的奥林匹克艺术节上的《一棵树在倒下是最好的衡量标准》(A Tree is the Best Measure When it is down)有 500 名表演者用 13 种语言表演了一些破碎的片段。这种戏剧性的事件引爆了观众对剧院的期望。观看这样的作品的经验似乎是不可接受的,扩展和挫败总结它的能力,或者把它汇集成一个"经验"。曾经剧院的必要性或者存在与否取决于传统的特权在这里被颠覆或消解。观看后现代戏剧,你必须在那里接受一种"非顿悟"的认识——借用威廉·吉布森的一句话,你要忍受"那里没有存在"的艺术效果。

所有这些"过分的例子"都是对让-弗朗索瓦·利奥塔在后现代语境下提出的现代主义艺术与后现代主义艺术之间区别的具体诠释。无论是现代主义艺术还是后现代主义艺术,都试图表达一种浪漫主义理论家所称的"崇高"的艺术感觉,一种无法控制或驾驭的艺术性。现代主义艺术和后现代主义艺术都意欲去设想不可想象的东西,表达无法表达的感觉,预估不可估量的东西。只是现代主义艺术仍然是把经验结合在一起,或者把它简化成某种可识别的形式。相比之下,后现代主义作品则是在呈现事物自身不可呈现的东西,否认了自己作为美好的呈现形式。因此,人们认为后现代主义艺术,特别是后现代主义文学是在呈现超出理解范围的经验。利奥塔认为后现代艺术就是"用表现本身展示不可表现性",因为当想象力遭遇到无法把握的巨大无限的力量时,肉眼目睹的形式中存在着一种无法表现的东西,它提供不出相应的表征形式,从而导致艺术的表达危机。后现代艺术拒绝优美形式的抚慰和一致。这种一致会使公众缅怀那个不能获得的东西寻求新的表现,目的不是获得愉悦感,而是产生崇高的感觉。后现代的先锋派作家在不可表现的驱使下带来的是文化折衷状态。先锋派艺术家远离公众社会生活,放弃对公共社会理想的认同与追求,在他们的形式表现中提出了现实主义的内容,这样便无法真正刻画资本主义社会的政治和剥削关系。面对艺术的折中主义,利奥塔认为折中主义是当代总体文化的基准:人们听雷盖(牙买加民间音乐,20 世纪 60 年代中期始流行),看西部片,午饭吃麦当劳,晚饭吃地方菜,在东京用巴黎香水,在香港穿"怀旧式时装";知识变成了电子游戏。折衷主义作品与公众一拍即合。艺术成了平庸之作,迎合取悦资助人的"趣味"。艺术家、画廊老板、批评家和公众都安于"什么都行",这是一个懈怠的时代。①

现代主义是抽象和超越的混合。抽象的原则可以从现代主义的各种回避和否定中看到。例如,现代主义绘画中对指称对象回避,现代主义小说中拒绝传统的"皆大欢喜"、"抽象情节"和"快乐结尾"等表现方式。与简约原则相反的是现代主义作品的超越原则是以扩大艺术的范围为原则,例如允许更多的学科进入文学和艺术,并且要求更多的方式来呈现不同的主题。人们常说,对于现代主义来说,少就是多。许多现代主义作品一次又一次地将世界与相互联系因素浓缩在一个集中点,如乔伊斯的《尤利西斯》(Ulysses,1914)和伍尔夫的《达洛维夫人》(Mrs. Dalloway,1925)都是记述了一天发生的事件,以一天的故事隐喻人生,一个世界,历史或者更加深刻的东西。也许没有任何一部叙事的作品能像乔伊斯的《尤利西斯》那样遭遇多种解读形式的可能性,使之成为现代主义和后现代主义共同的典范。早期的读者批评尤利西斯是在肮脏的环境中堕落的灵魂,其文体上散乱无节制的描述,诸如排便、手淫和变态的性幻想等,是与人类生活的细节是完全平行的。从小说出现的那一刻起,就有一种与现代生活相关的现代主义阅读。这种现代主义阅读是以T.S.艾略特为先导的,他以尤利西斯的神话方法为主题分析了该作品的连贯性及其所表达的混乱世界徒劳的意义。而在斯图亚特·吉尔伯特的精心和貌似权威的解读下,衍生出一部具有完整的现代主义叙述的小说。现在很清楚的是,这部小说并不是简单地屈从于现代城市生活中的混乱现象,而是作品精心蓄意的威慑。与荷马的尤利西斯在"奥德赛"中流浪平行的是,利奥波德·布卢姆在1904年的一天里漫步都柏林街头必然是对疯狂万象世界的抽象和简化。现代主义对小说的解读,如吉尔伯特的小说,以及他所鼓励的许多后来的解释,都阐明了这一逻辑。一旦人们了解了乔伊斯的本质,《尤利西斯》看似难以控制的复杂性就会像解方程式两边的数量一样迎刃而解。现代主义者声称:一旦一个人掌握了阅读的"代数方式",即使是像尤利西斯这样的作品阅读也会少得令人放心。

但是,在这种现代主义小说的阅读方法达到平衡之后,小说的第三种阅读在20世纪70年代末和80年代初开始受到关注。在现代主义作品中,作

① 让·弗朗索瓦·利奥塔,车槿山译.后现代状况:关于知识的一个报告[M].南京:南京大学出版社,2011.P13-81.

者勇敢地揭露了世界动荡而混乱的感觉,并保证了艺术作为宗教,在即将消亡的世界中充当维护秩序的最后的前哨力量。但随着战争爆发和商业的发展,政治被暴民所接管,后现代主义开始认为,现代主义者所认为的"威慑"实际上可能是一股充满活力的艺术力量。20多年前,英国文学的试卷习惯性地要求学生展示现代文学如何处理"无序"的问题,就好像这种情况是给定的一样。但"无序"这个词现在很少出现在考试和作文中,取而代之的是"多重性"、"扩散性"、"开放性"等词;"无序"是一种令人兴奋的挑衅,而不是一种痛苦的折磨。与其代表驯服或威慑,艺术家不如努力实现多元化的承诺,强调自然性的表征。事实上,没有什么东西比后现代主义更强调"自然性"。在后现代者眼中,过去看起来混乱的东西现在看起来非常的充实。这并不代表对现代主义作品所宣称的那种审美"特权"的简单放弃,因为后现代主义对文学艺术有着另一种形式的"特权"。后现代主义在文学的研究早期经历了一个强大而普遍的"语言转向"。后现代主义小说所要表现出来的丰满不是事物的充实,而是语言的充实。

小说的结构是对世界的抽象或还原,但这种结构的阐述方式使小说能够暗示其所包含的整个世界。如果文学中的抽象化意味着世界必须让位于文学,那么《尤利西斯》的语言和文体形式就意味着世界的多样性。从这个意义上说,像《尤利西斯》这样的作品可以被理解为后现代主义作品。到了20世纪80年代,只有思想最保守的人仍坚持认为《尤利西斯》的伟大之处在于它对世界的威慑方式,或将其理想化。事实上,那些将《尤利西斯》界定为后现代主义小说的伟大先驱的读者会进入到一个具有多重意义的世界。这种多重性是语言的一种条件,也是语言对世界的影响力,一旦动摇了语言的多重性就意味着小说功能的丧失。与其说后现代主义是从世俗世界中隐退,不如说它以更高的热情在继续拥抱这个"世界",尽管这个世界是一个文本的世界。如果现代主义文学以勉强的方式承认这个文本世界的存在,那么后现代主义对这个文本世界是顶礼膜拜,坦率信奉的。后现代主义文学将现代主义者对语言极限的担忧变成了一堆喋喋不休的术语,像贝克特这样的后现代主义作家迫于怀疑的压力,制定了一种语言的游戏,这些怪诞,无序,不可预知,难以言语的文本世界令人怀疑激动。人们开始变得兴高采烈,最重要的是,他们越来越多地提到贝克特的作品,这意味着在这场关于后现代主义小说的的争论将会停止。贝克特作品里另一经常被论者注意到的有趣之处，是他有在自己作品中人物的名字上玩文字游戏的癖好。有人将贝克特的这一癖好归之于他对她青年时代的导师乔伊斯的仿效，此说不无道理，但又不免失之偏颇。这一现象在贝克特的小说和剧本中都常见，比如戈多（Godot—God）、瓦特（Watt—what）、诺特（Knott—not）、马洛纳（Malone—man alone）、林奇（Lynch）等等。把这种在作品中人物姓名上玩文字游戏的行为仅仅看成是仿效前人，显然是不够的，更不应该的是只把它们视为雕虫小技不加重视。这种游戏其实是一种名实关系的不断转换，其结果是形式通过上述转换不断参与内容，或否定内容，或强调甚至夸张内容，每一次转换都是一次消解。荒诞派戏剧的剧中人艰涩难解的对白或独白被观众理解和接受，乃至引起强烈的共鸣，恰似“言语”通过某个潜存于每个人头脑中的“语言系统”完备起来的过程。从他最初的作品，诸如诗集《婊子镜》、《应声骰子及其他掷物》，小说集《多刺少踢》，长篇小说《莫非》到他成名前后的诸多作品，如《莫洛伊》、《马洛纳之死》、《等待戈多》、《残局》等，直到他晚年创作的那些被他自己称为“文本”的作品，无一不在重复着“除去习惯、无聊、遗憾和痛苦之外什么也没有”的主题和形象。

似乎是为了“一决高下”，贝克特常常被拿来与乔伊斯作比较。贝克特自己认为在乔伊斯的作品中，语言的工作绝对是巨大的；乔伊斯知道的越多他能做到的越多，他变得无所不知，无所不能。贝克特认为自己的作品则走向另一个极端：无知和无能。因此，乔伊斯的作品达到了暗示包容性的极致，它试图用“尤利西斯”的“一天时间”来概括欧洲的历史；而《芬尼根觉醒》（（Finnegans Wake，1939））试图重述所有曾经用各种语言写过的故事。与之相比，贝克特上演了一系列关于失败、退却和萎缩主题的作品。他的《最糟糕，嗯》（Worstward Ho，I983 ）就成了他的下一部作品的名称。那是一部充满了闲情逸致，又颇具情趣的散文作品。从他的通信中我们还可以看到，贝克特在哈代和 T. F. 波厄斯（T. F. Powys）等作家的作品中看到了清一色的黑色世界观，一种非常令人生厌的黑色世界观。在他的作品中，甚至是在那些最黑暗的、最萧索的句子中，我们也不难发现一种形态、一种能量和一种活力，它们抵消了作品中的虚无主义。2005 年布克奖得主、爱尔兰作家约翰·班维尔（John Banville）曾说：今天的爱尔兰作家就分为两派，要么是乔伊斯派的，要不就是贝克特派的。乔伊斯总是想方设法把世界填得满满的，而贝克特刚好相反，总是给世界留空，等人们思考“怎么”’。

从某种意义上说，贝克特拒绝现代主义的艺术和力量是后现代主义开始的风向标，因为它意味贝克特的“极简主义”或者说“存在主义”在系统地拒绝一切传统艺术所积聚的艺术形式与“特权”，拥抱孤独、绝望甚至怪诞的后现代艺术，这为每一个尝试寻找新的表现方式的艺术家树立了强大的榜样。贝克特曾说艺术的形式和内容是统一的，写作都是关于生活的本质，最基本的情感、最本质的处境。艺术仿佛是在描写我们每个人生命中都会有的裂痕，就像我们生命中经受的爱与丧失、挫败、交流……所有生命中的苦痛，以及不能忘却的黑暗时刻“就是因为我透过裂痕看到的是光，我希望你们与我一样看见光，它代表的是悲悯、希望、爱、遥远的和平，以及我们每个人内心都会有的渴望，就是我们可以跟自己、跟这个世界和解。”从另一个意义上说，贝克特的作品，特别是他后来的作品似乎是对现代主义最后的申诉，尽管这些文字的申诉似乎脱离了现实变得有些迷幻。仅《等待戈多》(En attendant Godot，1953)一剧，就先后被译成二十多种文字，在巴比伦剧院连演四百场之后，相继在欧洲、美洲、亚洲等二十多个国家上演，头五年的观众即达百万之众。它所获得的一系列成功令人瞠目结舌。与此同时，另一些与贝克特创作风格相近的剧作家，如尤金·尤内斯库、阿瑟·阿达莫夫、让·热内等人的作品，也先后获得了世界性的成功。这一连串的成功集中于一个相对较短的时期内，形成了一股极其强大的冲击波，如同旋风一般创造出了世界戏剧史上前所未见的奇迹。随之出现的，是世界戏剧全新的格局，是全球性的戏剧观众的新口味，是戏剧艺术家以独特的艺术形式直接参与对于人类状况荒诞性的形而上的讨论。

尽管贝克特的作品表面上显得“极简”，但他的作品对自称为后现代主义派的作家来说却是一种极具启发意义的源泉，贝克特的艺术风格似乎总是被效仿、重复或再现。假如有一天贝克特的作品从视野中消失，他的人物、思想和文字片段一定会不断地被重复或复制。贝克特永恒不变的写作秘密、持久的创作魅力且具有弹性的文体风格游离于不同的媒介与语言中，比如他的作品大部分是以英语和法语为母语写作的，当被德语和意大利语改写之后，就会产生另类的效果。正是这种自我强化的功能使得贝克特和后现代主义之间的联系水乳交融，不可或缺。当提到后现代主义小说中重量级作品时，我们还不得不提及托马斯·品钦、加布里埃尔·加西亚·马尔克斯、卡洛斯·福恩特斯、约翰·福克斯、约翰·巴思、萨勒曼·拉什迪和安东尼娅·苏珊·拜厄特等的小说。即便不是这样的鸿篇巨制，大部分的后现代主义作品似乎都会引发某种震荡：安吉拉·卡特的小说可能就是一个例子，其作品风格独树一帜，混合魔幻现实主义、女性主义、哥特式及黑暗系童话，想象奇异诡谲，语言瑰丽璀璨，充满戏仿的狂欢。

关于后现代主义的文艺批评已经超越生活风格，并演变出异乎寻常的品质。如果说现实主义小说因为不得不切近世界而被迫浮夸矫情，现代主义小说为了壮大繁荣而消费世界（普鲁斯特、曼恩、穆西尔、乔伊斯），那么后现代主义小说则大行其道，力求超越世界。我们也必须认识到，在文字和世界之间的后现代主义的障碍几乎为零。伍尔夫和乔伊斯都用土生土长的比喻来描述他们的小说创作，伍尔夫用“挖掘记忆洞穴”比喻她对“达洛维夫人”中的角色塑造，乔伊斯描述“尤利西斯”的创作非常无趣，好似在翻越一座大山，希望总是非常的渺茫。后现代主义小说从它所对抗的世界积聚能量，或者说后现代主义小说在与世界的对抗中试图大胆地超越世界，把它变作前进的动力。后现代的评论家会告诉我们，后现代主义小说是“丰富多彩的”、“骚动不安的”、“另类搁浅的”、“简明扼要的”、“包罗万象的”等等。

在后现代主义文坛中，唐·德利洛（Don Delillo）无疑是最具代表性的小说家之一，他常常和萨勒曼·拉什迪（Salman Rushdie）被拉在一起，他的作品几乎涉及了整个西方世界，尤其美国生活的方方面面，作品的后现代主题包括政治历史、消费主义、死亡恐惧、仿像世界、战争威胁以及创伤记忆等等。唐·德利洛是一位非常多产的美国当代作家，他的《白噪音》（White Noise，1985）被认为是最好的后现代主义小说之一，是美国后现代主义文学最具经典性的代表作，荣获美国“国家图书奖”，曾经被用作后现代教学的教科书。《白噪音》是一部关于“生与死”的思辩小说；面对死亡困扰、人们的表现以及人们为摆脱死亡困扰做的一系列努力。被西方文学批评家誉为“美国死亡之书”。面对后现代美国社会的消费文化和传媒文化，德利洛冷静地审视了个体身份所面临的社会危机，探讨了个体如何在后现代语境下捕捉自我意识真实的一面；揭示了现代社会人类焦虑心态，在商品拜物的社会中的不断被异化和物化的一面；在探索个人身份在过度消费世界中的不稳定性，信息无所不在的神秘力量，全球化的影响，灾难与琐事交织的讽刺方面，《白噪音》与后现代理论形成了完美的契合。正如约翰·福罗（John Frow）把《白噪音》作为研究后现代主题的宝库，《白噪音》所表现的后现代特征似乎超越了同期其它的作品。尤其在后现代理论的借鉴上,《白噪音》与后现代的和谐可以称之为“教科书”式的后现代作品。而德利洛的其它小说和《白噪音》一样多是借鉴后现代主义的理论及其创作手法展开对20世纪近半个世纪的美国现实的剖析。但是这正是关于德利洛后现代主义的论题产生争论的地方,因为他的作品与后现代理论之间的超和谐关系恰恰违反了后现代的“不可通约性”的原则。也就是,如果德利洛的作品和它所记载的后现代理论之间被如此紧密地结合在一起,那么后现代所谓的“不可通约性”的原则又发生了什么呢?也即,德利洛与后现代主义理论的“契合”如何与 后现代所谓的“不可通约性”的原则契合?

也有学者认为很可能德利洛意识到自己的作品与后现代理论之间的“过分和谐”,才使得他能够创作出更加伟大的作品。德利洛1997年出版的《地下世界》(Underworld)共有800多页,时间跨度从上世纪五十年代初冷战开始直到九十年代初冷战结束,内容涉及到核危机、物神崇拜、身份认同、偏执狂、环境污染、垃圾管理处理等多个主题。不过,冷战初期的末日焦虑、古巴导弹危机、反越战运动、前苏联的解体、柏林墙的倒塌,以及20世纪晚期资本主义商品文化作为决定性世界市场的出现,这些冷战时期的重大历史事件并不是小说的关注对象,相反它着力描写的是在这些重大历史事件背后个体的文化记忆和内在体验,以及不那么令人关注的、商品经济迅速发展的副产品——“垃圾”。正如托尼·唐纳(Tony Tanner)指出:“小说真正的主人公是垃圾,我都不知道本应作为偶尔出现的配角的垃圾何时成了艺术舞台上的主角,垃圾不仅威胁到人类生命,还耗费了人类大部分的时间和精力。”①例如,小说主人公尼克(Nick)与妻子在超市看到商品时,脑子里想到的不是它们作为商品的用途,而是它们会变成怎么样的垃圾,每周例行的垃圾清理对于他们俨然已经成为一种严肃的宗教形式。让·波德里亚(Jean Baudrilltard)曾在《消费社会》(Consumer Society)的开篇描述了这样一个物质极其丰裕的西方现代社会,“今天,在我们的周围,存在着一种由不断增长的事物、服务和物质财富所构成的惊人的消费和丰盛现象。它构成了人类自然环境中的一种根本变化。”②

---

① Tony Tanner.After Thoughts on Non Delillo' Under World[J].Raritan:A Quarterly Review,1998(17).P.63.

② 让·波德里,刘成富/全志刚译.消费社会[M].南京:南京大学出版社,2000.P.3.

小说从一开始就确立了一种集散的节奏，展现了内在的多样性主题，因而被学界看作是美国小说的一次飞跃。《地下世界》以一场著名的世界杯棒球联赛开始，时间是10月3日，比赛的对手为纽约巨人队对洋基队，比赛结果是纽约巨人的鲍比·汤姆森以一个本垒打击败了洋基队；场外的观众席中是贾奇·葛利森，弗兰克·辛纳特拉和约翰·埃德加·胡佛，以及一个无票入场的叫科特来年轻的黑人孩子。这场紧锣密鼓地进行的赛事因为俄罗斯原子弹爆炸的消息而变得更加的剧烈。而章末结尾是科特接住了被踢出运动场的球，从而使得小说才进入了真正的主题。接着，这部小说就像一次慢动作的宇宙大爆炸，整本书与其说是由角色或他们的故事拼接在一起，不如说是由比赛中球员之间的"传球"连接在一起。正如学校作文主题"六便士的旅行"所隐喻的那样，《地下世界》通过一只棒球（在一个重要赛事的终局使比分实现大逆转）几易其主的历程，将几个家庭的故事编制成美国战后五十年的世俗生活史；并且以一系列通常隐蔽于官方历史之下的主题："黑帮打手、街痞、城市浪人、涂鸦艺术家、连环杀人狂、地下情、各地下非法交易、垃圾和废料生意"等，作为这些普通家庭故事的背景，提供一个深度剖析美国社会肌理的切片。这部小说不仅特殊在它所包含的数量巨大的故事人物和情节，还因为它似乎产生了许多关于自身结构的镜像模式。其中一种模式是关于后现代主义文学中生命与时间的悖论。《地下世界》认为在时间和人类世界之间存在一种"平衡支架"，然而由于我们脆弱的躯体和心灵，我们最终屈服于时间，但时间也会依赖于我们。我们活在时间里，或者时间就存在于我们的肌肉及基里；当我们去世后，时间又会在我们基因中传下去，传给我们的后代，传给我们的棕色眼睛的女儿和招风耳的儿子，这种时间变成了生物因子，如同基因链，我们的生命实则是永生的，它推动着这个世界继续发展下去。这种对于生命和死亡的思考，完全可以将时间从那些理论家的滴滴答答时钟概念抽离出来。我们的思想和身体才是是时间分配唯一关键的时钟。这种悖论似乎是说时间就是一支预支储备基金，它会屈于生命。生命既像是时钟又像是电池，可以测量时间的流逝，也可以孕育时间。关于时间的储存、分配、耗尽以及渡过等等概念，好像时间就是一种物质，一种与消费和垃圾有关的物质。正如另外一位值得致敬的后现代小说家托马斯·品钦的小说《拍卖第49号》（The Crying of Lot 49, 1965）以相似的方式揭示了世界是由某种神秘的力量联系在一起的，《地下世界》为读者提供了有一种世界相互关联的世界观，在地下世界垃圾与我们的世界之间的相互联系，看似毫无关系、微不足道的事物与世界息息相关，并且微妙的下世界本身已成为一种组织原则。垃圾的概念化堆置和空间的积聚都与文化进程有重要的指涉关系。

> Cities rose on garbage, inch by inch, gaining elevation through the decades at buried debris increased. Garbage always got layered over or pushed to the edges, in a room or a landscape. But it had its own momentum. It pushed back. It pushed into every space available, dictating construction patterns and altering systems of ritual. And it produced rats and paranoia. People were compelled to develop an organized response. This meant they had to come up with a resourceful means of disposal and build a social structure to carry it out-workers, managers, haulers, scavengers. Civilization is built, history is driven.①

（译注：几十年来，建在被掩埋的垃圾废墟之上的城市一天比一天的高大繁华。而屋内或景点，总是会有垃圾堆积或被分类。但垃圾也有自己的动力，它会向后推进，进入每一个可用的空间，影响建筑模式或改变文化仪式。它还会招来老鼠或者导致妄想症。最终，人们被迫作出反应，有组织地应对垃圾世界。这意味着人类必须足智多谋，想出一种科学的处置方式，并建立一个有组织的社会团队去应对问题——工人、管理人员、运输工人、拾荒者。文明是建立的，历史是驱动的。）

"噪音"已经成为后工业社会的标志，而"垃圾"就是问题的本质。在探讨商业生产过剩以及社会垃圾的主题时，唐·德利洛似乎诠释了利奥塔的后现代"崇高美学"。"崇高美学"的提法最早应该出现于利奥塔在1982年4月发表于学刊《评论》(Critique)上的《答问：什么是后现代主义》一文中。在文中，他写到："我尤其要指证，正是这种崇高美学中，现代艺术(包括文学)才找到了原动力，而前卫派(the avant-garde)才为自己的逻辑找到了定理。"利奥塔对崇高的理解有三点，首先，崇高是一种"呈现不可呈现性"的情感，这种情感打破了整体、统一的主体性，开辟了通向未来之不确定的可能

① Don Delillo. Underground[M]. London: Picador, 1997. P.287.

性,而"不可呈现性"也就是利奥塔的后现代主义哲学所坚持和捍卫的。第二,崇高的发生是在"现在"的状态下,它具有未完成的现时性品质,从而是无法绝对理解和把握的。第三,崇高作为"不可决定的"判断的范型,是一种让人们感受到"歧论"的情感。或者说,崇高就是对歧论的情感体验,崇高感的中心是"歧论",是两种绝对不可调和的碰撞。

抽象表现主义画家纽曼认为抽象表现主义的价值并不在于它的接受和解读的各种可能性,而在于抽象表现主义本身具有的"崇高"的性质,它标志着艺术从此与"优美"没有关系,"崇高"才是今后艺术最重要的赌注。这启发了利奥塔对"后现代崇高"的艺术精神的发掘。利奥塔在《力比多经济学》,《关于康德崇高的分析课程》以及《非人》等作品中系统而深刻地挖掘出崇高和先锋的姿态之于现代和后现代的意义。作为一位哲学家,利奥塔首先关注的是纽曼的崇高与时间的关系,即"时间就是图像自身","崇高即现在"。利奥塔指出,在纽曼的作品中,时间就是画面本身,它是一个事件,事件是瞬间的发生,它超出意料地到来,但一旦它在那里,就在已经发生的事物的脉络中。利奥塔强调一旦将崇高与时间、事件联系起来之后,它是在不确定性中的发生。正是由于这种不确定性、无规定性和未知的到来性,人不能彻底理解一个事件,事件超出了人们可以理解的范围。我们发现利奥塔对崇高的定义是指对某些太大、太复杂的或者不能被理解的事物的理解。不能掌握事物的庞大和复杂的感觉可以成为一种安慰,一种在自己的限度内的理解方式,同时也可以让人对世间万象有一个不同视角的窥视。

现代主义与后现代主义的区别不仅体现在价值观,而且还体现在对文学价值的诠释方式的不同。现代主义小说的叙事艺术趋向于凝练和内倾性,模仿意象派诗歌鲜明、准确、含蓄和高度凝炼的意象性,并将作者瞬息间的思想感情溶化在作品中。小说在许多现代主义作家的创作中占了很大的比重,如詹姆斯、康拉德、乔伊斯、劳伦斯、伍尔夫、曼斯菲尔德、纳博科夫等。现代主义小说充满了时间上的顿悟,像弗吉尼亚·伍尔夫的《到灯塔去》(To the Lighthouse,1927)。这样的现代主义小说,就是聚焦于那些充满意义的顿悟时刻。它的意义往往是存在于某一个时刻的顿悟。这并不是说这些故事没有时间上的延伸,只是它们更加专注于启示时刻、实现或转变的时刻,在这些顿悟的时刻,时间及一切都突然变得清晰起来,因此我们常常把这些启示时刻称作顿悟。但是后现代主义短篇小说的特点不是内倾或顿悟,而是怪诞和冲突。如果现代主义小说旨在通过消解完善主体,那么后现代主义短篇小说则表现永无完善的拼贴。这种通过拼贴链接起来的,或者由不同的小说组合而成的叙事干扰模式导致了后现代小说的复杂特性。后现代主义作家如豪尔赫·路易斯·博尔赫斯,唐纳德·巴塞尔姆,罗伯特·库弗,和卡尔维诺都是非常显著的例子。比如罗伯特·库弗的《电影之夜》(A Night At the Movies,1987)就是一部元小说的合集,故事中没有关联的情节,只有被改造的一系列的电影类型形成的一个相互关联序列。另一个例子是朱利安·巴恩斯的《101/2 章世界史》(A History of the World in 101 / 2 Chapters,1989)。这本书以《圣经》中的洪水典故开始,以一只栖息在诺亚方舟的木蠹的视角讲述故事,并在方舟航行中贯穿了一系列历史事件和人物。比如,其中一个讲述了恐怖分子劫持一艘游轮的故事;另一则故事回顾了1816 年法国护卫舰"美杜莎号"沉没的故事,以及里柯对其灾难性后果的描绘;还有一则故事讲述了一位有宗教信仰的宇航员前往阿拉拉特山探险的故事。在《101/2 章世界史》各篇章中都有或隐或现的"意象"船和木蠹,但读者根本找不到各篇章之间贯穿始终的主题。作为一个小说家而非历史学家,朱利安·巴恩斯在《101/2 章世界史》中彻底颠覆了《圣经》、挪亚及挪亚方舟的形象,并以此为线索打造了一本虚拟的世界史。其实,巴恩斯根本无意重写世界史以及《圣经》,小说中所涉及重大历史事件、人物只是他创作小说的素材,思考自人类诞生以来人类所面临的种种困境及尴尬。在第一章《偷渡客》中"偷渡客"木蠹目睹了挪亚的独断专行、残暴及其给方舟上的动物带来的痛苦,朱利安·巴恩斯似乎在批判《圣经》以及基督教的虚伪性。第二章《不速之客》中恐怖分子狠狠控诉了西方政客的冷漠、犹太复国者的残暴,遣责了西方社会和以色列。在《虚假的力量》中,艾柯说:"既然在历史的演变过程中,某些人的行事准则是根据其他人根本不以为然的信仰,我们不得不承认,对于我们每个人而言,历史根本就是一座幻影的剧场。"基于艾柯的这种说法,朱利安·巴恩斯认为:"历史向来更像是多种媒体的拼贴,涂抹油彩的是粉刷滚筒,而不是驼毛笔",他的《101/2 章世界史》就是这种拼贴的结果。在巴恩斯看来人类生活的地球就是一个挪亚方舟,所谓历史不过是"一代过去,一代又来,而地球却永存",历史可以是任意一种版本但决不止是历史学家告诉我们的唯一版本。莱恩·辛克莱的《下游》(Downriver,1991)展示了同样表现了不连贯性的叙事特征。包括一系列的叙事"明信片”，破碎的叙事以及涉及一个世纪以前的一群来自伦敦东区彼此貌似无关的人物的幻想。故事扑朔迷离，错综复杂，纷纷籍籍。大卫·米切尔的的《鬼书》（Ghostwritten，1999）由九个不同的故事组成，所有故事都涉及世界不同地区的不同人物，但都平行的发生，且被巧合地连接在一起。其中一个故事，讲述了一位香港律师生命最后一天的生活，他要把自己的一把椅子送给他的前妻。在后来的一个故事里，椅子到了，好像它已经从他书中的一部分被邮寄到了另一部分。

所有这些作品都可以说都是根据一种非线性发展的逻辑来建构的，根据一种被称之为“编译”的逻辑堆砌在一起。这种“不通约”且“无序”的小说叙事与塞缪尔·贝克特、保罗·奥斯特以及约翰·班维尔的小说如出一辙。如，保罗·奥斯特的“纽约三部曲”（《玻璃城》、《幽灵》、《锁闭的房间》）没有按照“自然”的时间顺序给读者展示事件的顺序，而是由读者重新组合事件；奥斯特通过营造哥特式的紧张气氛，设置一个又一个悬念来诱使读者与之一起踏上追寻身份和存在意义的心灵之旅。故事的情节彼此之间没有什么联系，但似乎形成了一个相互包围的故事组织，在这些故事中，各种关系都是相互联系的。这种叙事模式，似乎与约翰·班维尔的三部曲（《证据之书》、《幽灵》和《雅典娜》）的框架三部曲非常相似。事实上，两位作者都期待成功地模仿或超越贝克特在三部曲中对人物和事件采取的循环叙事结构。尤其约翰·班维尔的框架三部曲堪与贝克特的《马洛伊》、《马洛伊之死》、《无名的人》相媲美。班维尔的第一部小说《证据之书》（The Book of Evidence，1989）是关于自作聪明的弗雷德·蒙哥马利的自白，讲述了他在艺术抢劫过程中谋杀了一个年轻的女仆，因而导致他被监禁的一系列事件。第二部小说《幽灵》（Ghosts，1993）讲述了一群人被困在爱尔兰一个小岛上的故事。小说的叙述者蒙哥马利显然已经从监狱里被释放出来，来到这里后担任起艺术鉴赏家克鲁兹纳·阿曼纽斯教授的书记员。在第三部小说《雅典娜》（Athena，1995）中，蒙哥马利改名为莫罗，被诱使为一个小黑帮工作，在他鉴定一系列绘画作品时，发现它们来自于他被谋杀的那所房子。在这个过程中，他结识了一位他称作 A 的女人，并与之发生了亲密的关系。她试图使《证据之书》中谋杀受害者，那个在《幽灵》中重新出现的乔西复活。班维尔的框架三部曲的叙事可以理解为一种回归自身的尝试，一种试图逃避人类科技商业世界，循入文学与艺术追求的生活。通过回归自身和消解时间,小说试图将自己从幻想和诡计中解放出来,从而继承新的事物。但是,正如三部曲的标题所表明的,每一部小说自身的框架都是从其他的框架中孕育诞生后进入一种新的并不确定,同时又受到一种不确定性的递归的困扰。因此班维尔的框架三部曲以其不连续的情节,语言结构的碎片化,互文性以及不确定性等因素成为最具代表性的后现代小说。在这些作品中,作者应用语言游戏、绘画技法、神话原型、互文理论的叙事模式,颠覆和解构了传统小说的叙事方式。作者通过表现语言能指和所指的断裂、拼贴文本无中心性和自我与他者关系的迷茫,表达了个人在这个破碎的后现代世界的焦虑。其冰冷的叙事风格让人会对自身所处的世界产生极端的怀疑。

矛盾的是,小说这种对世界无法把握的感觉导致了小说中的某些部分有意识地打破时间的叙事序列,从而按照更武断的模式组织起来,因此小说开始采用百科全书、指南、字典、游戏作为其叙事模式。例如意大利当代作家伊塔洛·卡尔维诺的《命运交叉的城堡》(The Castle of crossed Destinies, 1973)讲述了在森林中的一座古堡,一些素昧平生的人被命运聚集到这里的饭桌前共进晚餐,而穿越树林死里逃生的经历使大家都失去了言语能力,于是就用摆放塔罗牌来各自讲述能力的故事。在《命运交叉的城堡》的一开始这样写道:同时,我还感到一种偶然,一种杂乱,甚至是一种放肆,仿佛这不是一个豪华优雅的家宅,倒是一个下等小旅馆,一些身分和来历各不相同的陌生人凑到一起过夜,不得不男女混杂,每个人都感到摆脱了在原来所属的环境中应遵守的规矩,就像忍受不甚舒适的生活方式一样,也在不同的更加自由的习俗中放纵自己……同桌就餐的人中的一个把分散的牌拢到自己身边,腾空一大块桌面,可他既不把牌收成一把,也不洗牌,只拿出一张放到自己面前。我们所有人都注意到在他的面容与牌中人物的面容之间的相似,于是我们似乎都明白了:他是要用那张牌表示"我",准备讲述关于他的故事。① 伊塔洛·卡尔维诺在他的许多的小说中都使用了这种被称为塔罗牌叙事的方式。这种将塔罗牌作为叙述机器的方式似乎和卡尔维诺的一些理念很有关联。森林中的城堡既是我们所赖以生活的大千世界,互相不认识的陌生人,小心的猜疑,正是现代人类之间的隐喻关系,"命运交叉"则意味着人生的无常,世界的偶然性。因此,城堡这本书最大的亮点自然是:用塔

① 伊塔洛·卡尔维诺,萧天佑译/吕同六/张洁主编.卡尔维诺文集[M].译林出版社,2001.

罗牌讲故事——按一定规律选出几张牌——延伸出一个故事——世界是偶然的——故事有无限可能性。

更多的例子还有普里莫·利维的元素周期表叙事；乔治·佩雷克的拼图叙事，理查德·弗拉纳根的鱼类分类叙事等等。乔治·佩雷克《人生拼图版》（Life：A user's Manual，1978）包含有索引、年表和核对表等，故事的场景设置在巴黎十七区西蒙-克鲁贝利埃街十一号的一幢十层公寓楼，讲述了居住在那里的人们和故事。这幢公寓楼被作者纵向剖开，将房间、楼道、电梯、地下室划分成一个横竖各10格的国际象棋棋盘，除左下角的格子之外，其余99个格子分别对应书中的一章。作者从四楼楼道开始，依次描绘每个格子中的物品、人物、故事，描写的顺序按照国际象棋中马步的走法，绝不重复，故事最终在四楼最左侧的房间结束。整部小说按照严密的数学结构，有条不紊地描绘了1468个人物包罗万象的生活。同样的例子还有米洛拉德·帕维奇的《哈扎尔辞典》（Dictionary of the khazars，1984）以辞典的形式记录了曾经存在后又没落的拜占庭时代的王国哈扎尔的历史，小说的内容纷繁复杂，古代与现代，幻想与实现，梦与非梦盘根错节地缠绕在一起；时空倒溯，人鬼转换，似真非真，似假非假，扑朔迷离地描述了哈扎尔这个民族在中世纪突然从世界上消失的谜。新近的例子还有理查德·弗拉纳根的《古尔德鱼书》（Gould's Book of Fish：A Novel in Twelve Fish，2001），它通过鱼类分类法讲述了澳大利亚殖民历史的故事。该书根据情节需要，用不同的颜色——红、蓝、绿、赭——印刷。每一章前都绘有一条与该章内容密切相关的精美的鱼，让人耳目一新。它以后现代主义和现实主义相结合的手法，讲述了873645号流放犯威廉·布埃鲁·古尔德在天之涯、海之角的范迪门地（塔斯马尼亚旧称）萨拉岛的悲惨遭遇，讲述了一段人类应该永远为之扼腕长叹、无法忘记的历史。《古尔德的鱼书》在作者的故乡塔斯马尼亚出版后，立即引起强烈反响。两种截然不同的意见各不相让。一部分人为作者大胆揭示塔斯马尼亚在殖民主义统治下的悲惨历史和作者丰富的想象力欣喜若狂，另外一些人面对这部书时却困惑不解，茫然不知所措。有评论家甚至指责“这是一部荒谬绝伦的书”，认为书里充满了拼凑和模仿的痕迹，是对历史的恶意歪曲。面对读者基于各自不同立场而产生的争论，理查德·弗兰纳根坦言：“我不喜欢历史小说，你不可能重塑历史，只能用历史表现自己的思想，写一部当代的小说。”事实上，弗兰纳根“自己的思想”就是几十年来澳大利亚多元文化色彩日益浓厚的表现。

如果叙事可以粗略地被定义为,因生活和工作的原因而不断被中断的阅读形式,那么这类相互关联的片段可以规定中断阅读的时间。在这类小说中,读者被要求以查阅字典的方式对文本进行解读,而不是以时间为线索的解读范式。这类小说揭示了阅读被中断的时间和常规化的时间之间的对立关系。小说叙事时间与读者实际阅读时间不同步,或者小说存在于读者持续不断地关注的、更大的意识形态中。在后现代的语境下,阅读时间和个体之间的规范和关联被消解。由于技术资源的开发,阅读可以被机器中存储的记忆功能划分为不同的片段,被记录、分类并存储于不同的时间段,且阅读的信息也是孤立碎化的,此时阅读不再具有与读者阅读时间之间同步的关系。在这种情况下,小说不再是保持与读者阅读同步的问题,也不是保护自己不受干扰的问题,而是保持与"文化"同步的问题。在这样一种文化中,时间与自身是脱节的,过去和未来都在模拟中被呈现给读者,而"现在"被推迟,并被分配到其他时间段,这种普遍的叙事被称为为小说的"反时间"性。这类技术概括了小说所特有的不可预测和不连续的阅读特点,因为每一次阅读时,都可能出现不足阅读和过度阅读两种状况,这会威胁到读者的理解和反应的能力。后现代主义小说是对寻求分裂的叙事过程结构的回应,而不是抵制某种普遍的干扰。其它的例子还有,乔伊斯的《芬尼根觉醒》(Finnegans Wake,1939)叙事中表现出的世界的递归与碰撞。加布里埃尔·加西亚·马尔克斯的《百年孤独》(One hundred Years of solitude,1970)的岁月繁衍;拉什迪《撒旦诗篇》的时空转换;约翰·巴思小说中的时间简编,尤其是《奇米拉》(Chimera,1972)和《潮水故事》(The Tidewater tales,1987);克里斯汀·布鲁克·罗斯的《阿伽门农》(Amalgamemnon,1984)的结构干扰;以及意大利卡尔维诺的《冬季夜旅行者》(If on a winter's Night a Traveller,1979)的拦截程序。

这一文化有两个特点:一是各种大量激增的文化冲击,不同的文化形式和媒介相互碰撞,交换彼此特有的节奏和特性。比如虽然电视所要求的不连续的注意力的特点可能与小说阅读是对立的,但电视也可以借用小说,以庄重而缓慢的方式重现经典系列。同样,小说也可以借用电视和媒体的视觉效应,呈现出令人眼花缭乱的大千世界。安吉拉·卡特(Angela Carter)的《明智的孩子》(Wise Children,1992)就是一个例子,它讲述了一个英国戏剧之家长达一个世纪的戏剧化的生活与爱,书中充满了莎士比亚般令人着迷的气息:包括奥菲利亚式的疯狂场景,无数"李尔王"和"暴风雨"的回声,双胞胎分别约见对方的恋人,敲击着大门,粗鲁的技工们,好莱坞肤浅对"仲夏夜之梦"的复制,差点导致乱伦的父女迟来的相认,起死回生,每一页都充满着哑剧和狂欢节的氛围。再如,萨勒曼·拉什迪的《撒旦诗篇》(The Satanic Verses,1987)其灵感来源于穆罕默德的生活。小说借用、发挥扭曲,臆造了一批伊斯兰教的观念和人物,以奔放不羁的想象力和玩世不恭的态度在星月旗上涂抹了一系列对立因素构成的现代主题。比如生死轮回、善恶敌对、东西方对立、恶俗与宗教争论等等。小说分为九个章节,分别是"天使吉百列","魔罕德","勒文伦.德温敦","阿伊莎","一座可见但没人看见的城市","重返加希利亚","艾兹瑞尔","阿拉伯海分开"以及"神灯"。作者的笔法虚虚实实,写下这本诡趣横生的小说,以两名主角的蜕变与重生为主轴,探讨我们所处的后现代世界以及人类心灵的人性与魔性。在伊斯兰国家,《撒旦诗篇》引发了大论战,因为许多穆斯林指责该书亵渎神灵。1989年,伊朗原宗教及政治领袖霍梅尼宣布判处拉什迪死刑,并号召教徒对其采取暗杀行动,迫使拉什迪潜藏多年。尽管拉什迪一直未受到任何身体侵犯,但《撒旦诗篇》的各国翻译者与出版者中已有多人遇害身亡。

第二个特点是对数字文化的模拟和复制,特别是对用于各种信息存储、检索和操作的音像技术的戏仿,这便诞生了后现代超文本写作。超文本是用超链接的方法,将各种不同空间的文字信息组织在一起的网状文本。超文本更是一种用户介面范式,用以显示文本及与文本之间相关的内容。现时超文本普遍以电子文档方式存在,其中的文字包含有可以链结到其他位置或者文档的连结,允许从当前阅读位置直接切换到超文本连结所指向的位置。在文学中,对文本结构意义大规模反抗始于解构主义学者德里达。事实上,一个文本是由多种写作构成的,它并不存在一个单一的起源,这样的写作来自多种文化的相互对话,相互结合,相互戏仿,相互争执:文本是由多种引证组成的编织物,它们来自文化的成千上万个源点。巴特提倡一种解除权威控制的"写作性"文本:在复合写作中,一切都在于分清,没什么需要破译的了,在每个关节点,每个层面上,结构都能被跟踪,被编织(像丝袜线团一样),然而,其底部一无所有,写作的空间因被走遍而不可穿透;写作不停地固定意义以便又不停地使之蒸发消散、使之系统地排除意义。这样,一个统一权威的作者被瓦解了,每个读者既是读者又是作者。

超文本小说也称超文本文学,超链接小说。是九十年代后期美国先锋小说界提出的一个概念,指将文字、图片、影音片断及多路径进入的结构组成的电子文本。超文本小说令人耳目一新,它的随意性,开放性,不确定性,片段性,互动性和游戏性同后现代主义小说艺术特色相互吻合,开创出一片新的文学创作实验场。超文本小说的出现在国际上引起极大关注。由美国计算机学会ACM主办的第一次国际超文本技术研讨会于1987年11月召开,而后基本上每年在美国和欧洲交替举行一次。超文本小说写作班也在美国一些大学开设。在近乎20年的演进时间里,涌现了许多超文本小说家及其优秀作品,其中最有影响力的是迈克尔·乔伊斯的《两种心思:超文本教学与诗学》(Of Two Minds:Hypertext Pedagogy and Poetics,1996)、西维沃·加基《从文本到超文本:小说、电影、视觉艺术和电子媒介中主体的去中心》(From Text to Hypertext:Decentering the Subject in Fiction,Film,the Visual Ats,and Electronic Media,1998)、乔治·兰道的《超/文本/理论》(Hyper/Tert/ Theory,1994)、《超文本2.0:当代批评理论与科技的聚合》(Hypertext2.0. The Convergence of Contemporary Critical Theory and Technology, 1997)和凯瑟琳·哈里斯的《写作机器》(Writing Machines, 2004)等。事实上超文本试验最早可以上溯到B.S.约翰逊的《厄运者》(The UnFortunates,1969),《厄运者》因为可以自由组合或者可以以任何顺序进行阅读,标志着早期超文本计算机小说的出现。比较成功的超文本小说是迈克尔·乔伊斯(Michael Joyce)的《午后:故事》(Afternoon: A Story,1987),它在每页底部有多重选择的链接按钮,由此实现小说在情节发展过程中的多重路向选择,这种技术的实现,在今天的网络技术中已相当普及和简便,但在当时能将超文本技术运用于文学的创作确实是有一定的创新意义的。从载体来说,《午后:故事》是磁盘版的超文本小说,为网络超文本小说的产生提供了一个范例。由此,这部小说成为早期超文本小说的经典之作,被誉为"超文本小说的先驱"。此后,美国作家史都尔·摩斯洛坡(Stuart Moulthrop)创作的超文本小说《胜利花园》(Victory Garden,1991)也是由东门系统公司以磁盘版的形式进行商业发行的网络简本。《胜利花园》不同于《午后:故事》将多重路径统一放在每页的文字之外,而是将多重超连接直接穿插于文内,每页字行间都选定几个字句作超文本链接的标志,供读者自由选择直接跳页。摩斯洛坡的《漫游网际》(Hegirascope,1995)是采用定时跳转的超文本小说。读者在阅读小说的过程中,如果不使用浏览品的“停止”功能,小说的页面会在30秒内自动跳转页面,引导读者阅读下去。1999年,摩斯洛坡在他的《雷根图书馆》(Reagan Library)中,再次尝试了随机跳转技术在文学中的运用。《雷根图书馆》内的超连接对象并不是一一对应的,而是一个页面与多个页面进行链接,在跳转时,由计算机随机从多个被链接的页面中选定一个跳转,这样,便形成一个多向路的叙事。读者在第一次阅读和第二次、第三次阅读,随机的跳转都会形成不同的文本对象,从而产生不同的文本意义。只要读者有兴趣和耐力,可以多篇反复阅读,每一次阅读都会有新的发现和理解。雪莱·杰克逊的《零碎女孩》(Patchwork girl,1995)是玛丽·雪莱的“弗兰肯斯坦”上的一种电子幻想,它提出要兑现小说中所包含的女性怪物的承诺。(思索该说什么话时发出的声音。它可以向读者提供一组文本片段,这些文本片段可以在许多不同的配置中被缝合在一起,每个构建针对该怪物的不同的文本体。如果这些文本仍然掌握在设计了这些路径和偏离的作者的手中,那么将这些作品配置在联合网络中的可能性将会提供完全没有计划的阅读形式,因为读者不仅在单一的超文本环境中可以从一个层次转移到另一个层次,而且在不同的超文本环境之间也是如此。乔治·兰多等作家将超文本的发展视为二十世纪70年代后结构主义理论家提出的一种文学中无限开放的阅读梦想。事实上,即使是超文本,也是企图借助于更大的互联网的浪潮。从计算机革命的早期开始,社区用户就开始利用计算机网络建构虚拟世界。在这样的环境下,如果不把自己的一生都奉献给阅读,你就不可能读到哪怕是一小部分的故事。

在以前的时代,文学特别是小说的阅读是一个人所选择的一个独立的世界,读者与文本世界之间的交流是形而上且唯心的。而后现代小说似乎和世界是绝对相互渗透的,它们似乎越来越多地是从同一种织物中编织出来的不同的结果。在这种情况下,我们便开始怀疑阅读的意义是什么?我们如何衡量世界?世界如何相互对抗?我们应该如何将世界融入故事等等。

第二节 约翰·厄普代克的后现代叙事艺术

1967年,约翰·巴思在《大西洋月刊》上发表了一篇题为《枯竭的文学》的论文,其中提出文学的表现形式已经被耗尽,文学的可能性已经穷尽。这篇文章迅速引发了广泛而激烈的讨论,一时间关于"文学已死"的说法激起千层浪,巴思的论断因此也被公认为后现代主义的宣言书。事实上巴思是在表明一种新的文学转向与创作的革新问题,在这篇文章中,约翰·巴思指出:"我所说的"枯竭",指的并不是身体上、道德上或智力上的颓败衰落,而只是某些形式的耗尽,或者某些可能性的明显枯竭——这倒也未必是绝望的理由。不消说,许多年来,很多西方艺术家都曾挑战人们公认的关于艺术媒介、艺术类型和艺术形式的定义:波普艺术,戏剧和音乐的"即兴表演",以及"跨媒体"艺术或"混合手段"艺术,都见证了一个颇为浪漫的传统,这就是:反传统。然而,艺术及艺术技巧和艺术形式都生活在历史中,当然会改变。我同意索尔·贝娄(Saul Bellow)的话,他说:技术上过时是一个作家最不重要的属性——但我会补充一句:这一最不重要的属性很可能是本质性的。无论如何,技术上过时可能是一个真正的缺点。贝多芬的第六交响乐或沙特尔大教堂,如果今天创作出来,可能只会让人难堪(事实上,它们不可能今天创作出来,除非是以下文将要讨论的博尔赫斯的那种精神)。当前有很多小说家都在写世纪之交类型的长篇小说,不仅用的是20世纪中叶的语言,而且写的是当代人和当代话题,这使得他们(在我看来)不如那些在技术上也很现代的杰出作家更有趣:比方说,他们那个时代的乔伊斯和卡夫卡,以及我们这个时代塞缪尔·贝克特和博尔赫斯。在我看来,跨媒体艺术的趋势就是要充当传统审美领域和审美创造之间的中间人。我想,聪明的艺术家和普通百姓都会严肃地看待它们,就像他们以同样严肃的态度看待行话一样:他会细心地倾听(即便不表态),并紧盯着他的跨媒体同行(即便只是用眼角)。不管他们自己是不是创作了值得铭记的、持久的当代艺术品,他们很可能暗示了对于创作或理解此类艺术品很有用的东西。豪尔赫·路易斯·博尔赫斯(Jorge Luis Borges)很好地说明了一个技术上过时的艺术家、一个技术上紧跟时代的非艺术家以及一个技术上紧跟时代的艺术家之间的差别。我把所有这样一些小说家归类到第一个类别当中:好也罢,坏也罢,他们的写作并不像是20世纪并不存在,而仿佛是过去60年的伟大作家并不存在。我们这个世纪已经过去了三分之二,我们沮丧地看到,有那么多的当代作家在追寻陀思妥耶夫斯基、托尔斯泰或巴尔扎克的足迹,在我看来,问题不是如何继承乔伊斯和卡夫卡,而是那些继承了乔伊斯和卡夫卡的人如今正处在他们事业生涯的黄昏。第二类是一些像我在巴尔的摩的一位邻居那样的人,他用装满沙子的油布做成死的维尼熊,把它们钉在树桩上,或者系住脖子把它们吊起来。第三类属于少数人,他们的艺术思考像任何一个法国新小说家一样时髦,但他们依然雄辩有力而令人难忘地诉诸人类的心灵和境况,就像伟大的艺术家一直以来所做的那样。这样的人当中,有两个我所知道的最好的活标本,他们是塞缪尔·贝克特和豪尔赫·路易斯·博尔赫斯——在我的阅读经验所熟悉的当代作家中,值得与这两位20世纪小说大师相提并论的还有弗拉基米尔·纳博科夫。"①

很显然厄普代克可是约翰·巴斯所说的第一种类型的作家,因为深受陀思妥耶夫斯基和托尔斯泰的影响,约翰·厄普代克在很多作品当中使用了复调叙事以双声话语叙事风格,以及对于卡夫卡或乔伊斯的模仿。其实在此使用模仿一词似乎欠妥,因为无论是谁创造了一种写作技巧,它们只是一些工具,真正能够创造艺术的不是工具,而是工具的使用者。这就好比以为拿着凿子和石头的工匠,看谁能够雕出真正的艺术品才是问题的关键。我想不论是约翰·巴思所欣赏的博尔赫斯还是塞缪尔·贝克特,他们只是技术或者工具的创造者,但关键是谁来怎样使用这些工具。显然约翰·巴斯的过激行为对于很多在后现代主义语境下尝试新的文学形式的作家来说,是不公平的,因为他的那种过往矫正的做法对有些文学作品是不公正的,他把许多的作家和作品就排斥在了文学大门之外,这种做法显然是不科学的。有一点需要矫正的是约翰·巴斯的这种过激的言辞对于约翰·厄普代克后期的评价有失公允,至少不适于对他的作品的分析。对于他所所谓的"文学枯竭"问题,笔者以为,就像元曲,宋词,唐诗以及莎士比亚的14行诗,古希腊神话等等这些文学形式,肯定都有着它们的历史和时代性,文学一定有它的文化和时代性。随着时间的推移,朝代的更替,一种文学形式,最终走向枯竭,这也是历史的必然趋势和事物的发展规律。文学的形式如

① John Barth. Literature of Exhaustion[J].The Atlantic Monthly,1967.

果不能够很好地表达某个时代的美学价值或者意识形态体系就必然走向衰亡,这也是一种必然的发展规律。正如前文当中作者所言,约翰·厄普代克在他的很多的后期的作品当中都使用到了后现代主义的文学形式,去表达20世纪后半期,消费主义和电子媒介过剩的历史语境中的文化和美学特质。他以独有的文学性和对文学的理解做到与时俱进,选择了后现代的一些文学形式,比如说元小说,互文性,语篇拼贴,反讽,戏仿等手法,深刻且生动地表达了现代的多元性和社会变异以及不可调和性。

现代主义作家对于过去经典的仿写,尤其借助神话、古典作品以及圣经元素,来批判现代性以及现代主义历史语境下西方社会的种族、宗教信仰等方面所表现出的困顿,揭示现代人的精神荒原与危机,并且试图严肃地告诫并劝说。与艾略特的《荒原》借助神话原型描绘西方社会为万物萧瑟,生机寂灭的荒原;乔伊斯的《尤利西斯》(1922)借荷马史诗《奥德修斯记》隐喻并影射现代西方社会,描写爱尔兰的历史与现状,揭露了殖民统治的罪恶,弘扬了民族解放精神;福克纳的种族主义《八月之光》(1932)仿写《约翰福音》相比较,约翰·厄普代克对过去经典的仿写完全不同,他对经典的态度更加后现代,似乎是以一种玩世不恭、嬉笑怒骂、颠覆改写的方式诠释或者解构电子媒介以及消费社会的意识形态和价值道德。与以上几位现代主义文学巨匠相比吗,他的作品更具有纳博科夫,约翰·巴思和博尔赫斯等后现代主义特质。研究约翰·厄普代克的后现代主义写作应该始于《一个月的星期天》,这部作品及其他两部作品被称作厄普代克的“红字三部曲”,是对19世纪美国作家纳撒尼尔霍桑的《红字》的仿写,与其形成了互文性的关系。霍桑笔下的阿瑟·丁梅斯代尔被托马斯·马什菲尔德牧师所取代,但厄普代克的牧师马什菲尔德倒不会沉醉于罪恶感和自责之中,相反他成为“通奸圣礼”的倡导者。当他被迫在沙漠中为蒙羞的神职人员“超度”的一个月里,他不仅没有尽到一个神职人员的本分,反将自己的目标定在诱惑经营该机构的白兰女士身上,而他在灵魂清洁中心与多为女性的暧昧关系使得他再也无缘回到新英格兰。

在对约翰·厄普代克和巴斯之间的一些研究中,常常会出现张冠李戴的现象,因为总是有人把约翰·巴斯说成是厄普代克最喜欢的神学家卡尔·巴特。但是在《都是星期天的一个月》中,托马斯·马什菲尔德牧师的准岳父,奥斯都·齐灵沃斯问道:“到底是什么让你对巴特如此的倾心?”如果读者将约翰与卡尔混为一谈，也是可以被原谅的，因为这篇文章的大部分乐趣在于它的元叙述艺术而非纯粹的基督哲学。一个最鲜明的例子就是，在康复中心进行的长达一个月的治疗中，托马斯·马什菲尔德牧师写了 31 篇日记。其中马什菲尔德坚持不懈地呼吁读者关注他的文字创作过程。正如元小说关心作者本人是怎样写的，喜欢声明作者是在虚构作品，喜欢告诉读者作者是在用什么手法虚构作品，厄普代克似乎试图向读者交代创作的一切相关过程。小说的叙述往往在谈论正在进行的叙述本身，并使这种关于叙述的叙述成为小说整体的一部分。托马斯·马什菲尔德牧师的日记揭示了一个寻求控制或掌控的故事：在故事中，这种掌控体现在他对副牧师内德·波克的掌控，一个被马什菲尔德认为是潜在同性恋的牧师；其次在文本叙述中，表现在他对在阅读过程中感到困惑的读者的掌控。马什菲尔德反对牧师波克的神学观。并在其中引经据典的为通奸找借口，反对基督教对上帝、对耶稣、对圣经、对宗教的虔诚。在《一个月全是星期天》中，像霍桑笔下的丁姆斯代尔牧师一样，马什菲尔德也因为与教区的居民有通奸行为而被放逐到亚利桑那州的沙漠修行地忏悔一个月。然而马什菲尔德不仅没有丝毫的反省，相反他还从经典神学著作中为他的通奸行为寻找合理的借口与慰藉，马什菲尔德认为美国宗教从原初是支持性的自由，反对性禁锢的。另外，马什菲尔德反对上帝信仰的绝对权威和清教思想，他甚至认为自己之所以当牧师是不得已的行为，是受其父亲的影响。他公开承认对信仰上帝的蔑视，对宗教信仰的不屑一顾。在他和佛兰奇的性爱过程中，他要求佛兰奇放弃对上帝的信仰，并要求对方说："说你不信奉上帝，上帝是已经过时的东西，快说……"当佛兰奇犹豫不决时，他又说："麻木的人，你怎么会如此愚蠢，以至于会去相信上帝。"更甚的是，马什菲尔德认为上帝是"万恶之源"，他认为旧约中的上帝是如此的"令人厌恶"，是上帝给人们带来瘟疫和疾病。他怀疑耶稣复活的可能性，怀疑圣经的奇迹，并直言不讳的说一切都是个骗局。然而最终还是博克赢得了胜利；而马什菲尔德由于多次通奸，永远被禁止回到新英格兰教会。

既然叙述是不确定的，写作便提供了一种不同的视角解读形式。小说中马什菲尔德的问题与困惑在于，他并没有确凿的证据证明他的叙述是有读者的。他的日记显然是在为自己寻找慰藉，他每天长篇累牍的论证没有任何真实的阅读者也是一个事实。因此，马什菲尔德被迫构建了理想读者，并通过将他的理想读者,他想象成是该机构的所有者——白兰,来完成自己的写作与沟通,他甚至越来越爱这种读者关系。然而,在这个“发现”之前,马什菲尔德的叙述并非完全的没有真实的读者,或者说所有的读者都是虚拟的,其实故事中是有一个有血有肉的读者已经存在的,那就是马什菲尔德自己,因为他仔细地阅读了他所写的东西,并且经常在他的文本上进行批注和评论。马什菲尔德的阅读痕迹出现在他的文字脚注中,在另一个读者可能会试图质疑他的弗洛伊德式的错误之前,他会解释他的拼写错误。马歇尔菲尔德对读者回应的强烈欲望让我想起了约翰·巴斯的《漂浮的歌剧院》(1956),作者托德安·德鲁斯也同样期待着读者可能会忍不住把这些“无辜”的东西解读为他的名字的意思。

事实上,马什菲尔德对他自己的文本的超细阅读反映了作者约翰·厄普代克对后结构主义文学理论的解读。在1975年11月24日一期的“纽约客”杂志中,约翰·厄普代克对罗兰·巴特的《S/Z》(1970)和《文本的快乐》(*The Pleasure of the Text*, 1973)等几个译本进行评论,当时正值《一个月都是星期天》出版。罗兰·巴特在1970年发表了著名的《S/Z》,它是对巴尔扎克小说作品《萨拉辛》的批判式阅读,其中提出文本性与小说中的角色中立性等概念。在《S/Z》一书中,他将巴尔扎克的短篇小说《萨拉辛》本文分切为为561个阅读单元,并展开各单元的意指活动方式和步骤分析。罗兰·巴特在分析的基础上提出五种基本意指代码,即阐释代码,意义代码,象征代码,行为代码和文化代码。这五种意指方式不指向固定的意义,而是互相交叉指涉。由于五种代码的交互作用,整个本文不再构成一个或多个较确定的意义或者各种意义积累成一个整体概念。通过对《萨拉辛》的阅读,巴特揭示了小说只是无穷无尽的意指的本质,小说中充满松散、破碎,意义重叠、交叉渗透、对抗乃至消解。通过巴特的解构式阅读,巴尔扎克的这部现实主义经典小说居然呈现出现代主义的文化特点。对此,巴特说:“我并不对本文做什么论断,这种结果是由本文存在的本质所决定的。因为当阅读时,我并不是一个天真无知的主体,我必然要把本文当作一个可揭示的对象;另一方面,作为接触这个读者‘我’的本文,本身已是在其他本文和密码之上的复述,这些密码是无限的,对这样一种作为复述的本文阅读,其意义的中心消解了,甚至连读者的中心也消解了。”

约翰·厄普代克的小说和罗兰·巴特之间的共鸣是妙不可言的;事实

上，厄普代克似乎是在虚构一部关于的巴特的沉思录。罗兰·巴特的短篇小说常常以隐喻的方式表达了作家和读者之间的关系，在其早期的作品中有这样一句格言："Does writing in pleasure guarantee-guarantee me, the writer -my reader's pleasure? Not at all. I musk seek out this reader (must cruise' him) without knowing where he is. A site of bliss is then created. It is not the reader's 'person' that is necessary to me, it is this site: the possibility of a dialectics of desire, of an unpredictability of bliss."①(这段话意思是写作能保证我作为作家的快乐，但能保证我的读者的快乐吗？一点也不。我不知道我的读者在哪里，因此必须去寻找这位读者，然后创建一个幸福之地。当然我需要的不是读者的'人'，而是这块文本的乐土：欲望辩证法的可能性，幸福的不可预见性。)在巴特看来阅读和写作同步过程是创作欲望的空间。无论是读者还是作家，都不存在于文本之中；相反，它们是由特定的作家和读者所虚构的。而读者无论是否快乐，有一点是肯定的：作家始终是一个不可或缺的读者。《文本的快乐》认为如果无法用明确的意义抓住作品，读者就可以尽情享受挑逗人的符号滑动和浮沉不定、撩拨人的意义闪现，和文本中的语言肌理进行一场众神的狂欢盛宴。巴特认为在阅读过程中，读者有创造意义的自由。然而，自由不是自我意识而是说话的主体的建构活动。这个主体一方面被说成为意指化的过程，另一方面被等同于身体的生理过程(masculine 和 femnine)。主体阅读文本是一个意指活动中实现创造体验的过程，且意义的创造是逆反的。对此巴特把意指的过程比喻为"抽丝袜的线头"，意思是把编织好的文本结构分解为意符的流动，在文本中"嵌入"另一个文本，用这样的跨文本的阅读方法，在文本内部展开一个新的空间，以打破文本结构或社会结构的统治意义。罗兰·巴特在文学评论中，揭示出文本的"色情"的意义。不论是纯情作品，还是禁欲读物，他都能用跨文本的方法分析出令人惊呼诧异的意义，文本成了快乐的源泉。这种快乐不是作者的创作本意，而是读者阅读体验的创造。这种阅读的特点反映了后现代艺术呼吁读者参与创作，积极地制造出适合于自己口昧的意义，而不是消极地理解作者的本意的本质。在《一个月都是星期天》中，马什菲尔德把罗兰·

---

① Roland Barthes, (trans.) Richard Millar. The Pleasure of Text[M]. New York: Hill and Wang, 1975. P.4.

巴特隐喻化了。在小说的叙述过程中，马什菲尔德显然假想白兰女士是他的具体化读者，并试图引诱她，但是他对白兰女士的成功诱惑具有讽刺意味，因为这与他每周日写的四篇布道中所表现出的进步和在他的同事所带来的有益效果完全相背离，从异端邪说回归教条。另外一个例子，小说中使用的“尊敬的女士的缩略 Ms.”也是手稿的缩写，如果我们分开来看待 Ms.，我们就会发现两种互文性的可能性：一种巴特式的文本性和一种霍桑《红字》中的人物的互文性叙事。同时 Ms. Prynne 白兰女士的名字暗示着“错误的印刷”(mis-print)，这种文字上的双关成为马什菲尔德作为读者和作家双重身份，重新建构意义的体现。在《一个月都是星期天》中，马什菲尔德的创作过程都总是与性快乐有关。如果性小说时常被称为“单手文学”(one-handed literature)，马什菲尔德则直接展示或揭露了这类文学的创作过程。在马什菲尔德最后一次布道词中，他用铅笔斜体写下以下几个字：是的，最后一个可以传教的布道。这种手稿注释也是对德里达的著名论断的实证：在文本之外没有任何东西。

在《一个月都是星期天》中，马什菲尔德讲述他的通奸故事的同时也会讲述他与牧师博克之间的神学斗争(他一直怀疑博克是一个对自己潜在目的的双性恋者)，他解构阅读的过程充分展示了他的叙事的双重文本性(bi-textuality)。例如，为了写布道，马什菲尔德把他的“读者快乐”变成了“作者幸福”的写作，他虔诚的布道词与他反圣经、反神学体验阅读中的离经叛道表现一种阅读的双重文本性。对此，约翰·厄普代克在他的“纽约客”评论中声称，罗兰·巴特的批评方法似乎特别有男子气概——坚持读者的主观性活动而不是被动的接受。这种把阳刚之气与主观性活动联系起来，把女性气质与被动联系起来的观点其实是西方最古老的思想之一。不过这样的叙事往往表现出一种强烈讽刺效果。后期罗兰·巴特强调的不再是符号学的研究，而是文本的阅读。在阅读过程中，读者有创造意义的自由。读者有自我意识或意识的特征，他们是说话的主体，这就是意指化的过程。另一方面，主体阅读文本是一个意指创造的过程。罗兰·巴特把意指的过程比喻为“抽丝袜的线头”，意思是把“编织好”的文本分解为流动的意符，在文本中“嵌入”另一个文本，用这样的跨文本的读法在文本内部展开一个新的空间，以打破文本结构或是社会结构所控制的意义。罗兰·巴特在文学评论中，揭示出文本的“色情”的意义。不论是纯情作品，还是禁欲读物，他都能用跨文本的方法，分析出令人神魂颠倒的意义，文本成了快乐的源泉。这种快乐与其说是作者的本意，不如说是巴特本人读法的创造。他的创造反映了后现代艺术的一个特点，即，要求读者不要旁观，而要参与；不是消极地理解作者的本意，而是积极地制造出适合于自己口味的意义。

如果说《一个月都是星期天》代表着约翰·厄普代克对后现代主义的勇敢尝试，那么《福特政府时代的回忆》(1992)又迈出了一步，可以被看作是一次重要的突破，让我们重新审视他的文学性。关于后现代主义的争论，加拿大后现代主义理论家琳达·哈钦反对弗雷德里克·詹姆逊对后现代主义的批判与悲观看法。如果詹姆逊认为消费文化的普遍存在导致了当下的历史决定论的退化，哈钦则认为这是后现代小说的必然结果，并赋予他们元历史小说的界定。元历史小说融元小说的自反性和对历史的反讽，以戏仿的方式探讨历史的表征问题。元小说从小说的内部形态、结构，小说本身的形式甚至叙述方式上颠覆了传统小说的内部形态和叙事特征，导致了传统小说的解体。这类小说的作者称现实是语言造就的，而虚假的语言造就了虚假的现实，小说的主要任务就是把现实的虚假和故事的虚假展示给读者，让他们去思考。二战期间，埃塞尔·卢森堡夫妇在美国一家工厂担任信号检测员工作，利用职务之便，为前苏联提供了大量工业情报，其中包括在美国军队中高度保密的无线电军事情报。1944年，发展其为美国原子弹项目服务的弟弟大卫·格林格纳斯为苏联间谍，由此卷入二战后美国原子弹技术泄漏事件，1949年双双被捕，1953年多次上诉无果后，在艾森豪威尔总统的坚持下被处死刑。美国联邦调查局(FBI)局长胡佛将卢森堡夫妇间谍案称为世纪大案。作家罗伯特·库弗(Robert Coover)和E.L.多克特罗(E·L·Doctorrow)都以此历史事件展开了叙述，分别出版了《公众愤怒》(*The Public Burning*, 1977)和《但以理书》(*The Book of Daniel*, 1971，书名源于《圣经·旧约·但以理书》)。《公众愤怒》和《但以理书》都是以埃塞尔·卢森堡之死为背景的。哈钦从历史虚构的角度分别探讨了罗伯特·库弗的《公众愤怒》和E.L.多克特罗的《但以理书》。

《但以理书》把真实的历史事件与虚构的情节相结合，以50年代美国麦卡锡主义嚣张时期被送上电椅的犹太移民罗森堡夫妇的所谓"出卖原子弹机密案"为背景，着重写了受害者遗孤但以理成人后进行广泛调查，为其父母申冤的故事。小说通过但以理的回忆和探讨，揭示了美国社会中的个人悲剧,展现了60年代中期美国的社会风貌:汹涌的反战浪潮;学生反抗传统文化;摇滚乐风靡全国;人们对政府的不满和反抗;嬉皮士的出现等等。在《但以理书》中人类的大敌是其自身的异化,也就是说折磨但以理的是他本人的宗教、政治信仰乃至心理上的问题。这部小说在写作手法上颇具特色,它把起诉描写得如此冷酷,把行刑过程描述得有条不紊、如此正规,几乎达到一种照像的效果,烘托出一种阴森沉郁的气氛,使读者感受到一种历史真实感,而小说中虚构的人物的活动又超脱了历史上这桩公案的有限情节,使作品以一件独立完整的艺术作品的风姿呈现于读者面前。

1977年夏,《公众的怒火》出版,一时间引起读书界的哗然,主要原因是:作者以戏谑不恭的方式描写涉及卢森堡案件的人和事,他还选择了当时的副总统尼克松为核心叙述人。书中的语气是无政府的,有碍体面和秩序的;另外,该书还点到了全国半数要员,让故事带上了浓浓的政治丑闻色彩。《公众的怒火》涉及了教条思想的危险和历史运作的复杂等库弗关心的主题,就涉及面的广泛而言,远远超出他此前的作品。书中山姆大叔与幽灵的冲突也比其它作品中的垒球隐喻、宗教类比更容易触及公众意识。《公众的怒火》分28章,分别由尼克松和作者加以叙述,虽然"序曲"和"尾声"拉长了点时空,但全书基本上都在叙述罗氏夫妇电刑前两天两夜的事。库弗有意把行刑安排在时代广场这一西方世界举行庆典的地方,还把行刑的场面弄得热闹的如看马戏团表演。他称之为回列"梦幻时代",认为"梦幻时代"关乎"内在的真实、传奇和信仰模式",关乎一个民族的"起源和神秘的发端",关乎"原始的理念"。它们将我们认为我们所知道的过去(从官方档案来源和个人记忆)与后现代认识论结合在一起,因而产生对历史知识的性质的质疑。

哈钦从马克思主义和后马克思主义理论的语境出发,扩展了对后现代主义叙事理论和方法的讨论,尽管这种探讨在以前仅限于一小群白人男性作家,部分的女权主义者和少数的后殖民主义作家。正如托尼·莫里森、萨尔蒙·拉什迪、安吉拉·卡特、伊什梅尔·里德和马克辛·洪金斯顿等,哈钦的后现代主义分析所反映的思想更具有左派政治的史学观。哈钦对历史、文本和叙事话语之间复杂关系的基本观点,似乎在她有关历史元叙事小说的一段论述中显示得非常清楚。书写历史的元小说再现了叙事性的悖论,即它既是总体化的,却又不可避免地是偏狭个性的。不管是历史叙事还是小说叙事,叙事再现事实的过程是充满悖论的,在叙事者追踪事件或者加工事件的过程中,往往会在探究那些现实主义小说和历史指涉的传统惯例中破坏了历史事件。这便暗示了,历史和小说一样,也建构了自己的对象,它把事件变成事实,而且两者都不拥有在语言之外的权威,这就是后现代主义的悖论。过去的确存在过,但我们今天只能通过历史的文本痕迹、通过那些在今天看来非常复杂且间接的文献来了解它:档案、文献、照片、绘画、建筑、影像和文学,传奇野史等等。在哈钦看来,以德里达为代表的解构主义文本观给我们带来的启示至少两点:首先,我们从此不必再迷信于那些现实主义的文本观,认为文本(词)与世界(物)之间存在直接的指涉对应关系,语言可以成为通达世界本来面目的桥梁,或者认为语言的表征是对世界的真实的模仿等;其次,我们也不应像某些德里达的追随者那样幼稚的相信文本之外果真就一无所有,完全否认外部事实的存在,否则我们便又回到自康德以来早就被驳倒的主观唯心主义老路上去。因此哈钦认为,后现代主义的指涉观与现代主义的指涉观不同,前者公开承认,虽然过去的真实世界(除了通过话语之外)相对来说无法接触,但它确实存在。它也不同与现实主义指涉观,差别在于它公开断言,任何一种事实在我们了解它之前虽然可能客观地存在着,但相对来说是无法接触或者是不确定的。即指出事实可能存在于历史,但我们人类会不可避免地根据自己的理解力对历史的概念和范畴进行排序组合。这就是说,我们既不应把文本等同于世界,也不应将文本封闭于世界,而应看到两者之间错综复杂的关系。

如果《一个月都是星期天》是约翰·厄普代克与罗兰·巴特的互文游戏,《福特政府时期的回忆录》则直接渗透着戏仿与解构。《福特政府时期的回忆录》通过对阿尔弗雷德·克莱顿的叙述,表现了约翰·厄普代克与后现代主义理论的联系,模糊了历史和小说之间的界限。阿尔弗雷德·克莱顿在新罕布什尔维沃德女子大学(Wayward College in New Hampshir)教书时,收到了美国新英格兰史学家协会(NNEAAH)的请求,要求他写一份关于杰拉尔德·福特政府执政(1974-1977)的全民调查报告。阿尔弗雷德·克莱顿以他个人的回忆写了这段历史动荡时期,在那个他认为不值得纪念的时代,他主要做了两件事:一是和他同事的妻子媾和或者与自己的一两个学生(还有其中一个的母亲)保持暧昧关系;二是试图写一本关于詹姆斯·布坎南,美国第十任五总统,一位来自宾夕法尼亚试图不惜一切代价使南方留在联邦的总统。小说中两个交替的文本在美国两个世纪的生活方式和社会话语之间形成了鲜明的对比。现代历史语境的主人公包括阿尔弗雷德的妻子,“紊乱女王”诺玛和他的情妇,“完美妻子”吉纳维芙·穆勒,以及新罕布什尔州立女子学院的同事们。另外一个历史语境中的布坎南周围的人物包括注定早死的未婚妻安·科尔曼,安德鲁·杰克逊、埃德温·斯坦顿这样雄辩的当代政治家,以及当时作为美国驻利物浦领事身份的纳撒尼尔·霍桑,在阿尔弗雷德的笔下所有的人都毫无争议地生活在一起。在阿尔弗雷德重述他关于福特政府的记忆和印象的时候,他并没有选择以传统传记的方式来完成它,相反,他将自己的注意力集中在两件重要的事情上:一件是他从第一次失败的婚姻中走出,重新组建自己新生活;另外一件是继续撰写他未完成的詹姆斯·布坎南传记,通过这种方式,埃尔夫将自己20世纪失败婚姻生活的情绪与19世纪历史动荡的历史背景下布坎南的情感及其政治困境结合起来。《福特政府时期的回忆录》似乎是厄普代克虚构的元小说的一个典型实例。根据哈钦的后现代主义诗学,福特政府的记忆只能是史学图解。但根据哈钦的后现代主义政治,厄普代克的小说绝不能被误认为是史学图解,因为他的政治对于哈钦的范畴来说太保守了。约翰·厄普代克不想用元叙事化解历史图解的秩序,而是希望引导他的读者找到一种与正统观念不同的诠释。

在小说中,阿尔弗雷德除了讲述他与情妇,英语系解构主义学者布伦特·穆勒的妻子吉纳维芙之间通奸的故事之外,还表现出对布伦特和他的解构主义思想的鄙视,因为阿尔弗雷德认为布伦特的做法不尊重文学与经典。布伦特认为除了历史文献,根本就不存在理想的历史,而且历史是不确定的,自相矛盾的,注定是困惑的。但是令人费解的是布伦特的课程却受到学生们的欢迎,学生们纷纷对他的理论思想大加赞赏。当阿尔弗雷对布坎南的研究无从下手、毫无头绪时,他发现自己开始对解构主义历史视角充满热情,并反省自己曾经对绝对理想历史的幻想和错误崇敬,反省自己对历史确定性的错误看法。阿尔弗雷德无法理解的是他在多大程度上也成为了布伦特的学生之一。从这个角度解读布坎南的历史,他获得了全新的视角与意义解读,这便是这部小说中一半以上的页面都是关于布坎南的传记。

阿尔夫的叙述揭示了布伦特是一个装腔作势的人,对他来说,解构只是一种职业提升的手段。当受到吉纳维芙离开他的威胁时,布伦特将不惜一切代价拯救他的资产阶级婚姻和家庭。这位火爆的解构主义者最终变成了衣橱里的传统主义者。但是保守的阿尔弗雷德则成了布伦特的追随者,小说的结尾是阿尔弗雷关于十五年前滑雪之旅的回忆,在那次旅行中,他的妻子和一些同事及其配偶见证了阿尔弗雷德·克莱顿一段精彩的滑雪表演。但是当他试图确定这个记忆的日期时,他不能,这导致了一系列关于他的记忆的特殊性的问题,最终使人怀疑是否有任何这样的事件发生过:

> 但它会是哪座山呢?岗斯多克或桑皮,但是它们户外都没有桌子。克兰莫尔和怀尔德卡特没有我记忆中那样的斜坡。会不会是缅因州州际线上的布里奇顿的极乐山?也许我大脑中的意境来自我们婚姻危机之前的某次旅行?可是为什么我的妻子诺玛和情人吉纳维芙会同时出现在那里,并在欢迎仪式的餐桌前向我微笑呢?也或许我的脑子里这个生动的画面源自我们婚姻危机开始前的某个冬天,或者是我的大脑仅仅是把所有的事件拼贴在一起,目的是为了在这样的假日里营造一种大家庭的的幸福感。但是我从山上滑下时,一切都是极乐;回忆似乎把我带到了黑暗之中,我越是回忆福特政府,我就越是什么东西都不记得。(P369)①

这一结论似乎表明,记忆(就像许多其他后现代小说家和理论家一样)不能作为个人身份的基础,而且就像布伦特描述的解构主义一样,它是不确定的,不可理解的,自相矛盾,甚至是虚无的。而唯一的主人公阿尔弗雷德·克莱顿则变成了一个毫无根据的人物。他成为解构主义的化身,被困在事业和婚姻中,几乎完全没有情感,只能疯狂成谜于过去的回忆。然而回忆却是虚无缥缈的历史,难以扑捉。

阿尔弗雷德·克莱顿的历史手稿揭示了德里达解构主义的的玄机。他对历史权威的解构与建构,同样也是卢梭和海德格尔两位作家思想的体现。德里达在巴黎高等师范学院时,受教于梅洛-庞蒂、阿尔都塞和福柯等人,也深入研究过胡塞尔、海德格尔的现象学,受索绪尔影响的法国结构主义、马克思主义、弗洛伊德和拉康的精神分析学说,以及萨特、巴塔耶、布朗肖的文学等等。后来,这些人大多成为他的解构对象。德里达与海德格尔之间存在着一种复杂而微妙的关系。德里达曾如此坦言海德格尔对其的影响:“没

① John updike, Memorks of Ford Administration [M],New York;knoff,1992.

有海德格尔提出的问题，我想做的工作将是不可能的。”并承认他与海德格尔间的差异是两种哲学和两种书写之间无限小的差异，但同时亦为根本性的差异。海德格尔的“摧毁说”与德里达的“解构说”实际上都是对传统形而上学追本溯源，海德格尔的摧毁是对“存在”词源的释义，而德里达的解构则是对传统哲学的消解，两种方式都是为了追寻事物的本源，即批判形而上学的语言和思维方式，从而使他们回溯到非逻辑的原始语言。《福特政府时期的回忆录》作为厄普代克的“编史元小说体”试图以戏谑的方式诠释，消解甚至解构历史存在主义。值得注意的是该小说的两段引言，一段来自卢梭的《忏悔录》，另外一段来自海德格尔的《存在的回题》。第一段选自卢梭的《忏悔录》“I am well aware that the reader does not require information, but I, on the other hand, feel impelled to give it to him。”（我清醒地意识到读者并不要求获得信息，但我觉得有种力量驱使我要把信息给予读者）卢梭在《忏悔录》中以真诚坦率的态度，通过举世无双的自我忏悔，把他与众不同的人生经历，思想情感和行为目的都淋漓尽致地展现在读者眼前，并将读者引入到那个时代去认知思考关于人和社会的许多奥秘和生存问题，这不是为了要享受历史的光荣而绘制出来的涂满了油彩的画像，而是一个包括人性的善与恶等方面的活生生的复杂的人生。因此，就卢梭的引言，作者在文中提供的将是具有个人特色的关于历史事实讲述这种期待，文中阿尔弗雷德将个人生活思想，情感与历史及政治生活合二为一。而第二段卷首语来自海德格尔的《存在的回题》：“ Man in his essence is the memory [or memorial, God? chtmis] of Being, but of Being”（人从本质上讲是关于记忆的存在，而非存在者），作者为该引语所做的脚注中明确表示它并非直接引自海德格尔的原文，面是引自由斯皮瓦克译自法语的德里达的《论文字学》，面斯皮瓦克又在括号内提供了更精确的补充，其译文可能来自德语，这引语及其脚注中半开玩笑式的炫学又削弱了第一段卷首语中所承诺事实的确定性。存在是存在者的存在，存在者存在是该存在者能够对其它存在者实施影响或相互影响的本源，也是能被其它有意识能力存在者感知认识判断利用的本源。存在是存在者的存在，也就是说如果存在者不存在了，那么与之相关的一切都只是回忆。因此也可以理解为历史是当下的存在者，若一段历史过去之后，那么它就是虚无的记忆。也就有了历史虚无主义之说。历史的人物以及他的真实存在到底是什么样子的，只有存在着自身明白，历史学家不过是历史的杜撰者,其言可疑。

《福特政府时期的回忆录》作为约翰·厄普代克的“编史元小说体”的成功发行使得他作出进一步的大胆尝试,他相继在《葛特露和克劳狄斯》以及《寻找我的脸》两部小说的创作中进行大胆地尝试,进一步尝试元小说的叙事艺术手法。这两部小说是非常出色的后现代小说,小说以戏仿和颠覆手法揭示已婚男女试图通过“通奸”稳定自己男性和女性身份的现代意义。一直以来,约翰·厄普代克由于对女性角色塑造意识的复杂性,而被冠以有厌女症的作家,一度遭到女权主义者强烈地抗议,而这两部关于女性的小说几乎都是对厄普代克厌女症批评的回应。

《葛特露和克劳迪斯》以莎士比亚“哈姆雷特”的故事为基础。在故事中,哈姆雷特为父亲之死复仇的对象是老哈姆雷特国王的妻子葛特露和他的兄弟克劳迪斯,但是这一次厄普代克让这一对配角走出了被偏见定格的身份,成为故事的主人公,并赋予他们绝对的话语权,想象他们之间的某些可能被歪曲的事实,或者某些被当时的历史语境所误解的个人之间的纠葛而导致通奸和谋杀的缘由。这部小说的后现代性在于它对西方文学中最典型的著作和文学巨匠莎士比亚的颠覆,作为历史元小说,《葛特露和克劳迪斯》融合厄普代克的自我意识与《哈姆雷特》传奇于一体,创造出不一样的审美效果。约翰·厄普代克并不是第一位以这种方式对历史及历史经典进行改写的作家,也不是第一位穿越历史的作家。其实早在 19 世纪浪漫主义的美国,霍桑曾就从 19 世纪新英格兰穿越回 1640 年代,将女主海丝特·白兰定格在 17 世纪中叶清教主义的历史语境下,把海丝特·白兰写成了崇高道德的化身,勇敢抗议封建礼教的勇士。鉴于厄普代克对《红字》的兴趣,人们不禁要问他是否真的从霍桑那里学到了经验,接受了他的超验女权主义观点。尽管在《葛特露和克劳迪斯》的序言中作者引用了权威和真实的历史文献,然而厄普代克书中的目的并不是重写历史,而是改写历史文学。实际上,约翰·厄普代克并不满足于只借用哈姆雷特中的形象和故事,而是通过滑稽的文本错误暗示了对《哈姆雷特》的文学批评。在这部小说中,约翰·厄普代克一反自己以美国东北部乡镇中产阶级平庸琐屑的日常生活和保守乏味的精神世界为关注中心的题材风格,将笔触探进了神秘、古远的中世纪,探进了北欧斯堪的那维亚半岛上发生的那一桩著名的宫廷复仇故事。

单纯柔弱的葛特露本是绕勇、贤明的丹麦国王罗瑞克的掌上明殊。她三岁丧母，在斯堪的那维亚人喧嚣、蛮野的文化氛围中长成一个美貌丰盈、恬静敏感的姑娘。多年以来，朱特兰岛的武士霍文迪尔（即老哈姆雷特特王）通过沾耀武功、馈赠战利品等等手段，终于博得了国王的欢心，如愿以偿地娶到了小他二十岁的公主。他是一个高大魁梧，治国理政的高手，但骄横自负、生性残忍的家伙。葛特露的抗争在父亲的软硬兼施和王国的政治利益面前是儆弱无力的。哈姆雷特在老王刚刚咽气、丹麦各省的立法会议尚未正式确认他的新王地位之前，就强先入住国王的行宫。公主只是实现他政治野心的一个棋子，甚至他们的新婚之夜都未能唤起他作为新郎的热情。如果说后来的克劳迪斯杀兄夺位是冒天下之大不韪的话，老哈姆雷特特的王位显然也不是名正言顺的。葛特露在空旷、阴冷的爱尔西诺官堡中，过着郁郁寡欢的日子，从一个被慈父疼爱，众星捧月的公主便为一个忧伤哀怨的人。她的身边是一个夸夸其谈、好大喜功的丈夫；远方，有一个躲在威登堡求学的生性冷酷、满面病容并遗传了父亲对女性的冷漠与蔑视的儿子。只有在她放下手中的刺绣或者从羊皮纸卷上的故事中抬起眼睛，凝望着灰绿色的海面的时候，偶尔心头会泛起一丝的希望。

其次，约翰·厄普代克从一开始就打下了伏笔，17 岁的葛特露一见钟情的并非哥哥霍文迪尔，而是弟弟克劳迪斯，只是由于霍文迪尔一再对国王罗瑞克称臣示好，馈赠战利品从而得到了老国王的赏识，赢得美人归的机会。然而葛特露是强烈反抗的，只是她的反抗在国王的盛怒，国家利益面前变得微不足道。文中一开始，当葛特露与霍文迪尔相见时，心中首先想到的是缺席的克劳迪斯，所以厄普代克以浪漫的伏笔为这对同命相连的恋人申辩，他们并非就是贪图快乐和欲望的道德败类。

> 冯（克劳迪斯）没有结婚，虽说他和霍文迪尔一样，已快到而立之年了。葛特露（格特鲁德）想，做弟弟们和女儿们的命运是一样的，因为没人把他们的想法真的当回事儿。冯黑黑的眼睛及洞察入微的神情中流露出渴望，可他为什么没有结婚？几年之前.当他和霍文迪尔一道第一次来到西兰岛向她的父亲表达感激之情时，她似乎感觉到他的眼睛在她身上逗留的时间，已经超过了成年人对一个可爱的孩子表示一时兴趣的长度。(P13)①

① 约翰·厄普代克，杨莉馨译.葛特露和克劳狄斯[M].北京：译林出版社，2002.

尽管厄普代克在小说中将葛特露想象成女权主义卫士，一个觉醒中的女性，但这种性格本身并不能推翻重男轻女的社会组织。从头到尾。葛特露仍然服从父亲/丈夫/国王的意愿，小说的三个部分都以相同的台词开头："国王被激怒了？"当然，每次都是不同的国王，第一次是父亲罗瑞克，接着是她的第一任丈夫老哈姆雷特，最后是她的第二任丈夫克劳狄斯，但每次国王的愤怒都是由于葛特露在扮演女儿、妻子或母亲的角色上"不够尽职"所导致的。就连她的浪漫情人克劳狄斯也屈从于王位这一公共角色，一旦加冕，就与老哈姆雷特几乎没有什么区别，不仅是在行使国王特权方面，而且更多的在他和妻子的关系中所表现出的父权制的沙文主义。正如小说的标题所表明的，重点放在葛特露和克劳狄斯身上，小说的结尾部分完全是从克劳狄斯的视角出发的，克劳狄斯现在认为他的妻子是个合适做国家装饰品的人选。从这一点上他和自己的哥哥当年的行为别无二致，难道克劳狄斯就不是踩在一个女人的肩膀上踏上王位的？

> 葛特露还没有习惯听到自己的情人用这样的口气对她说话，一下子话说了那么多，语气中又充满了自大夸耀之意。现在即便在他们单独相对的时候，他说话的样子也像是还有第三者在场一样，要么有廷臣，要么有使节.端出一副公事公办的架子。自从她的丈夫独自一人在果园里丧了命，甚至没有来得及忏悔，就像波罗的海海边那些苦熬日子的无名乞丐那样暴毙，或者，就像林地里被捕获的、无精打采的小小猎物，被猛禽尖利的爪子撕扯得四分五裂那样，已经两个星期过去了。在她的眼里，冯贡变得更加生机勃勃，更加威严高贵。在加冕典礼上，他为自己取名叫克劳狄斯，而哥伦贝斯，也效仿他的主人对拉丁文的爱好，想要表现出帝国的尊严，也为自己取名叫波洛涅斯。(P174)

当从情人关系转变为夫妻关系的时候，葛特露似乎又重新审视他们之间的关系，重新审视霍文迪尔的优秀，以及对他终生不休的忏悔、羞愧与自责；而婚姻中的她与克劳狄斯之间虽然收获了爱情的圆满，却又无法逃避夫妻关系的微妙和周而复始的苍白，面对儿子哈姆雷特的郁郁寡欢和暗自神伤她更是纠结难过。最后，葛特露总结出：不是男人带给了我们什么，而是他们让我们更加看清楚女人自己身上存在的欲望的力量。

小说的特色之二在于：在传统剧中，克劳狄斯被众口一词地斥为奸王，封建恶势力的化身的时候，厄普代克却赋予他以全新的历史文化内涵。和莎剧一样，克劳狄斯始终是作为国王哈姆雷特的对立面来塑造的。但不同的是，小说中人物的特点较之莎剧更加清晰，国王霍文迪尔滥用武力、好胜斗狠，与邻国连年兵祸不断，迷信一切都要通过战争和流血来获得解决。就个人性格而言，他粗鲁骄横、空有一身英勇，杀死过挪威的两任国王，并奸杀了挪威的公主。因此，他是一个属于过时的英雄时代的残余。而克劳狄斯，长期征战在地中海流域，在欧洲文明的源头之地，亲身感受到了人文主义的精神气息。他窥破了宗教的伪善本质和禁欲主义的苍白无力，感悟到时代价值的巨大变化：十字军骑士的蛮勇时代已经过去，战场上的英雄主义已经不复成为爱人欢迎的道德理想。王国和百姓更渴望的，是在一种祥和安宁的和平环境今谋求生活的富足。于是，他审时度势，以外交手段平息了挪威王子小福丁布拉斯即将挑起的战火。从这个意义上说，克劳狄斯身上，倒是更多地折射出时代的变动，代表了一种更为合理、也更为先进的力量。那个在莎剧的幕启处，夜半时分从露台上走过的全身盔甲的幽灵属于过去，而克劳狄斯则属于未来。

小说中克劳狄斯和葛特露的关系被隐喻化，具有象征意义；克劳狄斯在世界各地为不同的王子服务之后，在 47 岁的时候重返故里，邀请 35 岁的葛特露到他的庄园，表面上是为了分享晚餐，实在表达心意。故事中克劳狄斯有一只雌秃鹰芭丝谢芭，这是他非常热爱的猎鹰。在他们关于猎鹰训练，猎鹰眼睛缝制方式和猎鹰与猎鹰的关系的对话中，隐射出葛特露的生活与精神困境，同时两人相互交流时也彻底得撕开了隔在他们中间的隐晦的爱慕之情。克劳迪亚斯意识到他的热情可能会导致他的违法行为，于是他又离开了丹麦，但他的仆人却把猎鹰作为临别礼物送给王后。克劳迪亚斯再次回到丹麦宫廷之前又流浪了十二年。他发现，即使是 47 岁的葛特露，仍然像以往一样令人向往。厄普代克的虚构与颠覆表现了他对这对压抑了三十年的情感最终选择在一起的苦命鸳鸯的同情。正如斯蒂芬·格林布拉特所言，厄普代克将我们从《哈姆雷特》的禁欲思想转移到了性的精神分析上，揭示了葛特露和克劳迪亚斯的性激情中的灵魂，而不是被囚禁的肉体。对葛特露来说，这显然是一种性觉醒，也被认为是一种精神上的觉醒，克劳迪亚斯也许是她的精神的救赎者，但这一婚外情也使她从丈夫哈姆雷特这个在结婚前一晚就睡着了的国王身上得到了新的快感。她对两个男人的驾驭能力是她重新振作的最后标志,她感到双腿之间欺骗的刺激,两个男人争论不休,一个是世界上的受膏者,另一个是替罪羊。只到老哈姆雷特发现他们的奸情,并决定将克劳狄斯放逐,严惩葛特露,克劳狄斯才决定杀了他,最终走上王位。在《葛特露和克劳迪斯》故事中,克劳迪斯甚至在某种程度上推动了这部剧的精神分析,厄普代克对于这部戏剧的结局也做了大胆的改写,莎翁的悲剧立马带上了皆大欢喜的结局,历史中哈姆雷特的悲剧变成了充满希望和前景的和解。小说的结尾部分,克劳狄斯想象着自己将会在十年之后将江山打理妥当之后交于哈姆雷特,而他也会和葛特露一起努力挽留哈姆雷特留在宫中,重新开始一个新的三人格局。

> 克劳狄斯的时代终于曙光初露;它将在丹麦王国的编年史中闪闪发光。如果他能够注意节制自己的饮食的话,他的统治,将有可能持续十年的时间。当需要交接王权的时候.哈姆莱特将正好四十岁,正是亲政的最佳年龄。他和奥菲利娅,将会生下一大堆的王位继承人。葛持露,他的圣洁的、满头华发的寡妻,韶华也会渐渐地逝去,最后活在人们的记忆之中。国王对他构想的这些前景感到欢欣鼓舞,他站起身来.准备结束今天的议程,宣布说,哈姆雷特慷慨而自愿的和解行为让他心中如此的快乐,不管他的健康状况如何,他今天都要喝上一杯,火炮也要在天空中鸣响,以昭告天下。他的王后在他的身边站起来,玫瑰般美丽的脸上,容光焕发,为他的出色表现而燃烧着骄傲的光芒。他把她柔顺的手捏在自己手中,另一只手则抓着坚硬的君王的权杖。有了它,他终于可以上台执政了。一切都将正常进行下去。(P224)

如果《葛特露和克劳迪斯》是一部表现两性关系、欲望、道德的小说,一篇颠覆传统父权的文学评论,那么《寻找我的脸》则充分表现了厄普代克对女性主体性以及现代艺术表现形式,尤其是小说创作的探索。《寻找我的脸》直接表现了第二次世界大战后的美国艺术舞台中,从现代主义转向后现代主义主题,这与约翰·巴斯的“枯竭的文学”或“补给文学”的诗学讨论产生了共鸣。《寻找我的脸》的标题选自《圣经·赞美诗》第二十七首:你在我的心中说话,你说“寻找我的脸孔! 主啊,我将寻找你的面孔。小说的标题寓意指艺术家为内心艺术信仰从不放弃追求的真谛。厄普代克通过《寻找我的脸》将自己的注意力转移到了第二次世界大战以后美国现代艺术发展与变化，小说通过评论家凯瑟琳·安杰洛和画家霍普·查菲兹为期一天的访谈，历数了美国现代艺术的发展与成长，同时暗示了纽约是如何在众多艺术家的努力下，超出欧洲成为世界现代艺术中心的转变。在两位女艺术家的对话中，厄普代克以细腻的女性视角透视了二战后美国的艺术发展和两性关系的变化，内容涉及到宗教、艺术批评和同性恋等话题。值得注意的是，伴随女权运动而来的女同性恋女性主义。女同性恋女性主义又称性别分离主义（Lesbian Separationism），是女权主义的重要流派之一。女同性恋在男权社会中因"女性"和"同性恋"而被双重边缘化，无论在异性社会还是在同性世界中，女同性恋都面临边缘化的问题。由于女同性恋的身份使其对"异性恋霸权阵营"及"男性特权阵营"的彻底反击，因而被认为是女权主义的最核心力量。她们强调分享与支持，强调性生活的和谐，反对就业歧视，争取保险、住房和财产权利，她们认为同性恋伴侣应当获得与异性恋配偶同等的权利，并积极争取这种权利。在女同性恋女性主义的概念中，女同性恋并不完全是一个性倾向的问题，而是每一个想要认同女性、从而终结男性优势的女性都必须做出的一个政治上的选择。《寻找我的脸》也是在这样一种历史语境下诞生的，约翰·厄普代克以其想象的笔触，探及了20世纪50年代以来形成的这股文化思潮。

2001年4月的一天二十七岁的女记者凯瑟琳·安杰洛从纽约市驱车来到佛蒙特州一位七十九岁的女艺术家霍普·查菲兹的家中进行采访，她们的谈话一直从早晨9:30到晚上的7:47，这中间采访者和被采访者参观了霍普的画室，浏览了霍普的花园，吃了一顿简餐，续了两次茶，凯瑟琳去了三趟卫生间，随着采访结束凯瑟琳驾车离开了霍普家，故事也就结束了。这样枯燥毫无情节的描述完全是去叙述和情节化的，就如《喧哗与骚动》需要不断的翻前翻后的才能够找到故事的情节，《寻找我的脸》也是一个没有故事的故事，从头到尾就是两个女人之间的讨论，是一部看似男性缺席的纯女性小说。然而这本看似男性缺席的小说实际上男性艺术家的影子无处不在，整本书都是围绕艺术以及主人公霍普对两位前夫的回忆和沉思展开的。霍普的两任丈夫是两种艺术流派的代表，都是小有成就，但却都面临着"具像派艺术感觉终结"的困惑。随着故事的推进我们就会发现这部小说不光是关于两位女艺术家之间的简单的对话，更多的牵扯到了二战后美国艺术节大大小小的艺术家及评论家，所以《寻找我的脸》的元小说性就表现在它是关于艺术的艺术，是一部极具艺术的艺术评论，其中的“艺术、性与宗教”话题也依然是厄普代克终生不渝的创作内容。

在采访中，年轻的艺术评论家凯瑟琳·安杰洛在年迈的画家霍普·查菲兹的佛蒙特州的工作室里与霍普探讨的内容涵盖了艺术家的个人生活和职业生涯，霍普在讨论中也表达了自己对于艺术转向问题的见解。谈话中，霍普认为尽管她的艺术在晚年赢得了人们的认可，但是她之所以成为一个特别重要的人物，是因为自己与两个艺术家的两次婚姻的缘由。她的第一任丈夫是扎克·麦考伊(Zack McCoy)，他的点滴画代表了抽象艺术的顶峰；她的第二任丈夫盖伊·霍洛威(Guy Holloway)追随商业主义和及其缩影波普艺术。霍普的第二任丈夫盖伊·豪洛威是一名流行艺术家，或者说波普艺术家。盖伊是多种艺术形式的结合体，主要追随安迪·沃霍尔的波普艺术，盖伊也赏识其他几位包括贾斯珀·约翰斯，罗伊·利希滕斯坦，克拉斯·奥尔登堡的作品。盖伊·豪洛威这个人是美国鼎鼎大名的安迪霍沃尔的原型，也是罗伯特·罗森伯格和帕斯基.·约翰逊的混合体。盖伊认为艺术源于生活，艺术应该普及大众，任何一个易拉罐或者可乐瓶子都可以是创造的源泉。更重要的是盖伊似乎更理解生活，更懂得女人，具有男人的家庭责任感。小说中扎克是一位有个性的画家，他以杰克逊·波洛克(Jackson pollock)为标榜，他长期默默无闻，但却由于绘画技法和风格而出名，成为二战后美国画坛的领军人物，他的销量甚至登上时代周刊的封面。麦考伊的生活原型就是美国著名抽象表现主义画家杰克逊·波洛克，他是美国抽象表现主义绘画大师，他的画突破了所有绘画的传统，甚至与毕加索、米罗、马蒂斯背向而行，波洛克被公认为是美国现代绘画摆脱欧洲标准，在国际艺坛建立领导地位的第一功臣。杰克逊·波洛克 1929 年就学纽约艺术学生联盟，师从本顿。1943 年开始转向抽象艺术。1947 年开始使用“滴画法”，把巨大的画布平铺于地面，用钻有小孔的盒、棒或画笔把颜料滴溅在画布上。波洛克最大的成就之一就是它突破了传统的绘画技法，弃用画笔，把画布铺在地上用滴画或泼画的方法，从画布的四周向中央进军，从而使作品充满了个性，并产生震撼人心的效果。其创作不作事先规划，作画没有固定位置，喜欢在画布四周随意走动，以反复的无意识的动作画成复杂难辨、线条错乱的网，人称“行动绘画”。小说中霍普的原型就是美国著名抽象派艺术家李·克拉斯纳(Lee Krasner)，杰克逊·波洛克的妻子。她熟知纽约艺术界的处事方式和手段。在波洛克去世之后，克拉斯纳成为波洛克各式各样遗产的忠实守护人，她百分之百地支持波洛克–克拉斯纳基金会，不允许对波洛克的作品“胡作非为”。由于波洛克生性暴虐，酗酒成性，狂妄自大，最终导致了他们之间关系的破裂。1956年李·克拉斯纳在波洛克食言后独自离开美国去了欧洲，以便重新考虑他们的关系。然而，在欧洲她得到消息说杰克逊·波洛克因为酗酒驾车而造成车毁人亡的噩耗。波洛克在长岛载着绯闻女友露丝·克里格曼酒驾而死的时候，正在欧洲的克拉斯纳随后创作了情感激烈的Birth系列。画作表现了分娩剧痛而血腥的过程，也是性事之后需要承受的后果。受毕加索影响，她的女性形象画作，以粉红主色调，黑色线条，红色的点缀，快速勾勒出的模糊身体部位，表达出画家创作期间精神上的痛苦。李在丈夫去世后一直单身，一心一意投入艺术的创作中，最终都走出了殿堂，成为有影响力的画家艺术家。

约翰·厄普代克正是基于这样的历史人物传记，以虚实交替的手法创作了霍普及其她的丈夫们的故事，故事的矛盾与冲突直指他们各自对艺术的态度和理念，同时也表现出男女艺术之间对立与不可调和的关系当中，女性艺术家的才华往往会被忽略的事实。约翰·厄普代克正是通过两位女性艺术家作为读者去评判美国主流艺术的流向与变化，将艺术与两性的话题引入这部具有艺术批评性的小说。小说中的两位鼎鼎大名的艺术夫妇间的冲突，无不表现出女性主义叙事特色，扎克曾经因为霍普的绘画能力常常“感到有些尴尬”，从某种意义上来讲是他男性气概的表现，他把这个女画家隐藏到阁楼上就像疯子罗杰斯特太太。多年以后，就连霍普本人都抱怨说：那是一个男人的世界，艺术是男人的世界，他们难得给女人腾个地方，即便是他们的妻子。如此看来，人们习惯于用波洛克太太的称呼来称呼霍普，这个已经非常著名的女性画家，似乎也是极具讽刺意味的。

如果现代主义是艺术家对于现代社会异化的反思与批评，那么后现代主义和后现代性的问题则更具争议性。马克思主义批评家弗雷德里克·詹姆逊认为早在1950年代末和1960年代初期，人们已经可以在一些文选典籍和博物馆展品中看到了后现代主义。不论当时的这些艺术形式从政治上讲有多么的激进，但是他们被认为是具有明显的后现代性，是当时历史语境的产物。詹姆逊认为，在这些艺术形式当中，波普艺术是最具代表型的，它代表了一个充满希望的文艺思潮的到来，代表着对传统艺术的颠覆。与此同时,波普艺术的风靡以及由它所导致的社会大讨论很快就指向了后现代主义的核心问题,即艺术的商品化问题。波普艺术的先锋人物安迪·沃霍尔的复制艺术颠覆了传统艺术价值观,颠覆了艺术的神圣和不可侵犯的独创性。但同时也开创了大众流行艺术的先河,在那样的历史语境下,没有任何艺术能够有效地批判商业骗局,因为所有的艺术审美最终都被商品化所颠覆。安迪·沃霍尔作品的内容与美国社会的消费主义、商业主义和名人崇拜紧密相连,是针对消费社会、大众文化和传播媒介的产物。在沃霍尔的作品创作中,由于他选用题材和创作内容的广泛,作品开始突破以往单一模式,体现出强烈的创新精神,其最为明显的特征就是机器生产式的复制,完全相同的主题元素或者不同色相的主题元素在同一个作品中不断重复出现。安迪·沃霍尔为代表的波普艺术家通过广泛的艺术探索改变了世人评价世界、生活和艺术的方式,并以此证明生活和艺术没有高低贵贱之分,艺术不再是少数人享用,而属于普通大众,并逐渐以新的方式从为权贵服务转向为民众服务的民主化进程。在评论后现代主义时,经常被詹姆逊所借鉴的法国社会学家让·鲍德里亚(Jean Baudrillard)著述了第一世界大战之后,由电子媒体和消费主义盛行所导致的文化生活经验的根本变化的系列作品,其思想理论影响了 20 世纪整个西方社会。在他的著作《物体系》(1968)、《消费社会》(1970)和《符号政治学批判》(1972)等中,鲍德里亚对消费社会中主体与客体之间的控制关系、商品化的资本主义社会中的日常生活、以及定位于一些被组织到指意系统中的符号的符号学理论等进行了一系列的分析,研究涉及到家庭环境、建筑、绘画以及媒体等各种现代现象。鲍德里亚的后现代理论大部分致力于描述后现代性中的主体(生产、社会、历史等)的消失,这就最终构成他对历史终结的讨论。在他的拟像社会中,符号消灭了模型与真实之间的差别,人们以前对真实的体验以及真实的基础均已消失;人们正面对着一个灰暗的没有未来的未来,一切都已完成了,只有同样的事件无限地重复,这就是后现代的命运。在某种程度上,像詹姆逊和鲍德里亚一样,厄普代克也一直秉持着高度的警觉性,关注着美国的后现代主义文化,他意识到电子媒体力量和消费文化所引起的人对名利和行为模仿的影响。事实是厄普代克对当代美国的描绘从未远离波鲍德里亚所说的超现实主义或者后现代主义,比如在《兔子,跑吧》当中,兔子安斯特洛姆有时沉浸在汽车广播节目之中,有时为了提高销售水平会收看米奇公司的远程电视课程,也会常常沉浸在广播节目中,他的生活正是20世纪五六十年代新媒介消费社会的真实写照,可以说摄像师般的厄普代克正是要通过他细腻锋利的描写来展现新媒介和消费时代的社会万象。

在《寻找我的脸》中,约翰·厄普代克再一次追逐着历史元叙事的潮流,写作中将事实与虚构结合在一起,只是这部小说是通过两位女主人公之间对艺术的探讨展开的,其中的某些对话是艺术家的自我反思。这种模仿和自我戏仿的叙事方式(pastiche and self-parody),事实上是约翰·厄普代克用有限的第三人称叙事制造的一种假象,他用绘画来表达对小说的审美关注。凯瑟琳一度将扎克的三幅油画与亨利·詹姆斯的最后三部小说作了比较,霍普将这一比较解读为这位年轻女性的好品味。像詹姆斯一样,厄普代克写了一个关于什么也没有发生的微观意识的故事。在1884年发表的文学论文《小说的艺术》中,詹姆斯通过对巴尔扎克和萨克雷等现实主义小说的分析,强调小说必须反映现实,但在表现现实的时候,必须借助文学和艺术的手法。詹姆斯认为,小说具有现实性和艺术性。对于小说而言,重要的是要能吸引读者。因此,艺术必须赋予小说家最大的创作自由,应当鼓励文学技巧上的实验。此外作家的创作意识以及读者反应的问题也值得关注。他说小说存在的唯一理由 ,便是它的确试图表现生活。按照詹姆斯论文的说法,人们习惯于把小说视作虚构故事,期待作家否认自己的作品反映了现实生活,承认自己只是和读者开了个玩笑,作家还需要为自己捏造了故事而道歉。这样给小说创作戴上镣铐,小说的发展自然受到限制。实际上,作为叙事艺术,小说从它诞生那一天起,便具有世俗性、现实性和民间性。正是在这个意义上,一些研究者认为大多数小说都是现实主义的,是对生活进行摹仿的艺术(a mimetic art),现实主义是一个普遍的倾向 ,因为每一件艺术作品在某些方面都是现实主义的,而在别的方面可以是非现实的。对此,厄普代克通过自己的主人公也发表了个人的看法,就像凯瑟琳抱怨盖伊的一些电影毫无意义一样,霍普对故事缺失的辩护似乎同时指向让-弗朗索瓦·利奥塔(Jean-Francois Lyotard)提出的“大师叙事的终结”,以及阿多诺对二战大屠杀之后艺术创作可能性的关注,当然主要是在文学叙事领域所发生的变化。霍普解释说:“But, Kathryn dear, perhaps the point is that there isn't a story because there shouldn't be a story, because there aren't any stories any more, just as painting, you say, or Alec says, had to give up anecdote. That was why Hopper and Wyeth seemed to us such dinosaurs, they seemed to be still telling us stories. A story presupposes an author, moving the characters about from above, moving us about from above, to some morally intelligible end, and who believed that any more, after the Holocaust, after the A-bomb."①(意思:但是,亲爱的凯瑟琳,也许没有故事是因为不应该有故事。因为,正如你或者埃里克说的,绘画必须摒弃故事性,所以也就没有了故事。这就是为什么霍珀和惠氏在人们看来就像是"恐龙",他们似乎还在试图让人们相信他们的故事。而故事就意味着作者必须把人物或者读者引领向一种可以被理解的道德结局上。然而,在大屠杀之后或者在原子弹爆炸之后,谁还会相信他们?)

从某种意义上说,在霍普和凯瑟琳关于抽象表现主义艺术兴衰史,或者关于美国艺术发展是如何取代欧洲艺术的国际地位的访谈中,还有一层关于两性以及女性欲望的潜文本,一种女性的呐喊和对自由的追逐,以及弗洛伊德式的性心理的剖析。在整个过程中,霍普向凯瑟琳透露或决定隐瞒的一切,强调了采访者和受访者之间的进退避舍的关系。霍普和凯瑟琳的话题涉及到了两性关系,女性艺术家的身份,以及女性艺术家与男性艺术霸权的关系,同性恋等社会话题。事实上,在《寻找我的脸》中,厄普代克试图通过声音的狂欢将各种理念,社会现象和女权等问题提上了议程,在两个女性声音的伪装下,厄普代克极力地宣泄自己的情愫与思想。整篇小说是以对话的形式展开,没有鲜明的章节的划分,没有明确的主题,一切都是在两位女性艺术家的交谈中推进,没有情节,没有故事,读者听到的只是两个声音的碰撞与交锋。在霍普与凯瑟琳的交谈与互动中,故事被包含在了话语中。其中,霍普曾对女性艺术家与男性艺术霸权作出了评价:It was a man's world. Art was a man's world. They could hardly make room for women, even when they married us. It was a tough, man's world. You speak of Zack and the rest as heroes of this historic moment you have——what's the word now? ——constructed, you see them as Titans in the clouds, but the Titans were a sad group actually, who came to a sorry end. (P.16)(意思:那是一个男人的世界。艺术是一个男人的世界,即使他们娶了我们,他们也很难为女人腾出空间。当你提到扎克和其他人的时候,你似乎在这一历史时刻建构了一个泰坦的

---

① John Updike. Seek my Face[M]. New York:Random House Publishing Group, 2002. P216.

英雄时代,但泰坦是一个悲伤的团体,他们会有一个遗憾的结局。)厄普代克在这两部小说中有力的回击了“厌女症”的批评,完全的以女性的声音痛斥着男权世界,颠覆了父权主义。

另外,一直在讨论工作的霍普,却没有意识到,她自己的注意力时常会回到 异性恋以及同性恋的话题上。事实上,相较于葛特露,霍普的欲望显得更加的复杂,难以揣摩,在她的意识里不仅是对艺术的评价,对父权的谴责,同是更为私密的两性以及同性恋话题也成小说极具争议的多重主题。小说中,霍普对凯瑟琳的衣服和外表都给予了肯定的描述,甚至就像男人爱慕女性的那样,语气中带有几分暧昧。her long head recoiling as if at a scent or to hearken to the rain that taps at the windows and makes that low groaning harmonic in the gutter, and Hope notices for the first time a beauty to the underside of the other woman's nose: its curve ends in a tip where two small planes meet, the lower facet continuous with the flesh of the septum, which extends lower than is common, so that her nostril flares in profile, tender and avid and redly suffused with blood. This glimpse of live creature brings the girls other features up into a feral glory: her plum-dark eyes with their curious glassiness, her unpainted lips pursed and unsmiling under the tension of this interview……Hope sees the other woman as one a man could adore, go sick in love of, sink his seed into the groin of as if his life's work would be thereby accomplished. The strange concept, which she heard herself just propose, of this alien young identity seated opposite her transposed into Hope's own body, with its arthritic fingers, passing chest pains, frequent shortness of breath, and abdominal complaints as her shrinking stomach resists the daily meals she force-feeds it, engenders more quick fantasies——the half-dreams that flutter through a weary mind——of their interpenetration, scorpions in a bottle, this girl invading her with her questions while Hope in turn tries to imagine Kathryn's intimate life。[①] (意思:仿佛闻到了什么气味或是听到雨水打在窗户上以及滴落在排水沟里时发出的低沉的悦耳声,她将头往后缩了一下。此时霍普第一次注意到这个女人鼻子美丽的轮廓:她的鼻子曲线完美,在鼻尖处相交成美丽的弧度,鼻中隔下部延伸

① John Updike. Seek my Face[M]. New York: Random House Publishing Group,2002. P226.

得比平常的要低，因此她的鼻孔外形柔美，隐隐显现的血管红色闪烁着希望的光芒。相形之下，她的其它器官则有一种野性的美：她那双乌黑的眼睛充满好奇；她那未施口红的嘴唇微微撅起，在采访的紧张气氛下，不带一丝微笑……霍普想象着这个女人在爱的腹股里种下了男人的种子，而他的一生的工作也就这样完成；这个陌生的奇怪的概念转到霍普自己的身体里，令人毛骨悚然，甚至产生了更快的幻想——在她疲惫的头脑中飞舞。这个女孩侵入她的生活，而霍普反过来又试图窥视着凯瑟琳的私密的生活。）凯瑟琳的出现似乎打破了霍普内心的平静，甚至揭露了她的某些不为人知的隐私。当凯瑟琳问及霍普的同性恋女儿多萝西的时候，霍普的回答总是围绕着高大、优雅、有女人味等话题，甚至认为正是由于缺乏这样的外在美，才导致了多萝西的性取向的改变。可是，霍普在与高而优雅的凯瑟琳交谈时，回想起多萝西的情人，从内心承认，虽然身为女人，多萝西的第一个情人对自己也是有吸引力的，并且认为多萝西指责自己诱使盖伊偏离了他的真实方向，成为异性恋者的指责可能是对的（P182）。而且，在访谈一开始凯瑟琳控诉霍普她把扎克变成异性恋者的说法加倍正确了。这种双重作用表明了凯瑟琳支持多萝西的生活方式。在这样的亲密关系下，霍普用一种富有想象力的方式来试图纠正她对多萝西在感情方面犯的隐瞒和错误。当霍普允许凯瑟琳把录音机打开，以回答她强迫前两任丈夫进入不自然的异性恋的指控时，凯瑟琳问：“在你的经验中，凯瑟琳，一个人会勾引另一个人吗？或者，两个人会像正负原子一样吸引，接近对方吗？”（P.184）。很明显，凯瑟琳的质疑让霍普发现多萝西可能是正确的，她对同性潜藏的爱慕可能说明她自己内心的某种欲望。在小说的高潮时刻，霍普在雨中送准备发动汽车离开的凯瑟琳时，“她的脸泛滥，而不是激动的温暖；霍普拥抱她，虽然她矮得嘴唇都够不着对方的脸颊，而是碰触到她下巴的骨瘦如柴的曲线上。但她仍然坚持着，享受着这个消沉的，不耐烦的身体，赤裸的衣服下的味道，比空气更温暖”（P.261）。最后，霍普甚至告诫凯瑟琳不要让异性恋关系影响了她的生活。当那个高大的黑女孩在暴风雨消失中了，霍普独自一人感到沉重，潮湿的时刻已经过去，她感到她的身体在她的怀里，在漩涡中迷失了，就像那遥远的日子里，孤独的婴儿在地板的小床上扭动着，垂死地想被抱起来。

Under the beech she feels her face flooded with an excited warmth of pity and envy, as if encountering in the dripping dark a younger self; when Kathryn turns, having unlocked the door, to say a formal final goodbye, holding out a long white cold wet hand, Hope instead embraces her, though being so much shorter she lands her lips not on the other woman's cheek but on the bony curve of her jaw. Still she hangs on, relishing this muffled, impatient other body, naked and savory beneath its clothes, warmer than the air: amid the rods of rain, a scent of thick black hair. "Have your life", she says, in a whisper pushed from within like a shout, "go and have it, dear. It won't be mine, it can't be mine, we were all so naive in a way, thinking we were so important to the world, but it will be yours, your own. Don't hang back. Don't let this Alec or any man take it from you." Kathryn rigid for a moment, returns the hug, perhaps more crunchingly than she had intended, and lowers her face enough to promise, "o.k., I'll try not to." The peck of a kiss her wet face gives the older woman's wet face has the stern, statuesque quality her mouth has: hardened by seriousness, by concentration on the effort of an interview denying itself all but a few smiles ……Had she been frank? Too frank? About Dot? About Zack? No matter. So little matters, it turns out. Why do we get so fussed? Hope quits the embrace: she feels the rain seeping through her thick wool shirt to her skin and beyond, into that layer of her where death will one day settle. (P261)

所以,约翰·厄普代克笔下的霍普是一个比格特鲁德更复杂的女性主义者,表现出复杂的欲望 ,与对两性的怀疑。在《寻找我的脸》中,厄普代克对同性恋的描述仅仅是依赖于自己刻板印象,他也只能依靠想象,猜测这种性关系背后的多样性。当然厄普代克没有排斥,而是把它描绘成霍普作为女性身份的一个基本特征。

综上,约翰·厄普代克的艺术理念是开放的,他对于后现代的各种理念热情关注,一步步探索尝试着新的写作技术和经验。但是又像他笔下的贝赫充满了对后现代的怀疑与批判,约翰·厄普代克经常公开攻击后现代理论的反人道主义含义,所以其解构主义的方法和后现代叙事意识也不容易识别。然而,约翰·厄普代克对信仰可能性的质疑似乎越来越狭隘,这意味着他的叙事观念更接近后现代写作身份。在过去三十年里,只要他的小说被冠以“约翰·厄普代克”的名字,人们就毫无例外地将它们视为现实主义作品。但是,一旦这些作品被盖上约翰·厄普代克以外其他作家的名字,几乎毫无质疑地被誉为后现代小说。这并不是宣称约翰·厄普代克是后现代主义者,而是表明对于厄普代克的认识与理解应该是开放的,不是僵死固化,形而上的。

第四章　约翰·厄普代克小说的历史"元"叙事

"过去史"是一种已成的事实。然而不论那种历史,是几千年前的、还是不到一小时前的、一切脱离了活的凭证的历史都是些空洞的叙述,它们既然是空洞的,就是没有真实性的,因而作为对历史的批判而出现的任何论断都是虚妄的。例如,有一个名叫波律诺托司的画家,说他在波依启列画廊画过米尔提亚戴斯的肖像,到底是不是真有其事呢?人们会告诉我们说,这是真的,因为有一个人或几个人认识他,看见过他在创作这幅画,可以证明它的存在。但是,我们应该答复说,这对这个或那几个见证人说来是真的,而对我们说来则既不是真的,也不是假的,或者说它只是由于那些见证人的作证才是真的。因此,引用那些空洞的判断对于我们的现实生活是毫无用处的。生活是一种现实情况,而那种变成了空洞叙述的历史则是种过去:它是一种无可挽回的过去,剩下的是空洞的字句,而空洞的字句则是声音或代表这些声音的书写符号,它们不是靠一种思索,它们的思想活动是靠一种意志活动结合在一起和得以支持下来的,这种意志活动为了自己的某些目的,认为不论那些字句多么空洞或半空洞,保存它们是有用的。所以,单纯的历史叙述不是别的,只是一种意志活动所维护的空洞字句或公式的复合物。①

黑格尔的这段辩证历史唯心主义哲学史观实质是对"元叙事"的纯思辩论证,即包罗万象的准则和无所不包的理论体系。关于"元叙事"的概念,后现代学者让·弗朗索瓦·利奥塔(Jean Francois Lyotard)在其代表作《后现代状况:关于知识的一个报告》②中指出"元"是对完整的解释,即对历史的意义、经历和知识的叙述,它具有主体性、目的性、连贯性、神秘性和统一性,

① 黑格尔.潘高峰译.黑格尔历史哲学[M].九州出版社,2011.P256.

② 让·弗朗索瓦·利奥塔,车槿山译.后现代状态:关于知识的一个报告[M].南京:南京大学出版社,2011.

是一种完美的设想，所以元叙事就是现代性的标志。利奥塔强调，20世纪信息社会的到来使得知识的本性发生了改变，所有的知识都要变成数字信码以便于移入可操作的输入输出系统。而电脑霸权时代的到来则导致了许多学科都与语言学有关，知识本身成为特权阶层压迫操纵的工具，而历史的元叙事、那些伟大的主题以及自启蒙时代以来关于真理、历史辩证的观点理应受到后现代的质疑、戏仿甚至解构。所以，后现代主义的根本特征就是对“元叙事”的怀疑。因此，西方后现代史学者以彻底的反叛与决裂向传统历史认识论和历史编纂学发起挑战，他们反对历史进步论、反对一切夸夸其谈的宏大叙事，否认历史客观性，认为历史学等同于文学的虚构，等同于艺术的再创作；他们同时主张历史研究的去中心化、碎片化以及多元化做法。

受“元叙事”以及美国超验主义思想的影响，约翰·厄普代克的历史意识及其隐喻叙事相较于后现代历史学者的做法要正统的多。他虽不完全接受历史宏观叙事的包罗万象以及历史主题的伟大启蒙性的绝对真理，但无论是他的“宾州三部曲”还是《福特政府时期回忆录》，约翰·厄普代克的历史写作始终渗透着“万物有灵，微物为史”的特点。超验主义主张人能超越感觉和理性而直接认识真理，认为人类世界的一切都是宇宙的一个缩影——“世界将其自身缩小成为一滴露水”（爱默生）。超验主义者强调万物本质上的统一，万物皆受“超灵”制约，而人类灵魂与“超灵”一致。这种对人之神圣的肯定使超验主义者蔑视外部的权威与传统，依赖自己的直接经验。在这一点上，超验主义的历史哲学观更加的接近黑格尔的精神哲学，即反对相信空洞的文字符号，提倡真实的历史体验。因此，从“宾州三部曲”到“福特时代”，约翰·厄普代克的作品充满着洛可可式的描写、复调叙事融合蒙太奇空间的写作技巧以及极具个人特色的隐喻方式，表现出其特别的哲学历史观。尤其，随着小说兔子从第一部到第四部经历的增长，约翰·厄普代克的历史意识在作品当中越来越明显的流露出来，而他的第十五部小说《福特政府时期回忆录》的出版，让读者了解到厄普代克不一样的历史观，可以说它是非常“后现代的”。

第一节 历史元叙事：从"宾州三部曲"到"福特时代"

作为一名年轻的作家，约翰·厄普代克以笔致敬自己的故乡宾夕法尼亚，其先后出版的《贫民院义卖》，《兔子，跑吧》以及《马人》被称为"宾州三部曲"，历述了宾夕法尼亚的未来，现在，以及过去的人情风土和社会流变。他将美国现在与过去的时间轴连接起来，其对社会道德以及人物的准确的描述再现了历史的真实性，他的作品堪称20世纪下半叶美国活历史。"兔子四部曲"正是其历史意识的体现。在兔子系列中，作者以第三人称零度聚焦视角，也就是通常说的"上帝视角"巧妙地隐藏了自己。对人物、事件的评价，只是冷静、客观地将故事呈现在读者面前。同时，约翰·厄普代克并未拘束于第三人称，有时也会跳到第一人称视角，将人物的内心直接地暴露在读者面前。灵活的视角转换使读者更清晰地了解情节发展的动向，也更加全面地把握人物的内心世界。"兔子四部曲"小说从1959到1989，通过兔子哈利·安斯特朗一生的经历及个人生活的记述，将美国宏观历史缩影在小人物的微观世界。在1990年约翰·厄普代克出版他的最后一部小说《兔子歇了》的时候，兔子已经成为美国那个时代的一个象征。尼古拉斯·米尔斯曾说，如果社会历史学家们想知道美国是如何从20世纪50年代的艾森豪威尔时代过渡到90年代的克林顿时代的，他们会发现厄普代克的兔子系列小说是必读的作品。同样，杰恩·帕里尼认为，没有人可以像厄普代克那样，抓住宾夕法尼亚那个地区的空气的特殊气息与味道……《鸽羽》或许是这方面最好的故事集。在"宾州三部曲"之后出版的一些小说中，约翰·厄普代克的乡土情结及历史意识日渐显现，并且独具个性。在此也应该提到他的另外两部小说《东镇女巫》和《东镇寡妇》，这两部小说分别出版于1984年和2008年出版，其间隔24年之久，是约翰·厄普代克的"东镇故事系列"。也可以被看作是"宾州三部曲"的补充。这些故事的发生地都是"东镇"，位于风景如画的美国东北部老殖民地，也就是作者长期居住的新英格兰地区，那里是欧洲人登陆美洲新大陆的最早落脚点，有很多种植园，充满历史感和神秘感。厄普代克在那里创造了一个类似于莫言的山东高密的东北部城镇，他对这个地方描写得十分细致,包括街道分布和城镇的构成,乃至走在每一条路上的感觉,都有很细致的描述,让读者有亲临其境的感觉。厄普代克曾把自己的洛可可式的写作称作历史的摄像头,文学的装饰。在他的小说《兔子歇了》当中有这样一段的描写,我们不防可以欣赏一下!

在他浮游的童心下面,这个故乡每隔一幢房子就有他曾经认识、现在已经离去的个人的幽魂,这些平常的住宅都有砖柱支持的门廊和阴暗的前客厅,变化不大,在他看来如同一个收藏家柜子里的一枚枚贝壳那样空;即便他和詹妮丝刚结婚时住的威尔勃路上的那种更像贫民窟的联立房屋,还是老样子,爬山就像上一段楼梯尽管那些阴沉的老油毛毡墙板,那些像青块紫一块的创伤和粪土的颜色已经让位于仿粗凿石条或木头护墙楔形板之类的更加喜庆的东西,有的门面上厚,有的门面上薄,所以当你沿着这一排房屋放眼望去时,边沿上就有点儿参差不齐。哈利总是忘记在一马平川的佛罗里达难以想象的景象:斑斑驳驳、熙熙攘攘,稀奇古怪、拥挤不堪的建筑,远处青山隐隐,逼着前景上有山墙的房子攀附在高高的街道两侧也就是大钉子似的挡土墙和顶上有小樂篱墙或郁金香花坛的陡坡上,这些山坡日渐不再栽植草坪,而是改栽常青藤和杜松之类的地面覆盖物,这样你就不必每个星期用那种老式卷筒剪草机剪一次草了。那时候有些人常常把绳子拴在剪草机把儿上,把机器咯噔噔滑下来,用完又咯噔噔扯上去。兔子在车上不禁莞尔,因为想起了这些带木头把儿的老剪草机,还有杰克逊路上他们死了多年的卫理公会教派的老邻居。沿他们两家的地基墙各有一条水泥路,两条路之间有一条两英尺宽的草带子,妈妈常为剪这条草带子与邻居吵嘴结仇。这对卫理公会教派的老两口是从搬往克利夫兰的西姆家买的房子。卡罗琳·西姆可漂亮啦——就像秀兰·邓波儿,只是没有那酒窝儿,更有戴安娜·德宾的撩拨气势。就这个小姑娘的身体—那位先生和太太闹个没完没了,妈妈说,太太吃醋了。他常常猴在自己的窗前想在那温馨的夜晚隔着那小小的间隔撩上一眼卡罗琳脱衣上床的艳景。他的房间:他依稀记得那墙壁纸,在暖气上显得格外的黄,那个放他的泰迪熊的刷清漆的架子,那只一蒲式耳容量的篮子,里面的住户是他的装配式玩具的辐条和轮毂,他的橡皮士兵和铅飞机。那间屋子有一种味道,像油布味儿,也像发热了的窗台上的油漆味儿,像妈妈烤蛋糕时的香草和肉豆蔻味儿,他几乎又闻出来了,但不大靠得住,它飘进影子里去了,它滑到涂银漆的暖气后面去了,那暖气脊梁上还印压着模模糊糊的浅浮雕涡卷形图案呢。还有布鲁厄,那个蛰伏的蜂窝,给他讲述着他自己,讲述着他已经变得深沉得可怕的过去,所以他亲自记得的事情,二战欧洲胜利日,杜鲁门对北朝鲜宣战的那个星期日,现在都成了历史,这些事件当今世界上的大多数人只能从书本上知道。布鲁厄是他童年时代的城市,他当时知道的惟一的城市。置身于其中,依然使他心潮澎湃,它那平平常常的花盆点染的街区,它的砖墙工厂和联立住宅以及高大阴森的教堂纷然杂陈,一切都厚重结实,是用一种陈旧的装饰热情建成的。几乎被遗弃了的闹市区,宽阔的韦泽街,他记得灯光辉煌,圣诞节期间就像集市一样热闹非凡,现在却杂乱无章,这里一片瓦砾堆,那里是停车场,几座新建的玻璃幕墙大楼也算是几项复兴的尝试,主要被一些银行和政府部门占据着,还有一些拒绝从布鲁厄市郊商场搬回来的商店。老巴格达度是韦泽街上五六家头轮影院之一,现在孤零零地立在两块空场地中间,阿拉伯风格的瓦已经从它的挑出式大招牌上剥光了,最后打出的三×级双片连影广告,正在剥落,生锈,只剩上半个邦字,下面的行剩的是"求"我,一种呼吁历史复原的残留。他童年时代的电影宫殿,甜蜜的气息,黑天鹅绒帷幔,窃窃的细语,咯咯的嬉笑,紧紧的握手,已都是陈年旧事。往日,休息室里有一种摩尔式喷泉,五彩的灯光嬉弄着激越的喷水。那家名叫"弦乐和唱片行"的音乐商店,二十年前由奥利·福斯纳希特经营,离"巴格达"影院只隔几个门脸,后来改为"高保真乐器行",现在依然是一家商店,名叫"轻幻",经销跑鞋,陈列了整整两个橱窗。

这些疲惫的街道又焕发出了不少生机。老联立房屋已被重新油漆,重新装修,使老旧了的铝遮篷和铁栏杆更新换代。见缝就可插针,建筑商在门上面嵌进了彩色玻璃扇形窗门牌。这些街区建筑已经固定,永远不会有换号的问题。他曾经就在这么幢房子里—326号,他的病房的号码使他想起来的——和鲁丝同居,经常在那里的那家街角商店买日用必需品,现在店名叫罗萨食品杂货店(Tienda de Comestibles),还透过窗户凝望一座石灰岩教堂的玫瑰花窗,现在教堂已变成宾州拉丁人社区中心(Centro-comnida)。一个个街区一闪而过,这座城市比他记忆中变换的快,变换更加迅速,小时候觉得间距很宽的楼房现在好像连在了一起。止咳糖厂,摩天楼,县政大厦,青年馆,他试着在那儿上游泳课,结果头发未干就跑到冬天的街道上,得了肺炎,这些地方都彼此相隔不远,也离邮局很近,邮局的大厅又怪又长又空,只有一头开着一两个格栅,还挺热闹,亮着灯,附近还有"本富兰克林",一家傲气十足、金碧辉煌的城中酒店,现在成了一家"罗摩达汽车旅馆"。他那个班级,佳济山51级在那里举行过一次高中班晚会,他穿着夏季小礼服,玛丽·安穿的是淡紫色无肩带礼服,它的硬衬布衬裙在车里给他们添了不少麻烦,后来他们一说起就笑,她的迷失在那些窸窸窣窣的褶子和边子里的圆溜溜、白生生的大腿,像一个纸窝里的两颗复活节彩蛋。①

像这样入木三分,绘声绘影的描述在《兔子,歇了》中随处可见,约翰·厄普代克式的细腻与其惊人的记忆力俨然一部高清精准的摄像头,所到之处无一遗漏。其实,语言艺术在某种程度上远胜过绘画和影视。绘画尽管逼真,但是静态的。影视是流动的,可以看出人的动作表情,但无法反映他的思想意识。在兔子系列小说中,主人公兔子安斯特朗是一个没有接受多少教育的粗人,可是他却有着异乎寻常的观察与描述能力,正所谓兔子的身份里藏着哈弗才子约翰·厄普代克的大智慧。约翰·厄普代克好像是在用什锦丝线把国内外大事、电影、电视广播节目、报刊新闻、建筑风格,居家服饰等等编织成哈利一家和周围的人活动的背景,时间空间决不错位,以求真实。绣织出一个个人物,一个个场景:机场海滩,室内的陈设,街道的景观,一场球,一顿饭,一次手术,一次参观,一次海上游玩,一次电话交谈,一次正式会见,一个动作,一张脸面,乃至一棵树,一只鸟,甚至一面墙纸都有精微独到的描绘,令人叹为观止——这块花毯不仅织得丝丝入扣,而且五彩缤纷。且不说别的,光颜色就多得令人眼花缭乱,而且不是概念性的,全是形

① 约翰·厄普代克,蒲隆译.兔子歇了[M].上海译文出版社,2007.P156.

象具体的,如胡萝卜色,红木色,小麦色赭石色,唇膏色,番茄红,樱桃红,鲑肉色,肉色,莓红,勃艮第红葡萄酒色,桃红色,牛血红,栗子色,蛋壳色,混凝土色,泥浆色,可可色,鼠灰色,油灰色大象灰,珍珠灰,鸽子灰,灰胡桃色,毡灰色,铁灰色,石板灰,乳白色,骨白色,酸橙绿,烟草绿,电绿,胆汁绿,烟蓝色,婴儿蓝,柠檬色,薰衣草色,电光色,橄榄黄,长寿花黄,还有糊墙纸的糨子的颜色等等。

在"宾州三部曲"之后,约翰·厄普代克出版的另外三部小说《夫妇们》,《贝赫的故事》及《兔子归来》虽然都以宾夕法尼亚为背景展开故事叙述,但是它们却不能被称作历史叙事,直到1974年,约翰·厄普代克决定写一本真正的历史小说,他把自己的目标锁定在一位让他非常感兴趣的大人物身上,他就是美国第十五届总统詹姆斯·布坎南,并给部历史小说拟名为"布坎南之死"。起初他的计划是以传统历史人物传记的方式完成这部小说,然而整整18年之后,约翰·厄普代克才以其特殊的历史视角撰写完成了这部历史小说,《福特政府时期的回忆》。在这部小说的后记中,我们可以发现,约翰·厄普代克像任何一位细心的历史学家一样,为了完成他的这本著作,仔细查阅和翻阅了各种各样的历史文献,所有关于布坎南的12册的传记,以及上百部的关于20世纪和19世纪的一些历史传记文章以及期刊杂志,其仔细严谨的态度,不亚于任何一位历史学家。尽管厄普代克在这些历史文献的海洋中,偶尔能够捕捉到一些写作的灵感,但他始终无法赋予人物以鲜活灵动的生命。他一次次尝试着走进布坎南的生命,却一次次陷入尴尬的困境。研究的数据没有像他想象的那样,赋予他的人物真实感。相反,他的想象力却被过多的历史材料所限制,变得僵死。因为从来没有在美国国会的工作经历,他无法想象在19世纪的政坛上,布坎南是如何来运作自己的政治生活、协调工作与个人生活关系。所以他的想象力完全被淹没在文献的海洋中,限制了他的创作,他变得心灰意冷,于是决定让这部小说夭折。在后来的采访中,当厄普代克提及这次创作"失败"时,认为他的失败是创作中过分地依赖于历史的"元叙事"。

于是,约翰·厄普代克决定写一部同名的舞台剧,因为他觉得,也许演员的表演,背景音乐,道具的装扮可以让这个故事变得鲜活。他想象着自己像雄鹰鸟瞰大地一样,通过舞台场景再现去透视布坎南的生活,重新找回创作的灵感。戏剧的场景设置在布坎南生病后休息的房间。然而络绎不绝的舞台人物以及各种错综复杂的人物关系——矛盾,恐惧,背叛交织在一起使得故事失去了连贯,失去了时间的顺序。整个情节的逻辑备受质疑,比如,布坎南的未婚妻安·科尔曼与他解除婚约,以及布坎南的朋友将他抛弃在南卡罗琳娜州等等这些情节之间似乎毫无逻辑关系。直到18年之后,在后现代主义几乎占领了整个意识形态领域的历史语境下,厄普代克才成功地完成了这部历时数载的"历史小说",他再次回到这些素材当中,让他的小说人物重生,并且理清了其私人与公众之间错综复杂的关系。他将它命名为《福特政府时期回忆录》。

《福特政府时期回忆录》由阿尔弗雷德·A·克诺普夫公司于1992年出版,这部"历史小说"以布什与克林顿大选为历史背景,讲述发生在20世纪90年代初,历史学家阿尔弗雷德·克莱顿的故事。阿尔弗雷德在新罕布什尔维沃德女子大学(Wayward College in New Hampshir)教书时,收到了美国新英格兰史学家协会(NNEAAH)的请求,要求他写一份关于杰拉尔德·福特政府执政(1974-1977)的全民调查报告。阿尔弗雷德·克莱顿以他个人的回忆写了这段历史动荡时期,在那个他认为不值得纪念的时代,他主要做了两件事:一是和他同事的妻子媾和或者与自己的一两个学生(还有其中一个的母亲)保持暧昧关系;二是试图写一本关于詹姆斯·布坎南,美国第十五任总统,一位来自宾夕法尼亚,试图不惜一切代价使南方留在联邦的总统。小说中两个交替的文本在美国两个不同世纪的社会语境之间形成了鲜明的对比。现代历史语境的主人公包括阿尔弗雷德的妻子,"紊乱女王"诺玛和他的情妇,"完美妻子"吉纳维芙·穆勒,以及新罕布什尔州立女子学院的同事们。另外一个历史语境中的布坎南周围的人物包括注定早死的未婚妻安·科尔曼,安德鲁·杰克逊、埃德温·斯坦顿这样雄辩的当代政治家,以及当时作为美国驻利物浦领事的身份纳撒尼尔·霍桑,在阿尔弗雷德的笔下所有的人都毫无争议地生活在一起。在阿尔弗雷德重述他关于福特政府的记忆和印象的时候,他并没有选择以传统传记的方式来完成它,相反,他将自己的注意力集中在两件重要的事情上:一件是他从第一次失败的婚姻中走出,重新组建自己新生活;另外一件是继续撰写他未完成的詹姆斯·布坎南传记,通过这种方式,埃尔夫将自己20世纪失败婚姻生活的情绪与19世纪历史动荡的历史背景下布坎南的情感及其政治困境结合起来。

只看书名读者一定会认为这是一部历史传记,可归于回忆录式的纪实性历史或政治作品类。然而约翰·厄普代克只不过向读者开了一个非常不严肃的玩笑。《福特政府时期回忆录》貌似颇有政治性,但其所蕴含着的滑稽、讽刺等表现出作者玩世不恭的政治态度,虽然他对历史和现实的一如既往的关注与反思,但是这一次非凡的独创性玩了一把"后现代"。小说之所以命名为福特时代的回忆,是因为故事的主人公阿尔弗雷德·克莱顿(Alfred Clayton)以福特时代为背景的私人生活转述,穿插着美国第15届总统詹姆斯·布坎南的传记。厄普代克通过回忆和梦境的叙事艺术,以及融历史宏观语境于人物的微观世界的叙事手法,以其强大的历史意识以及独有的隐喻写作风格创作了这部"历史小说"《福特政府时期回忆录》。在这部小说中,厄普代克找到了自己的历史叙事法,通过回忆的叙事方法,他将过去的历史语境重新复活。同样,厄普代克依然坚持将复调叙事结合蒙太奇空间转换的写作技巧融入到历史小说中,把对1970年代的记忆和未完成的詹姆斯·布坎南传记中的场景剪成片段拼接在一起,巧妙地将两个不同时代、不同人的命运以及两个世纪美国历史语境联系在一起。时而穿梭在维多利亚时代,时而回到现代生活。这使得整部小说闪烁着一种大胆、诙谐、甚至是刻薄的光芒,充满关于社会,历史和性政治的对比观点。华尔街报曾评述,"令人震惊的……阿尔弗雷德的生活的时代是光明和有趣的;布坎南的生活是黑暗而严肃的。厄普代克先生流连忘返在这两个人物之间,穿梭于两个世纪之间,以其优美华丽的文笔戏谑历史"。①

从约翰·厄普代克的角度讲,似乎没人比阿尔弗雷德更加了解布坎南,但这也是阿尔弗雷德永远无法完成布坎南传记的原因之一:鉴于如此亲密关系,他简直无法想象把他笔下的布坎南写成一本传统的传记会是多么客套的一件事,所以他需要对另一位总统的"记忆和印象"的提示才能让"他"走下去。但是厄普代克在不经意间也流露了对"元叙事"玩世不恭的态度。阿尔弗雷德还指出,性习俗在他处的时代已发生了变化,他回忆说,在20世纪70年代,人们认为大学教师经常与女学生会有不正当的性关系,但是到了1990年代,这被认为是完全不能接受的,甚至是犯罪行为。他隐约哀叹这一损失,尽管他现在回到了妻子身边。阿尔弗雷德把福特时代的性自由主义理想化,小说中对布坎南的生活和时代详细地描述,阿尔夫跨越到他的那

① John Updike. Memories of Ford Administration[M]. New York: Knopf,1992. P.187.

个年代,想象每一个故事片段和对话;而对福特和他的政府却一言不发。相反关于福特时代,他的记忆几乎完全集中在教授自己的私生活上,尤其是他那些剪不断理还乱的风流往事:过多的性细节的描写让读者认为阿尔弗雷德一定是偏离了他的轨道,才会在 NNEAAH 成员面前列举出这么混乱历史;而他也在另一种方式上偏离了他的轨道,因为他无法限制自己写布坎南传记。然而福特时代在他的头脑中最终缩影成个人婚姻以及婚外私生活的琐事。阿尔夫在他的写作中不断地称吉纳维芙为完美的妻子,但是他的问题是他对"完美妻子"也不能保持忠心。他与学生的母亲之间混乱的关系最终使吉纳维芙回到了丈夫身边。阿尔夫也回到了妻子诺玛身边,这个虽已破裂但让他的情感可以安放的地方。阿尔夫喜欢布坎南的是他身上同时存在的某种虚幻的自大与矛盾的自大。布坎南的临终遗言应该是"主啊,全能的上帝,正如你所愿。"(Oh Lord, God Almighty, as Thou wilt)。

《福特政府时期回忆录》是约翰·厄普代克的第十五部。虽然该书名颇具政治性,但其所蕴含的滑稽、讽刺等细节表明了厄普代克对历史和现实一如既往的关注和反思,也又一次在读者心中印上他非凡的独创性。这部作品以 1992 年美国布什和克林总统大选为背景写成,是约翰·厄普代克大胆尝试戏仿元叙事的"后"现代小说。厄普代克以美国民众历来关注的焦点为出发点,重写了自己当年那部名为《布坎南之死》的戏剧,只是这次的技巧更加的现代,视角更加的独特。在美国历来的总统大选中,美国选民对候选人的私生活及其道德观的关心与挑剔程度远远超出对当事人的政治素养和积极治国理事的能力的关注。候选人之间的角逐和唇枪舌战也多有涉及对方的隐私以及个人生活,而大众媒体也会围绕着候选人的这些问题大做文章,大肆渲染。因此,候选人曾经那些微小的过失,个人污点、生活作风譬如婚外恋之类的事情都会成为对手的把柄。候选人的尘年往事常常会被对方别有用心地人挖掘出来,展示于公众人,并最终会影响到选民的对他信任。与此同时,历届总统的政绩与个人的私生活会在大选之年重新被拉出来做以对比,此时的美国民众的好奇心、公德心以及民主自由会淋漓尽致的表现出来。也许处于美国选民的特质与好奇,抑或是为了某种启示或怀旧。厄普代克的《福特政府时期回忆录》正是以杰拉尔德·福特大选的历史为背景撰写的。1974,福特在尼克松"水门事件"辞职后,以副总统的职位成为美国第 38 届总统。在 1976 年 11 月大选中,又败北于卡特下台,执政不到两年半,也算不上一位伟大的总统，但是在他执政期间，美越战结束，使得美国人摆脱了一大噩梦，这一事件就重要性而言，可以和布什期间冷战结束意义相比。他推行多方位外交，进一步加强了美国的超级大国地位，然而与布什政府一样，在国内面临经济衰退，严重通货膨胀的难题。

约翰·厄普代克把小说的时代背景设定在福特执政时期，对于现在的读者来说，当然不是无的放矢。因为约翰·厄普代克是一位极具历史感的作家，历史意识和历史写作是其作品的特点之一。在他每一部长篇小说里都有精确的年份和历届总统执政的状况，比如《马人》中的杜鲁门政府；《兔子，跑吧》艾森豪威尔执政；《夫妇们》是肯尼迪当政。福特执政期间，每个人都在为美越战结束，一个新时代开始而鼓舞，但这种希望又很快因国内的经济、社会问题以及尚未消除的冷战危机而幻灭。福特企图重新建构美国价值观看来只是政治家的空话，在这样一种不安，焦灼、前途未卜的时代气氛下，同属中产阶级的阿尔弗雷德和布伦特以各种方式游戏人生。阿尔弗雷德在事业上毫无建树，失意沮丧，虽然他曾试图用语言将生活诗意化，仿佛生活是思想的产物，可以随心所欲建构，使之放大提高。然而，现实生活击碎了他这一乐观主义，他于是便沉溺于情色当中，肉体的天堂就在眼前。性爱在艾森豪威尔时代不可思议，肯尼迪时代被认为是猥亵的一切，福特时期已经成为一种不可缺少的需要。这种逃避现实本质上与布伦特的怀疑主义是相同的。阿弗雷德同社会格格不入，自然可以找到其社会根源。正如文中所言：我们身上承载着彩色念珠，我们吸毒，我们全身赤裸狂舞，我们轰炸河内，我们曾在月球上着陆，然而一切依旧，连天空也无动于衷。①

这部小说同时交替展开的另一条线索是阿尔弗雷德未完成的关于布坎南总统的著作。约翰·厄普代克不惜笔墨，通过叙述者阿尔弗雷德的视角呈现的这个未完成的著作的若干段落。从福特执政时期的现实回溯到南北战争时期。时空跨度上的这种跌宕跳跃，再加上布坎南令人悲伤的恋爱，增加了小说的后现代特征，因而极具可读性。一位评论家曾对这种写作手法做了十分生动有趣的比喻，认为读这本小说似乎让人如沐春风，薰薰微醉，任凭厄普代克的荒诞大胆的描述带入遥远的历史，时空穿越，时间模糊、想象浮荡。厄普代克所叙述的一切如此引人入胜，使读者在布坎南的时代和

---

① John Updike. Memories of Ford Administration[M]. New York: Knopf, 1992.

福特时代流连忘返。

历史往往有惊人的相似之处,布坎南的政绩与接替他的林肯相比也许不免失色,但他终生未婚,是美国历史上历届总统中唯一终生未婚的总统这一事实足以令历史学家和传记家兴趣备至。阿尔弗雷德的写作动机是借助布坎南并非平静的情感生活,为他本人的情感道德纠葛辩护。这种行为比较滑稽可笑,苍白无力。因为读者很快得出结论,阿尔弗雷德的叙述中有关布坎南的绯闻其实是很难成立的。在阿尔弗雷德看来,人们在19世纪看待事物的评判标准在现代看来未必正确;同样,用现代人的判断标准去评判布坎南的政治立场和功过荣辱也未必适合。在厄普代克的小说中,在兰开斯特布坎南是一位众所瞩目,大有前途的律师,然而在安·科尔曼眼睛里他一文不值,社会地位低下,是一个花言巧语,觊觎她的财产的骗子。另外,安本人对布坎南的不满意还在于对方太专注政治,常常忽略她的情感需求。这种偏见由于布坎南与一位叫做格蕾丝的女人的邂逅加深。而事件的经过只是布坎南在他的一个当事人威廉·杰肯斯的家中邂逅的一位普通女性,两人一起畅谈了一个下午。不幸的是,这次纯属偶然的相见却被布坎南的对手别有用心地加以渲染。安·科尔曼不顾布坎南的解释怒不可扼,单方面解除了婚约。为了排除痛苦,安前往费城度假,由于旅途劳累和精神上的刺激,使她病倒,最终由于过度吸食鸦死亡。人们普遍把安的死亡归咎于布坎南,他给安的家人的信件也被拒绝。布坎南身心所遭受的打击难以言语。然而在追溯这一事实缘由时,阿尔弗雷德显然对布坎南的内心痛楚程度及事业的影响估计不足。事实上,安的意外使布坎南在议会的声望受到损害,而且也为他在日后获得驻俄大使提名以及同担任美国第七届总统的安德列·杰克逊和《红字》作者霍桑的会晤投下了不尽如意的阴影。

小说中的叙述语言所揭示的布坎南的个人悲剧就是细节的精确性,语言的生动性和表现力而言,在美国当代历史小说中堪称典范。这同解构主义学者布伦特所言的解构主义总则,即消除一切模式,颠覆任何流畅的、优雅的、令人畏惧的东西相反。阿弗雷德仿佛是在重新建构语言,一种抒情的、颇具传统古典语言的风格。如果把这一历史写作风格与日趋多样化,但越来越乱的后现代作以比较,厄普代克的历史意识及其历史写作艺术可以被看做传统现代风格的返璞归真。

小说中提到的两位总统中布坎南显然比福特更令作者关注,厄普代克无意把笔触指向福特本人，只不过将福特执政时期作为小说的一个历史背景，意在通过叙述者阿尔弗雷德的回忆，折射福特时代的某些社会层面。阿尔弗雷德曾怀疑是否真的出现过福特政府。这与厄普代克本人关于历史存在的怀疑主义不谋而合。阿尔弗雷德(厄普代克)从他所得到的大量官方文件，档案中去粗取精，重现了因年代久远而在人们心中已经淡漠的，有关总统布坎南的生平轶事。这便赋予了这部小说深层的现实意义：在大选之年，厄普代克所要摧毁的不但是美国公众根深蒂固自我欺骗性，一种虚幻的、把现实和未来希望寄托在某位英明伟大、人格高尚、完美无瑕的总统身上的神话。同时，他还警示人们：美国政治生活中，任何一位总统都不是不凡的，不能拯救美国，希望必须要依靠自己实现。

在《福特政府时期回忆录》中，约翰·厄普代克把自己变成一个历史学家，在档案，回忆录、传记中耙梳材料，使用信札、日记、书籍等大量素材，试图将散见的事迹连缀起来，呈现出布坎南从律师到议员到住俄国公使，最终到美国总统的政治生涯和个人生活的方方面面，刻画一个独身终生且不无争议的总统形象。但是厄普代克不愿毫厘无差的复制历史。在他的历史叙事中充满奇妙思想的文学灵感和巧夺天工的艺术天赋，他在将眼光投向历史的深处，在历史的框架之下，在遵循基本历史事件的前提下，在官方历史文献空白地带，寻找故事讲述的机会，从布坎南和安·科尔曼小姐的恋爱到他拜访格蕾丝使婚姻告吹。从安死后到他受到非议，到他和南方议员金的"基友"感情，以及他和《红字》作者霍桑的交往都有精细的描写和虚构。厄普代克以内在的文学笔法复述历史事件，重述历史人物，把历史真实转化为艺术真实，基本依据历史轨迹的的艺术虚构性。无论是官方正史，还是民间野史，无论是布坎南的宏大政绩，还是他的私人生活都在作者零度介入的态度中向读者呈现。因此，《福特政府时期回忆录》不仅具有历史本来面目的真实性，贴近原有的历史形态和人物性格，又有全新的事件穿插，有关人物的心态，有关环境的氛围等，这使得该小说对真实生活的回忆与艺术的无缝对接，车辙难分，塑造了一个即沉寂在历史中，又活跃在纸面上的历史人物。这种艺术虚构性的历史描述刻意抹平虚构与纪实之间的界限，将小说与非小说的卓越技巧溶于一炉，将叙述和刻画溶于一体，小说与传记，事实与难以琢磨的虚拟不是机械的嫁接，而是浑然天成，天人合一。以事实为本色的传记和以虚构为特色的小说，这两种看起来毫无关系的文学体裁就这样被厄普代克浑然天成地联系在了一起。一个总统的沉浮和一个普通人的平常日子交融在了一起,这便是厄普代克作为文体大师独到之处。全书没有标注的章节,只有几行空白表显示出来,共计二十三节,其中十一节单独呈现的是布坎南生平轶事,除了最后一节是交代写作时现状外,其他均是回忆福特时期的生活状况。在整篇小说中叙述主体即身处事件中,又可以随心所欲地切换视角,交替轮流叙述现实中个人情感生活和历史人物布坎南的个人情感和政治生涯。把历史人物布坎南的个人和政治生活建构在现实主人公的情感生活轨道上。阿尔弗雷德的个人生活如何与他所写的历史纠缠在一起。就这样虽是双重线性进展,不同时空的人物,各自的发展,却因为相似而相互映照或交叉融合。总统的政治沉浮与普通人的情感命运休戚相关,这种多重内在关联其特点之一就是双方的共性都是对现实的无力感,一个无助的旁观者的形象。布坎南总统尽管身居显赫,手可通天,但还是无力扭转南北分裂的局势,甚至连自己婚姻这样的人之常事都无力挽回。其二就是,相对于福特总统的缺场,叙述者的个人生活因为自己那本迟迟未能完成的布坎南传让他(布坎南)的生活已经变成耗尽他(阿尔弗雷德)力量的魔怔。因此,约翰·厄普代克以历史为基础,注重历史和现实的关联与反思,把历史融入个人的记忆与想象,给读者塑造了生动逼真的人物形象和历史文本;小说中历史事件虚实融合,历史与文学界限模糊赋予了历史以艺术的面貌,形成一种新的意义上的历史传记,这就是厄普代克新历史主义文学写作,一条回归历史的别样途经。

第二节　论《福特政府时期回忆录》的历史“元”叙事

小说“福特时代回忆”的标题,卷首引语以及结构不仅表达了一部小说预设的信息,而且体现了作者的哲学史观和文体特征。接下来将从该小说的题目,引言以及它的结构进行分析,探讨这些因素与小说内容风格之间的联系,进而分析厄普代克是如何将历史元叙事与小说的虚构结合在一起,从而尝试了一种新的“编史元小说体”。当然,作者绝对不是简单地进行文体或者文学技术性的标新立异。确切地说厄普代克是在借小说的形式与我们探讨历史认识论的问题,同时他也是在对20世纪的一些矫枉过正的后现代思潮作出有力的回击。在厄普代克的历史叙事当中有这样的一些问题值得我们去探讨:历史是否仅仅是由一些文本或者说一些文字符号堆积而成?历史的唯意志论断、甚至虚无主义的论断是否合理?历史是如何受特权意志的影响被解构、杜撰的呢?历史是否因为掺杂了个人的利益、意志以及道德等因素就丧失了其客观依据性呢?历史学家的个人认知视角以及社会政治立场决定了历史传记的视角与公信,加之史记的内容受制于特权阶层的利益与意志,对于那些被歪曲遗忘了的历史又有谁会在意它的真伪?历史是历史学家根据特权者的虚构与杜撰,那些存在于档案馆和图书馆的历史史料怎么才能让我们相信就是对历史的秉笔直书呢?

基于此,西方后现代史学以全面的反叛者的面目出现,挑战传统历史认识论和历史编纂学。它反对历史进步论和"宏大叙事",否认历史客观性,认为历史学等同于文学艺术,主张历史研究"去中心化"、"碎片化"、"多元化"等。厄普代克的《福特政府时期回忆录》正是征对这样的一些问题展开写作,就像小说主人公阿尔弗雷德一再地拿自己的历史写作方式与读者去探讨历史撰写的问题。甚至在文中也出现了许多探讨的语气词,比如,"让我们这样去猜想……","假如当时是这样的……","如果……那么……","让我们假说她说的这样……",这种叙事表达方式会让读者与创作者或者叙述者处在一个平衡的位置,使读者似乎加入到这场关于历史如何去撰写的论证和争辩之中。

事实上,关于这些问题的解答,约翰·厄普代克是通过转码或者结构三分法进行探讨的。所谓结构三分法是以海登·怀特的元历史(metahistory)哲学方法论为基础的,这种结构包括:一、历史记载的"届时性"(within-time-ness),它是对于当下发生的历史事件的关注;二、历史记载的"历时性"(historicality),历时性是研究过去的事情。三、历史记载的"暂时性"(deep temporallity)主要是研究与人类死亡和永恒相关的秘密。海登·怀特广泛吸收哲学、文学、语言学等学科的研究成果,构建了一套比喻理论来分析历史文本、作者、读者,揭示意识形态要素介入历史学的种种途径。海登·怀特主导了1970年代以后历史哲学领域中的语言学转向,并将历史主义思想带入文学批评领域,成为跨学科研究的典范。海登·怀特最有名的专著是《元史学:十九世纪欧洲的历史镜像》。该书被誉为二十世纪下半叶最重要的历史哲学著作,也是当代西方历史哲学研究中语言学转向的标志。海登·怀特在书中运用形式主义方法建构起结构主义文本分析理论,同时又注重贯彻历史主义思想,并以反讽式的比喻策略对十九世纪八位有代表性的史学思想家逐一分析,向读者展示了他们进行历史著述时所采用的主导性比喻方式及与之相伴随的语言规则,从而确证历史作品普遍存在的诗学本质。

海登·怀特在《元史学:十九世纪欧洲的历史镜像》一书中译本前言中写道:我相信,对于历史作品的研究,最有利的切入方式必须更加认真地看待其文学方面,这种程度超过了含糊不清且理论化不足的风格观念所能允许的。那种被称为比喻学的语言学、文学和符号学的理论分支被人们看成是修辞理论和话语的情节化,在其中,我们有一种手段能将过去事件的外延和内涵联系起来,历史学家不仅赋予过去的事件以实在性,也赋予它们意义。话语的比喻理论源自维柯,后继者有现代话语分析家,如肯尼斯·伯克、诺斯罗普·弗莱、巴尔特、佩雷尔曼、福柯、格雷马斯以及其他人,它仍旧是我的史学思想的核心,是我对于史学与文学和科学话语的联系,以及史学与神话、意识形态和科学的联系这种思想的核心。我致力于把比喻当作一种工具来分析历史话语的不同层面,诸如本体论和认识论层面、伦理和意识形态层面、美学和形式层面,正是这一点,使得我在如何区分事实和虚构、描述和叙事化、文本和情境、意识形态和科学等等方面与其他史学理论家不同。①

小说的题目《福特政府时期回忆录》至少为我们提供两方面的信息:小说的形式和内容。首先,"回忆录"告诉了我们该书将以第一人称叙事视角展开叙述,文本内容的主观性叙述者留有充分的主观想象的空间。简单的从这篇小说的题目来看,小说应该是一部乏味的政治传记。如果这是一篇传统的历史传记,而不是混合体裁的小说,读者一定会看到一部像一个世纪以前亨利·詹姆斯所写的《托马斯·杰弗逊时期的美国史》一样的编年史或者历史年鉴。然而,当读者走进阅读时发现,关于福特政府的执政的描述几乎是一种空白,取而代之的是一些关于布坎南和阿尔弗雷德的婚姻与政治生活等问题。文章当中记载的都是一些关于回忆的事情,一些关于过去的记忆。因此《福特政府的回忆录》这种偏离主题的做法似乎给读者留了一些

---

① 海登·怀特,陈新译.元史学:十九世纪欧洲的历史想像[M].北京:译林出版社,2005.

可以填充和创作的空间空白。事实上,当历史学家阿尔弗雷德偏离他的写作或者他的创作主题的时候,他对编辑说他将给他们所需要的东西,但是不是老生重谈的去复述历史的文献,而是一部具有鲜活生命的记忆录回忆录,让曾经的历史及历史人物重新复活,回到现实生活的鲜活生命。从"福特"这个题目可以推测这部小说是关于1970年代美国第三十八届总统福特及其执政时期的故事。或者作者可以再向尼克松的水门事件以及吉米·卡特的种族主义政策和国际人道主义援助的历史倾向一下,然而作者并没有以这样传统的方式进行福特历史的回忆录。他在后现代的风潮之下,厄普代克以拼接和元小说叙事的方式解构戏谑了两段相隔一个多世纪的美国总统们的故事。对于此,厄普代克在小说中假借了一位解构主义历史学家布莱特·穆勒(Brent Mueller)之口,义正言辞、据理力争地为自己的观点和写作寻求保护伞。

> Here we come to history's outer darkness, where my book was to take on its peculiar life. For a long time, on the safe excuse of further research, I circled, fiddled, held fearful back, until a deconstructionist arrived in the English department——a certain Brent Mueller, who while landlocked at some Midwestern teacher's college had deconstructed Chaucer right down to the ground, and also left Langland with hardly a leg to stand on. Brent, a pleasant enough, rapid-speaking fellow with the clammy white skin of the library-bound and the stiff beige hair of a shaving brush, explained to me that all history consists simply of texts: there is no Platonically ideal history apart from texts, and texts are inevitably indefinite, self- contradictory, and doomed to a final aporia So why not my text, added to all the others? I leaped in. I began , I should say, to leap in, to overcome my mistaken reverence for the knowable actual versus supposition or fiction, my illusory distinction between fact and fancy Here. dear NNEAAH and editors of Retrospect, in continuance of my faithful if prolonged answer to your inquiry, is a section of my text, composed under the benign overarch of the Ford Administration, and no doubt partaking of some of

that Administrations intellectual currents.①

这段话的意思是：在这里，我们将回到关于“黑暗的历史外部”的话题，在此我的书将展现它独特的生活。很长一段时间里，我以进一步研究为借口要做一些关于历史的研究，而真正开始了我却徘徊不前，犹豫不决，惧怕退缩。这一切只因一位叫做布伦特·穆勒的解构主义学家的到来而改变。布伦特在中西部的一所兰格师范学院学习时曾彻底解构了乔叟，也因此得罪学界，让他几乎没有一席立足之地被迫离开了兰格。这个人乐观开朗、讲话语速飞快，但是待人却和蔼可亲。他向我解释说，历史只是由文献组成，除了文献之外，没有柏拉图式的理想历史，文献不可避免地是不确定的，自相矛盾的，注定要让人困惑的。所以为什么我的小说就不能以此展开呢？于是为了克服了我对现实文献的错误崇敬和对历史虚构的反对，我便跳进了解构主义历史学，我的小说因此也流连忘返于现实与虚构。应该说，我一开始就进去了。尊敬的 NNEAAH 和“回顾”的编辑们，我将继续对您的询问作出忠实答复，但是关于福特时代的回忆将会参入我的个人生活以及另外一段故事。毫无疑问，我的反馈中会包含一些当时的文化潮流或意识形态。因此，厄普代克是在借阿尔弗雷德与布伦特·穆勒两个人之口，表达自己对于海登·怀特元历史主义的赞成。这也就有了后来小说只是将福特时代的宏观历史浓缩在个人的生活传记当中，以个人的与时代的关系，从微观层面见诸于宏观历史。

小说的标题指涉若与内容形式之间产生的冲突往往产生反讽和喜剧性的效果，该效果可以被解读为约翰·厄普代克对历史的质疑。约翰·厄普代克通过阿尔弗雷德这一虚构的历史学家展现了人类日常生活中起着重要作用而被历史文本全部忽略的个人情感理解和思想状况。厄普代克似乎想通过这种冲突和矛盾说明历史不是过去的记录，它所遵循的原则有别于当下原则。在井然有序的历史文本中，人们不会遭遇到现在所面临的困惑，因为历史是非个人化的，它对人们的感官感受或性冲动不会给予关注，因此历史中的人们比我们所想的更加孤独；另一方面，虽然历史倾向于历史的客观性，但总是受到当前所发生的事件的影响，尤其是阿尔弗雷德在生活中的事件会影响改变，甚至歪曲他对历史的阐释，最终将自己的情感和焦虑投射的

① John Updike. Memories of Ford Administration[M]. New York: Knopf, 1992. P.35.

历史人物的身上。阿尔弗雷德因为自己的婚姻和情感生活的困境歪曲了对一个多世纪以前关于布坎南历史的理解,用想象和虚构填补了历史空白,模糊了历史与虚构的界限。正如罗兰巴特明确地否认虚构与历史的区别,历史学家与其说是历史事实的收集者,不如说是历史的设计者和叙述者,也就是说历史叙事能组织,填补纯粹的历史真空,或者叫做"历史的黑暗边缘",这一点和文中的结构主义学者布伦特·穆勒观点相似,这便是厄普代克对于海登·怀特元历史的回应。

历史叙事的文学性和意识形态离不开史学家诸多比喻和选择,他们将一系列事件按照个人的理解与偏好组织在一起,从而显示不同的艺术效果和史记形式。后历史主义者表明历史需要用一种文学性而非科学性来进行叙事。当处理具体的"历史"时,当阿尔弗雷德在"布坎南之死"的撰写遇到困难时,受到了这种后历史叙事观点的影响。因为无法解开布坎南与安·科尔曼之间的爱情悲剧和"安·科尔曼之死"的神秘谜团,阿尔弗雷德迷失在繁多的文献资料中,面临"历史真相"的挑战。从阿尔弗雷德的叙述中我们得知他起初一直鄙视布伦特·穆勒所持的解构主义观点,然而随着事态的发展,小说来了一个大反转,布伦特·穆勒在经过不断的研究与考证、论证之后最终成为一名传统历史主义者,并且回归了传统历史主义。而阿尔弗雷德本人却成为被解构的对象,他无法完成关于布坎南的研究和历史撰写,于是陷入了不确定和自我矛盾之中。他情不自禁地被布伦特·穆勒所持有的后历史主义观点所吸引——除了文本之外没有柏拉图式的理想的历史,历史叙事必然是不确定的自相矛盾的难题。例如,在小说的最后一幕更能说明历史意义的不确定性和历史的不可重建性。

> Gerald Ford, it remains to say, is the only non-assassinated President whose name ends with "d", the only Nebraska native and Michigan politician to attain the office, and the only skier. Oh, perhaps Kennedy and Roosevelt in the course of their privileged boyhood strapped on some boards, but only Ford Lashed down the slopes while President, creating a wholly new protection problem for the Secret Service. I remember (this is the end, Retrospect, and remember, you asked) taking a run under Ford, on I forget what mountain. At he top, at the clattering terminus of the upper lift, where the pines were stunted

and ice was prevalent……(P367.)

Norma and my children in woolly sweaters cats had napped on, and Genevieve looking terrific in her white cashmere and black headband, and Brent smugly polluting the mountain air with pipe smoke, and the Wadleigh in typically jolly matching Day－Glo yellow high－waisted ski pants with red suspenders, and assorted pink－cheeked children, their lips Necked with relish and mustard, and some other adults, the German professor and his Jewish wife, he still skiing in knickers and long－thongs and she togged out in a camel loden coat as if to go shopping at Bloomingdale's, and a pair of freckled second wives, and poor elegant Mario Alvarez before his distracted and abashed return to providence.

There were smiles on their ruddy faces; they had been waiting for me; they were pleased to have seen me ski so well. In those years I was a fabulous creature, wiry and rapacious, racked by appetites as strange to me now as the motivations of a remote ancestor. I was slender, the result not of exercise but of nervous energy, and my hair was still mostly brown, and like animal fur to the touch, bouncy and soft, not brittle and white and thinning. I wore a ski－cap on only the coldest days. Today was not one. It must have been during the Washington's Birth day weekend or perhaps even the Easter break, because of the strengthening sun; it was picnic weather in the lee of the lodge. But what mountain could it have been? Gunstock and Sunapee don't have outdoor tables, and Cranmore and Wildcat don't have run－out slopes, the way I remember this one. Could it have been Pleasant Mountain, across the state line in Bridgton Maine? How could Norma and Genevieve, rivals for my hand, have been there both at once, beaming at me from above the Chardinesque tumble of welcoming food? Perhaps my vivid mental picture derives from the winter before our crise began Or perhaps we had all patched things up for appearance's sake , for this holiday outing, one big falsely happy family. I had descended the mountain into bliss; this lengthy response to your provocative query seems to have delivered me into darkness. The more I think about the Ford Administration, the more it seems I remember nothing. (P368－369)

以上来自小说结尾,当阿尔弗雷德回忆在七十年代中期他曾和福特总统在同一座雪山上滑雪,印象中他觉得自己在滑下山时,他的妻子和孩子们,他的情人以及同事们都在山下野餐桌边等他。吉妮微笑穿着白色开米羊绒衫,戴着黑色帽子,看起来美极了。而她的丈夫布伦特·穆勒则抽着烟斗自鸣得意地污染着山间的空气。然而阿尔弗雷德对这一记忆深表怀疑,因为他既不能确定其发生的时间,也不能确定其地点:那一定是华盛顿生日的周末或者可能是复活节假日,可能是在缅因州的什么山。"完美妻子"吉妮薇芙和"紊乱女王"这一对情敌怎么可能在一起,同时对他微笑呢,也许他的脑子里这个生动的画面源自他们婚姻危机开始前的冬天,或者也许是他们仅仅是把所有的事件拼贴在一起,目的是为了营造在这样的假日里有这样一个虚假幸福的大家庭。小说结尾时阿尔弗雷德还说"我越是思考福特执政我越发觉自己什么都记不起来",这句话似乎意味着福特执政的失败,或者说作者的目的在于让读者最终意识到历史不可能重新得以恢复,历史真相往往是难以琢磨,充满了历史学家的猜想。约翰·厄普代克所解释的这部小说的一个主题是:不论是怀旧的回忆还是作为历史文献的记载,过去是不可能重建的。

另外,值得注意的是该小说的两段引言,一段来自卢梭的《忏悔录》,另外一段来自海德格尔的《存在的回题》。第一段选自卢梭的《忏悔录》"I am well aware that the reader does not require information, but I, on the other hand, feel impelled to give it to him。"(我清醒地意识到读者并不要求获得信息,但我觉得有种力量驱使我要把信息给予读者)卢梭在《忏悔录》中以真诚坦率的态度,通过举世无双的自我忏悔,把他与众不同的人生经历,思想情感和行为目的都淋漓尽致地展现在读者眼前,并将读者引入到那个时代去认知思考关于人和社会的许多奥秘和生存问题,这不是为了要享受历史的光荣而绘制出来的涂满了油彩的画像,而是一个包括人性的善与恶等方面的活生生的复杂的人生。因此,就卢梭的引言,作者在文中提供的将是具有个人特色的关于历史事实讲述这种期待,文中阿尔弗雷德将个人生活思想,情感与历史及政治生活合二为一。而第二段卷首语来自海德格尔的《存在的回题》:“ Man in his essence is the memory [or memorial, God? chtmis] of Being, but of Being”(人从本质上讲是关于记忆的存在,而非存在者),作者为该引语所做的脚注中明确表示它并非直接引自海德格尔的原文,面是引自由斯皮瓦克译自法语的德里达的《论文字学》,斯皮瓦克又在括号内提供了更精确的补充,其译文可能来自德语,这引语及其脚注中半开玩笑式的炫学又削弱了第一段卷首语中所承诺事实的确定性。存在是存在者的存在,存在者存在是该存在者能够对其它存在者实施影响或相互影响的本源,也是能被其它有意识能力存在者感知认识判断利用的本源。存在是存在者的存在,也就是说如果存在者不存在了,那么与之相关的一切都只是回忆。因此也可以理解为历史是当下的存在者,若一段历史过去之后,那么它就是虚无的记忆。也就有了历史虚无主义之说。历史的人物以及他的真实存在到底是什么样子的,只有存在着自身明白,历史学家不过是历史的杜撰者,其言可疑。

前面一再强调该小说的后现代及其后历史主义写作特点。那么小说的结构中两个并蓄存在的文本之间是如何珠联璧合的被作者拼贴在一起,或者作者又是如何游刃有余地流连忘返于两个世纪之间,故事是如何实现福特时期阿尔弗雷德与19世纪布坎南的个人与政治生活之间的连贯呢?全书没有标注的章节,只有几行空白表显示出来,共计二十三节。然而,19世纪和20世纪的两个文本却被紧密的联系起来,好像两股溪流汇聚成一条大河,有时候平静,有时波澜激勇,而有时又迅速同流而进。美国第38届总统福特的记忆交织着19世纪美国第15任总统布坎南的故事。全书总共有369页,其中183页都在描述布坎南的故事,剩下的186,原则是福特政府时期的回忆。事实上,福特政府时期的回忆是书中的书,一本关于书的书,一部历史传记中的小说。唯一打破两个故事连贯的障碍是作者偶尔加入了阿尔弗雷德给《回顾》杂志编辑的直接的回答。通常这种回复都会被加上括号,有时候呢,也会直接被插入到文本当中,这也符合了备忘录的文体特点。作者通常有意识地将写作的过程,或者说文本的创作作为关注点,似乎给读者创造出一种正在进行的创作过程。小说开头是一个备忘录,基本设定了该小说的内容与形式,并为小说设定了一个关于历史方法讨论的议题:

From: Alfred L. Clayton, A. B. ’58, Ph.D. ’62

To: Northern New England Association of American Historians, Putney, Vermont

Re: Requested Memories and Impressions of the Presidential Administration of Gerald R. Ford (1974-77), for Written Symposium on Same to Be Published in NNEAAH's Triquarterly Journal, Retrospect. (P3)

从备忘录中可以得到该小说是关于一名叫做阿尔弗雷德的叙述者应新英格兰北部美国历史学家协会(NNEAAH)之请为该协会杂志《回顾》撰写的关于福特执政时期的回忆录。叙述者阿尔弗雷德是一位历史学的教授,在福特执政时期正面临着婚姻与事业的双重困惑。厄普代克将故事的背景置于专业学术机构的保护伞下给读者一种学术权威感觉,而克莱顿在文本中频繁地直接插入对编辑的建议和要求,对历史事件提出不同见解与阐释、甚至是解构,并对历史方法性质进行评论。这样的叙事方式就会把读者一起带入到这场关于历史方法论的论战当中,似乎整部小说是正在创作中的一种进行时的感受,感觉自己属于叙述者心目中专业学术圈中的某个学者或历史学家,正在悄悄地注视着叙述者写历史的真正内幕,窥视其不为人知的个人生活的过程,增添了一种引人入胜的感觉。小说当中阿尔弗雷德与美国历史学家协会以及《回顾》的编辑的论辩和交流是通过夹在章节之间的回顾进行的,同时这也为作者与读者和专业的史学家们展开论战提供了身临其境的语境。阿尔弗雷德要求《回顾》的编辑不要把自己的作品切分成机械的十行段落,紧接着他又提出了一些关于写作方面的建议,加入自己对于历史看法的一些观点,如文中将布坎南虚构成一个同性恋者,作者就此展开与读者的对话,并以开诚布公的态度接受来自阅读者的批评。以下这段引文就是一个很好的诠释。

Throughout most of history men love bravely one another, yes, but as spirits, not bodies; only our coarse materialist imaginations seek to de-platonize the masculine romances of the previous century. Does not every detail of masculine personal decor——the black stovepipe hats and trouser legs, the constant cigars and chewing tobacco with their residues of foul breath——declare physical approachablity? Shared housing among bachelors was common domestic economy; witness Doctor Watson and Sherlock Holmes. [Retrospect: details needed here on incontrovertible homosexual contacts among Victorians; informed demographics on results of male sequestration in schools, jails, armies, and above all navies(CK Melville, Dana); probable sub-elite carryovers from looser and more physicalized Renaissance and eighteenth-century mores, etc: a book in itself, and perhaps already written. Let's hope so.(P231)

这种将个人的行为方式放在历史层面,并为文章提供了可选的解释层面,讨论了历史法一些本质,并且提出了自己在创作历史传记过程中所面对的一些问题,最后他和编辑像老朋友一样论辩证。就像海登怀特在《亨利亚当斯的教育》中所写到的,福特的回忆可从符号学角度被看作一种整体意识,能够去表达作者或者作品意识形态的一部作品。

然而,在这个看起来枯燥乏味、半历史性的小说中,作者是如何将与福特总统相关甚少,甚至毫不相关的叙述者的个人生活、婚姻危机、工作困境、历史方法论以及政治等联系起来呢?在小说当中体现作者及其作品意识形态的形式之一就是作者将布坎南的个人传记与阿尔弗雷德的个人情感生活连接在一起,进而形成的一种隐喻联结,比如在第一部分当中阿尔弗雷德的情人吉尼夫穆勒告诉他,她将获得婚姻的自由可以嫁给他时,紧接着就是詹姆斯布坎南延迟了自己与克尔曼的婚姻,那么使得这两个历史文本联系在一起的,除了求爱的场景就是这两个男性都没有做好定下心来准备迎接婚姻的新的感情的这种心理准备。在接下来的整个小说的叙事当中,总有这样的隐喻式的连接方式比比皆是。布坎南和阿尔弗雷德两位男性的生活总是与周围的女性连接起来。他们都与周围的女性频繁的交往,比如说阿尔弗雷德生活中的格雷斯哈勃,珍妮佛以及安斯洛普等。最后,两个男人都因为他们和女性的关系而导致了其生活的危机。尽管这两个文本或者这两个故事人物,他们的身份年代相差了一个多世纪,却因为他们有着共同的人生处境,情感焦虑,而使得他们紧紧的联系在一起,进而推动了故事情节的发展以及文本的连贯性。比如说在布坎南担任俄罗斯大使的时候,他和莎拉恩瑞娜之间的暧昧关系就与文章主人公阿尔弗雷德与艾斯罗普之间婚外情遥相呼应,这种隐喻式的联结使得久远的历史人物和历史场景重新获得了生命,使得读者在阅读当中可以赋予文本及主人公布坎南全新面貌以及意义,从而使得历史因为文学的虚构而复活。从第一段开始,除了关于福特的前任尼克松总统辞职的电视转播这一时间背景信息、对特婚姻状况以及福特时代性观念的简单介绍以外,阿尔弗雷德讲述的更多是关于自己个人生活的细节。整部小说概括来说是阿尔弗雷德本人在福特执政时期的两件大事：他的婚姻危机，以及试图创作一部兼具历史的，心理的、抒情挽歌特色的布坎南传记。叙述者阿尔弗雷德把自己因出现婚姻裂痕的个人情感和布坎南总统情感的失败以及任职期内未能实现南北内战前的民族统一联系在一起，小说糅合了三个时代的历史—布坎南总统的历史生活，印象中的福特执政时期，以及克莱顿写作时的"现在"。而激发情节并在主题上将三个时期联系在一起的是关于"统一"和"分裂"之间的持续冲突。每个时期的主要人物为：布坎南总统及其未婚妻安妮·科尔曼；阿尔弗雷德与情人吉纳维芙；阿尔弗雷德和他妻子诺曼。他们都面临分裂的危险，却努力、且一定程度上成功地维持了秩序和统一。三条线上的事件尽管因为时空不同而各自发展，却因为相似而相互映照、交叉融合。例如，当克莱顿得知吉纳维芙已经将他们的恋情告知其丈夫并表示已经可以和他结婚时，阿尔弗雷德却迟疑了。

"If you'll marry me." (said Genevieve) They had cut a deal. They were a team, a pair of scissors. Snip here, snip there. The second thread was mine, a sensitive loose end. The world had changed complexion; in an instinct, the intoxicating spring air had become a wet hot washrag pressed against my face——the pressure of the actual, the mortal. the luminously Serious. I didn't know what to say, there with her perfection, so black and white, so anxious and unsmiling, before me. She spoke again, her eyes wider, as if to take into accounting some new margin to me. "Did I do the wrong thing? I thought we had agreed." We had agreed we were in love, lovely, too lovely ever to lose each other. I just wasn't quite ready for the agreement's translation into practical terms, into legal action involving realtors, judges, mellifluous lawyers, abandoned children. Yet I had no heart to say so, no heart but to say comfortingly……(P55)

紧接着克莱顿叙述了一个多世纪以前的布坎南年轻时因为一个无辜的误会失去了未婚妻，从此放弃了婚姻，全心全意投身于政治，成为美国历史上唯一终身未婚的 virgin 总统。阿尔弗雷德也因为一次自以为无辜且无任何伤害的出轨而失去了情人吉纳维芙这一心目中的"完美女神"。更加滑稽的是，阿尔弗雷德这次出轨的竟然是一位名叫“安妮”的安斯洛普(Anthrop)夫人。巧合的是，因误会出走并自杀的布坎南的未婚妻安妮·科尔曼的昵称也为“安妮”。阿尔弗雷德把相隔一个多世纪的时空因为相似的名字和相似的情感体验奇特地联系在一起。另一方面，布坎南在他的任期内，国家极不稳定，南北冲突日益升温，奴隶制度引起的危机逐渐加重，而他所在的党派也在分裂中。回到福特时期，美国从越南撤军、美国国内通货膨胀，经济萧条；由于在美国国会内民主党占多数，政府无法通过重要的法律。1974年9月8日福特特赦尼克松，无条件和完全赦免尼克松在他总统期间犯的任何罪行。在对全国的电视广播中福特说他觉得这个特赦对国家利益来说是最好的，因为尼克松家庭的情况是“我们所有人都参与的美国悲剧，它永无止境，除非有人在上面写上一个结尾。我认识到只有我能做这件事，假如我能够的话，那么我必须做这件事。”在特赦尼克松的同时福特还引入了一个对逃避越南战争兵役逃到加拿大等国的人的有条件赦免。但是福特对尼克松的特赦引起了国内很强的争论。批评者嘲笑这个特赦是两人之间的“腐败交易”。他们说福特以此换取了尼克松的辞职，本人成为总统。基于此，两位总统的政治处境都是不堪重负，患难英雄所见略同的政治生涯巧妙地把他们结合在一起。另外，在福特的历史语境下，阿尔弗雷德一方面极具争议地完成了来自NNEAAH的要求，另一方面他通过对个人生活的描写，个人感受，实际上也是，评价福特执政时期包括性观念在内的社会文化和价值观。而福特总统和布坎南总统在美国历史上都受命于困境之中、都无突出政绩、都因其前任或后任的显赫地位而被人忽视的相似之处成为两个时空的另一个接合点。这种不同时空的结合以及历史人物与虚构人物的互动，使枯燥乏味、没有感觉的历史事实获得了生命和题目给读者提供的预设极不相符的是，小说约一半的篇幅是关于阿尔弗雷德对布坎南总统历史性的叙述。阿尔弗雷德把布坎南总统的公众生活和其个人生活放在两条平行线上。小说也展示了阿尔弗雷德的个人生活如何与他所写的历史纠缠在一起。作者将宏观和微观世界以及不同时空互相交错融合，其结果是叙述、事实、想象和空白的大杂烩。

约翰·厄普代克这种“让读者赋予叙事新意”解码式的叙事方式，使得读者游离于文本创作和历史传记之间，游离于历史解构和历史建构之间，游离于社会价值、道德性价值以及政治意识之间。首先，小说的记忆跳跃与复调叙事是源于厄普代对真实事物根深蒂固的表征方式和其对20世纪后半期历史的不确定性的敏感度。在整部小说当中厄普代克始终坚持自己狂热的纪实文学写真手法,对故事的场景细致的描述,包括建筑、服饰、色彩、个人性格特征等等。虽然这让批评家看作是多次一举,节外生枝的形式主义做法。然而,厄普代克却通过阿尔弗雷德为自己发声,把它们称作"文学的装饰",并称这些"文学装饰"是生活不可或缺的一部分,它们是有记忆和生命我的,与我们对待事物的印象紧密相连,密不可分,这一点从文中的一段回馈可以看出:

Retrospect: Sorry about all the decor. But decoris part of life, woven inextricably into our memories and impressions. When I first received NNEAAH's kind and flattering request to contribute to its written symposiums, I ventured to the library and flipped through a few reference books, the kind of instant history that comes from compiling old headlines, and was struck by how much news is death, pure and simple. In these transition months of 1974, who wasn't dying: Chet Huntley and Georges Pompadour, Juan Peron and Earl Warren, Duke Ellington and Martin Luther King Jr.'s mother, Walter Lippmann and Jack Benny, with Generalissimo Franco seriously ailing and Evel Knievel far from well. Evel Knievel failed to ride a rocket across a canyon in Idaho; Pompadour was reported as saying, "Every politician (Tous les politicians) has his problems (ont leurs problems). Nixon has Watergate (Nixon a Watergate), and I am going to die(et je vais mourir.)" Surely, Retrospect editors, you don't want this sort of thing, which any sophomore with access to a microfilm reader that hasn't broken its fan belt can tote up for you. You want living memories and impressions: the untampered-with testimony of those of us fortunate enough to have survived, unlike those named above, the Ford Administration. I was really moved, the other night, by a twitchy black-and-white film from 1913 of the survivors of Pickett's charge, meeting as old men on the Gettysburg battlefield fifty years later. The Southerners pretended to charge again, hobbling forward on canes, and the Northerners scrambled out from behind the stone wall on Cemetery Ridge and embraced them. Tears, laughter. Young killers into dear old men. Enough time slides by, we're all history, right? And if you want to feel really sick, NNEAAH, think of the time that will keep sliding by after you're dead. After we're dead, I should say. If I've misjudged my assignment, please trim this response to suit your editorial requirements.(P8-9)

另外,作者(阿尔弗雷德)还从最初天真地坚信客观世界的真实性,转化为支持后现代主义所谓的知识堕落论当中,从基于文献研究,数据采集,现场取证等传统历史家变成怀疑历史的确定性历史虚无主义者,历史怀疑主义。当阿尔弗雷德第一次陷入布坎南传记的困境时,他的大学同事,解构主义专家布莱特·穆勒声称“除了历史文献,没有柏拉图式的理想历史,而那些文献也是不可避免的不确定,自相矛盾,最终让人感到困惑”如果所有的历史文献都具有不确定性,阿尔弗雷德想,那么他自己所收集的文献材料又有什么例外呢?于是他决定为了克服自己对由文献堆积而成的历史真所表现出的尊重的错误做法重新书写历史,加入他的个人认知以及文学虚构。在这部小说当中,他首先虚构了一段布坎南的一段个人感情的故事,即布坎南和安·科尔曼由于一些不稳定的因素而拖延婚期的这样一个虚构的文学故事。接着作者又有意设置了一个布坎南拜访格雷斯·哈伯雷的场景,以此想来解构历史的不确定性。然而当阿尔弗雷德开始着手写布坎南在白宫任期的最后一个月的历史故事时,他发现了自己无法顺利进行,他的文思混乱,文章缺乏连贯,这使得他感到非常的焦灼。最后他说他讨厌历史,历史没有什么是简单的,没有什么是连贯的,而历史文献又是那样的混乱。尤其当他重新建构1860年12月27日那个会议时,力不从心,言不达意让他表现出极大的沮丧。在这种叙事的危机当中,布坎南的生活已经变成老生常谈的,迂腐牵强的论调,完全成了一些历史文献所谓的事实的堆砌。这使得他不得不放下这部未来的作品,正如厄普代克最初夭折的“布坎南之死”让他失去了写作的信心。在小说中,阿尔弗雷德觉得与所有的二手文献打交道使他越陷越深,最后发现自己完全无法分辨历史不确定的细节,这甚至让他的写作和判断变得模糊起来。然而这却变成阿尔弗雷德关于历史写作方法建构的一个过程,因为当他将传统的历史方法奉为真理的做法似乎无法行得通,而新的后结构主义或后现代主义方法却又使得他无法掌控时,他需要一个合适自己创作的方法。他感到疲惫,他想将文学虚构与历史传记结合起来,以此来填补在历史文学传记当中无法弥补的间隙和空白,使历史复活,使历史人物被重新赋予生命。对此,可以从小说的三个例子来证明阿尔弗雷德是如何将文学叙事用于虚构历史传记的写作当中。

首先关于布坎南,他认为历史文献只是提供了一些不确定的素材,其疑点重重,而且这些疑点之间似乎又没有规律可循,在这些蛛丝马迹当中,阿尔弗雷德感觉到有一些历史的事实被歪曲失真。于是,阿尔弗雷德戏仿后现代解构自己的写作,他说后现代主义者或许会说他的恐惧和歇斯底里太过分了,因为后现代反生活的观念最终并未变得过时或完全被嘲弄。为了跨越这些障碍,阿尔弗雷德让安·科尔曼作为其父亲和布坎南这两堵不可跨越的墙之间的障碍。安·科尔曼注定是被遗忘的,微不足道的人物,一个只能被当做历史文献当中脚注式的人物,但在厄普代克的笔下她却成了对于整个历史有着土崩瓦解作用的这么一个人物。因此他重新赋予安·科尔曼以新的生命意义,并且在小说当中给她安排了许多的对话场景,其中之一就是安和他的妹妹萨拉之间的对话。同时他还设置了1824年,在布坎南和对手安德鲁·杰克逊将军之间的一次户外的对话。三年之后,来自公众的各种谴责以及弹劾使得布坎南不得不在当地的《兰考斯特杂志》写了一篇解释自己当时的经历的文章。阿尔弗雷德暗示说,他根据历史文献加进去了自己的观点,但是他杜撰了杰克逊的的哲学观点的和一些想法。阿尔弗雷德说,通过虚构和现实的这种穿插,让他感到虚构与现实的方法最终是文献所不能带来的效果,通过这种方法使得当时的历史场景复活。最后阿尔弗雷德直接就反对传统历史观,率直的虚构这两个交替出现的场景。他创造了一个完全不可靠的场景,就是在他们分手之后,布坎南追到费城去寻找安·科尔曼。(这与历史文献完全相悖)在他的故事当中布坎南与安妥协结婚,并且与政治生活决裂,结果在1856年史蒂芬道格拉斯被选作美国的总统,同时这也导致了奴隶解放的民主方式,是没有硝烟的战争。1860年史蒂芬·道格拉斯击败了小有名气的亚伯拉罕林肯接任总统。而且小说虚构的历史中内战从来没有发生,这段美国历史和布坎南夫妇的四年的婚姻都被历史遗忘。阿尔弗雷德用一种历史未来主义方法虚构事件,这种方法的哲学基础就是:如果历史当中的事件选择另外一种方法,那么它们就会有不同的一种结果。想象的世界使得现实生活当中的一些神秘的因素变为现实，因为他，它们可能因为主人公的另外一个选择而成为另外一种历史。

除了在历史与虚构文本之间的这种转码叙事，还有一个很重要的转换叙事是在社会性道德和政治道德之间的一个转换解码。在小说中，厄普代克利用美国现代的性道德这一话题展开对福特时期成人世界的生活的观察，表征以及评判。福特时期是一个非常特殊的事情，这一时期正好从60年代性解放过渡到80年代和90年代人们，因恐惧于性病所带来的病毒流传，禁止和抵制性自由的一个社会过渡时代。与此同时，厄普代克还将20世纪的这种性价值观与19世纪的道德性的价值观做了对比，比如，阿弗雷德将20世纪同性恋问题与19世纪布坎南和他的“基友”阿拉巴马·金之间的关系虚构，重新建构了历史语境下关于性的社会道德问题。1838年在南方演讲的布坎南向国会发表了一段演说，内容涉及他对于金的一份情书。然而将这个北方佬和南方人连接在一起的不是他们的同性恋关系，而是他们对于南北联盟的热爱，以及他们对于民族统一的拥护，支持逐渐消除越来越难以维持的奴隶的绥靖政策。事实是，这段政治演讲的潜台词是阿尔弗雷德对于家庭重新的组合的热情，在现实生活中，阿尔弗雷德试图冲破阻碍他与吉纳维夫紧张的关系的障碍。因此这两个历史场景的虚构与杜撰是一种隐喻式的联结。

布坎南对国家政治的热衷和阿尔弗雷德对于性政治的关心有着异曲同工之处，比如说他们都面临的困境，纠结，推诿、妥协，以及问题处理等。在布坎南的时代，围绕奴隶解放这一问题南北双方展开了激烈的斗争。由于政治，经济，宗教和道德原因，奴隶问题使得北方废奴派与南方种植园主之间矛盾激化。在阿尔弗雷德时代女性主义，无论从道德还是政治层面，都打破了几千年来父权社会所传承下来的对于性的绝对权威。安斯罗普在她的论文当中就义正言辞地用女权主义的观点对米克林和罗斯福时期的霸权主义驳斥。然而，最终却被阿弗雷德识破，其冠冕堂皇、义正言辞的论调不过是想博得阿尔弗雷德的关注，她的女权主义论调只是有意的勾引对方的雕虫小技、这让她的女性主义历史解构来了一个大反转。一年以后阿尔弗雷德碰到了珍妮佛和她的母亲，他以前的学生与他就希腊喜剧当中的女性歧视展开了无畏的论辩，阿尔弗雷德发现珍妮佛的母亲非常的有魅力，性感迷人，远远超过自己的女儿，是一个十足解构主义学者，可以将一切美好的事物，给平原化，而正是这一平原思想让弗雷德找到了如何挽回吉纳维夫的希望。在贝恩德·英格兰看来，无论是历史还是小说都是欲望的论调，在这个不断地揭开人类虚幻面纱的世界，它们共同表达了一种迫不及待地想要控制世界的欲望。因此厄普代克的书中讨论的问题与家庭生活息息相关，相辅相成。比如，阿尔弗雷德到底是应该离开自己称之为主“气紊乱之王”的妻子呢，还是选择与自己称为“完美妻子”的情人吉纳维夫一起？他是应该继续不完美的历史撰写呢，还是要在不完美中寻求解决办法？诸如这些对立的概念“完美与不完美”，“紊乱与有序”等主题不断地交替出现，频繁活跃在整个小说当中。当按阿尔弗雷德与吉纳维夫分手后，他最终悟到：无论是为了躲避混乱的生活而选择完美的情人吉纳维夫，还是放弃久久不能完成一部令自己满意的布坎南传记，问题的关键都只是他自己一厢情愿或者徒劳无望的自我改变，改变命运的无望挣扎。最终他回到了他自己妻子“紊乱女王”的身边，并且放弃了创作的布坎南传记。然而他对自己的创作不满意与失败感让他能够重新获得一种全新的建构历史的方法，重新建构那些他认为不满的历史的过程，最终将历史过往的人物带回到现实生活，并赋予其鲜活的生命。在小说中，阿尔弗雷德不断地与编辑讨论关于历史方法的问题，并且获得对方的一些观点，而自己对于历史方法的一些想法也被关注。布坎南传记虽然没有达到他理想或者完美的程度，但是他在这种不完美的历史重建过程中增加了个人对于历史重大问题的一些思考，重新让一些历史问题回归人们的视野，引起学界的注意。

同时，约翰·厄普代克对于历史解构和小说建构，性道德和政治之间的“转码叙事”充分表现了该小说是如何阐释历史语境在文本中存在的方式和它们之间关系这样一个过程。厄普代克通过阿尔弗雷德的故事强调了历史语境的限制及其自由性。他通过对 20 世纪 70 年代和 90 年代两个不同政治语境下的社会意识形态的对比，强调了历史语境的重要性和它的决定性作用。当阿尔弗雷德在撰写 1838 年布坎南在国会的报告这一历史场景时，他清楚地意识到，他关于布坎南总统的写作计划与历史进程同步。厄普代克所创作的历史背景正好是女权主义冲破父权统治和界限，充分追求自由解放的一个特殊时期，同时布坎南所处的时代与厄普代克的历史语境非常相似。1857 年，俄亥俄保险公司的倒闭引发了全国性的经济恐慌，布坎南政府的威望日益下降，不久约翰·布朗起义爆发。起义虽然被联邦军队镇压下去,但它震撼了全国,敲响了奴隶制度的丧钟,也使布坎南政府处于风雨飘摇之中。共和党在国会中的势力崛起和民主党的分裂使布坎南失去了对国会的控制,加之,在奴隶制问题上,布坎南的态度十分暧昧。他宣称自己是反对奴隶制度的,但奴隶制有法律依据,他作为总统必须维护宪法。由于他凡事都以法律作为评判的准绳,因此在他看来,《逃亡奴隶法》和堪萨斯成为蓄奴州都是合法的。他宣称他的首要使命是维护宪法和联邦的统一。因此在1860年大选中,他实践了自己以前的诺言不谋求连任。亚伯拉罕·林肯当选总统后,南部诸州纷纷退出联邦,形势已岌岌可危。此时的布坎南已是年近七旬的白发老翁,已无力采取有力行动制止分裂。在1860年的年度咨文中,他谴责了分裂行为,但认为北方对奴隶制的过分干涉是导致分裂的原因。他还表示:各州无权脱离联邦,而联邦也无权制止它们脱离。在离任前的几个月中,布坎南采取了一些应对措施,特别是加强了联邦拥护者在内阁中的力量,但他做得更多的是运用道义上的劝说来制止南部的脱离。然而,国会对布坎南的妥协性政策表强烈不满,采取消极不合作的态度。布坎南总统处在进退维谷的尴尬境地,难以有所作为。林肯号召民众为维护联邦统一而战,南北战争爆发。战争初期,林肯采取谋求同南方和解的方针,军事上节节失利。在各阶层的强烈要求下,一系列打击奴隶制的法令在1862年得以通过。1862年09月22日,林肯发表《解放黑人奴隶宣言》,宣布自1863年01月01日起废除叛乱各州的奴隶制,奴隶将成为自由人。文件给黑奴带来了希望和勇气,许多黑奴脱离了南方军队,参加了北方军。1864年,他提出"民有、民治、民享"的口号,鼓舞士气,于1865年04月取得内战胜利。在1864年大选中,林肯提出了废除奴隶制的第十三条修正案并列入共和党竞选纲领。因此,解放黑奴,冲破美国传统束缚的一个历史。相隔100年之后的20世纪60年代美国发生了女权运动和黑人民权运动。这两场运动改变了美国的上层建筑所赖以建构的意识形态。厄普代克基于这样相似的历史语境,保持着对历史高度的敏感性,在后现代运动风潮的启发下,通过复调叙事的方式重新叙述了两段历史及其它们对于个人的决定性作用。福特与布坎南都有着人道主义的善举和动机,却由于历史语境的特殊性而夭折,甚至落下千古骂名。

在这一章最后,我将讨论《福特政府时期的回忆》是如何处理两种历史语境内的本体论问题。厄普代克的小说通过表现"人类赋予生命意义的戏剧"在面对时间的腐蚀力量时找到了自身的重要性。整部小说散发着人类历史悲观主义色彩,即使幸福偶尔会存在于生活的表面,这点与海登·怀特关于保罗·利科的历史主义哲学论证的观点有异曲同工之处:随着时间的流逝,时间最后就会超越"届时性"(within-time-ness)和"历时性"(historicality),最终回归历史的核心"暂时性"(deep temporallity),讨论人类死亡和永恒的秘密。《福特政府时期的回忆》是一个很好的例子,说明人们如何根据自己的需要和兴趣构建弗雷德·温因斯坦所称的世界富有想象力的叙事版本。对阿尔弗雷德来说,那些花前月下,风花雪月的"性福"和及时行乐的短暂性过后,随着时间的推移,在灵魂深处堆积的不是幸福或者快乐,而是岁月累积的失落感和羞耻感。在小说的一开始,看着尼克松卸任时灰头土脸狼狈的样子和他"被遗弃的"孩子时,阿尔弗雷德突然有一种由于家庭问题所引发的无法弥补的失落感。然而,由于他与吉纳维夫之间的的私情带给孩子的伤害让他一次次地探索关于人性永恒和幸福的问题,这一主题贯穿整个小说,尤其当阿尔弗雷德带着哮喘与母亲在聊天中往复于现在、过去和将来,思考人类永恒与死亡的问题。但是,这种快乐的记忆在1978年由于母亲的去世而被一起带走,那也不是福特执政时期的事情了。母亲的离世带走的还有他关于童年的所有记忆。一切的快乐就此消失在历史的背影之中,而他从这一切当中所得到的一个经验教训便是一个让人非常讨厌,且不愿接受的事实:我们终将死去。

Retrospect, I would reinvent our conversation and fill in more details, but this episode, once I convulse in my estranged wife's fragrant studio, kidnap my mother, and filially install her in my tawdry love nest, belongs outside our assigned venue, the Gerald Ford era--its impact, significance, and influence. My mother and I properly belong to the Roosevelt administrations, particularly the second term, in which I learned to talk and navigate three-dimensional space and developed my sense of a solitary self-distinct from her warm, nurturing body. By the time of the 1938 Congressional elections, in which the Republicans (it is sometimes forgotten) gained seventy-five seats in the House and seven in the Senate, I had, under her guidance, with the help of a bottle whose rubber nipple tasted artificial and sour and whose milk was either too hot or too cold, given up suckling. That, and my exit from her womb the month before Landon awoke and found himself to be a loser, presumably fortified me for all the weaning with which life abounds. And yet, when my mother died in 1978, in the hopeful early reign of the evangelical engineer Carter, I was taken unaware by what a loss it was. Who now would remember me as a Keds-shaded boy downtown? Who was left to share cinnamon doughnuts with me as if they were, far from "junk food," a gourmet treat? The dear soul had left me alone with my eventual death. The dead teach this great lesson, which we are loathe to learn: we too will die.(P159-160)

阿尔弗雷德同时在他的布坎南传记中探索着失落、内疚和幸福的话题。早先,吉纳维芙就曾提醒阿尔弗雷德的解构行为与自己的丈夫布莱特·穆勒的后历史解构主义别无二致,拒绝以道德为基础的本体论会使他走入万劫不复的死路:If you deconstruct history, you take away its reality, its guilt, and for me its guilt is the most important thing about it——guilt and shame, I mean, as a final substratum reality".(P103)

这段话是说"如果你解构历史,你就会剥夺它的现实性和它的罪恶感,对我来说罪恶感是最重要的——我是说,作为人类的道德底线,内疚和羞耻尤为重要。"事实上,"羞耻"才是布坎南传记最重要的主题,由此阿尔弗雷德将他的写作导向布坎南生活中的"困惑"、"耻辱"和"失落"等。但是,阿尔弗雷德同样虚构了布坎南在俄罗斯任大使时的"幸福"生活。为了表现那些最后的幸福时光,阿尔弗雷德描述了布坎南在最后一段愉快的日子里喜忧参半的生活。他的末世论和符号性言论突出了我们的悲伤和欢乐是多么短暂的永恒主题。

我们可以在最简单的事情中找到幸福,我们想永远幸福地生活,但是幸福就像痛苦一样极少留在记忆中。最后,我们在脑细胞潮湿的物质上只有几幅用钙画成的平面图像,这一系列的标志并不比落在一幅壁画上的灰尘更持久,"For the moment, " Buchanan was happy, whirling sunk in the rosy rounded arms of Aleksandra Fedornovna"(P.215)(布坎南很高兴,在亚历山大·费多诺夫纳的玫瑰色圆形手臂中旋转)在下一章也是如此,阿尔夫和阿尔思罗普夫人以福特时代的认可的方式彼此寻求幸福,然而当性激情过去之后,留在阿尔弗雷德心中是久久挥不去的内疚与耻辱,他一次又一次地感受到幸福的短暂和白驹过隙的时光:The present is Paradise, yet our brain forbids our living it long. Past and future conspired to diminish this treasure beached beneath me, lightly panting.(P.219)

最终从失去吉纳维夫的痛苦中走出的阿尔弗雷德,在撰写布坎南失去朋友,政坛失意的痛苦时,甚至怀疑幸福是否真正存在过,他说当我们与所爱的人吻别时,常常会怀疑他(她)们是否真正地爱过我们,也或者我们之间的关系就是一场梦,一个精心设计的阴谋。个人和国家的灾难往往会引起人们对宇宙中"虚空"问题的严肃思考,正如厄普代克在小说中所讲的"事情越糟,上帝就越靠近,我们从'虚空'中,从事物的底层看到了更加神圣稀缺的东西"。(P341)这段话似乎有些晦涩,那么就让我们回顾一下厄普代克每一部作品都涉及的一个永恒的话题,"死亡与虚无"的主题。死亡不仅仅是文学作品中涉及的永恒主题,它也在哲学、心理学和其它领域的学科内引起广泛的关注与讨论。死亡与痛苦贯穿艺术史,这个主题的历史甚至远超基督信仰的历史。荷马曾在《伊利亚特》中感叹"可悲的凡人,像落叶一样,曾经葱葱郁郁,享用大地的果实;也终有一天,他们会枯竭衰老,步入永劫"。[①] 古希腊人理性地认为,即便诸神也要面对死亡,死亡是人必须面对的终极归宿。伟大的哲学家柏拉图和亚里士多德对于死亡和生命意义作出理性认识,宣称研究哲学是练习死亡。而哲学家伊壁鸠鲁质疑人害怕死亡是没有道理的,因为我们恐惧的东西都是会带给我们痛苦的东西,而死亡却不会对我们造成任何痛苦:当我在世时,死亡还未到来,不会带给我任何痛苦;而当我已经逝去了,我已经不存在,死亡同样不会对我造成痛苦。如此,为什么我们还要恐惧死亡呢?卢克莱修认为,人对死亡的恐惧,其实是对死后那段自身不存在的时光的厌恶,但是,在出生之前人也是不存在的,那么为什么人不会对出生前的那段时光有所厌恶呢?因此,死亡是不可避免的命运,死亡是把人类推向虚无的终极的过程。厄普代克在《福特政府时期的回忆》当中所要表达的就是这样一个历史与生命的虚无主义哲学思想,看起来似乎是非常悲观的。历史虚无主义就是通过否定历史主体,颠覆唯物史观,历史虚无主义强调个体性叙事,通过对个案的展示,用个体历史的细节研究

---

① 荷马,罗念生译.荷马史诗《伊利亚特》[M].上海:上海人民出版社,2016.

来演绎整体历史,其根本就是历史唯心主义。小说中阿尔弗雷德直言不讳地说布坎南与安·科尔曼双双都遭遇了上帝的缺席。他一生都在怀疑,觉得沉默是上帝对布坎南"祈祷的时刻"的唯一回应。当安在她生命的最后一天向上帝祈求安慰时,她得到的也只有上帝的沉默。阿尔弗雷德对他的写作的坚持也同样是虚幻的:现代小说——因为15年后的这种重建——只是在展示不存在的东西才兴盛。阿尔夫回到"紊乱女王"的妻子身边时,恰逢他决定放弃未完成的布坎南传记记的时候,他对故事结尾和道德秩序的期盼已化为乌有。福特政府的过渡时期标志着一个美好的新世界,在这个世界里,上帝已死,没有诅咒和救赎,没有庄严的誓言,也没有生命的意义,需要评判。回想他失去吉纳维夫的痛苦,阿尔夫感到痛彻心扉的失落:The sense of eternal scale is quite gone, and the empowerment, possessed by Adam and Eve……to dispose of one's life by a single defiant to decision"(P.296)。上帝在历史和救赎的过程中始终保持沉默,阿尔夫深深地感受到了这一点。

然而,阿尔弗雷德关于福特政府期间一次愉快的回忆是一场令人兴奋的滑雪经历。当他奋力滑到斜坡的下面时,他所有的同伴都在那里等着他,微笑着肯定了他的能力。当时他很年轻,充满毅力与抱负。但是现在他已不记得假期是什么时候了,在什么山上,在哪一年,为什么他的妻子诺玛和他的情妇吉纳维芙在一起。记忆的空白让他的回忆萎缩,在他给NNEAAH和《回顾》编辑的答复时,他承认他已滑向快乐的山下,对于他们给他提出的那些询问只能将他抛向记忆的黑洞,他说:我越是想到福特政府,我就越不记得。时间流逝的痛苦已经降临到阿尔夫身上,生活被遗忘,历史渐渐地消失在茫茫的宇宙之中。最后阿尔弗雷德怀疑也许穆勒的解构主义并没有错。阿尔夫参与的对过去的重建只产生了他所担心的"意识形态平原"。我们最好先享受"幸福的此刻",然后才能融入历史。在这个时代,唯一站得住脚的立场是诚实地接受一个非常暗淡的现实:无情的时间流逝必然导致死亡。故事也就此画上了句号。但是,约翰·厄普代克的小说是否有可能如此明确地结束——没有他自己所标配的"是,但是"之类的品质。阿尔弗雷德最终屈从于无情的时间对人类和生命本身的遗忘。他注视着这个让上帝沉默和缺席,被宇宙遗忘的世界,看到的只是随时而至的死亡。但他却能想象出另一种视角,让那对19世纪穿越星空的恋人在最黑暗的时刻看到另一幅景象。在安的死亡时刻,在布坎南因南卡罗莱纳分歧而与内阁发生冲突的危机时刻,沉默成了一个神秘的答案。

当安积极寻求上帝的"巨人之手"时,什么也没有发生,但当她在服用过量的鸦片,处于死亡的边缘时,上帝才会神圣地存在,死亡不请自来。在那一刻,她突然明白这样一个显而易见的事实:上帝不知疲倦的、无尽的爱只是在我们与尘世生活阔别的那一刻才存在。在人生弥留之际,她充满怀疑的年轻生命的最后一次经历是她对上帝的清晰感知。至于疲惫的老布坎南,阿尔夫想象着,当他在11月29日深夜内阁会议之后的睡梦中为国家做祈祷时,多半是遇到了"上帝的仁慈"。那天晚上,他一点也不烦恼。相反,他意识到,从永恒的高度来看,人类灾难并不是什么大事。在上帝那"冷静的沉默"之中,除了极少数灾难,大都早已被遗忘了。最后他意识到,沉默是唯一的答案,唯一的答案是上帝持久、公正、无所不在的"仁慈"。梦中那些安慰内心的"仁慈"让布坎南在持续的赞美声中沉入了"虚空"。然而,惊醒后看到仍然是一个风雨飘摇的世界。第二天清晨醒来,一切安静而匆匆地离去,正如它们安静而匆匆地潜入他的梦中。他在内阁中遭遇的越来越多的辞职威胁,无法理解的耻辱和一次次席卷而来的巨大的失落感,再次回到了他的意识中。

一个充满怀疑的时代才会拒绝想象,就像人类拒绝毒品引起的幻觉或因精神奔溃而加剧的幻想,人类拒绝对历史的虚构和推理。阿尔弗雷德曾就布坎南与金之间的关系作出设想与反馈,认为:只有人类粗俗的唯物主义的想象力才会猥亵地曲解上个世纪"男性间的罗曼蒂克"。尽管如此,厄普代克还是在阿尔弗雷德的"黑暗"中播下了一些光明的种子。当布坎南传记难以顺利进行时,阿尔弗雷德反思了时间在记忆中的"橡皮擦"作用,就此他反复论述了历史的"届时性"和"历时性"以及关于永恒和死亡的"暂时性"问题,他认为过去和未来一样虚幻,我们存在于麻木、盲无目的的当下,常常会对云的形成视而不见,对鸟的歌声充耳不闻。然而,生命中有一些神圣的东西使它不断地试图复活(the past is as illusory as the future, and we exist in the present numbly, blind to the cloud formations ,deaf to the birdsong. Yet there is something sacred about life that leads to keep trying to resurrect it. P.313)。阿尔弗雷德没有像他为安和布坎南所虚构的那样有如此多令人耳目一新的经历。相反,他深深地明白我们不可能把过去的现实全部恢复原样,不管是对一个人还是整个时代,我们甚至不可能记住一个人一生中所发生过的所有的事情。我们无法阻止时间的流逝,生命中有太多大大小小的"流逝"让我们哀痛。然而,重建和解构历史的过程本身是有价值的,因为它与对历史或时间深层的反思联系在一起。虽然叙述者阿尔弗雷德可能不完全理解历史与时间的哲学问题,但策划者厄普代克似乎意识到,对历史的否定,看似矛盾,却可以引导其走出黑暗。约翰·厄普代克再次揭示了,让现代读者如此难以接受的信仰,揭示了他对黑暗的、混乱的和发自内心的信仰的偏爱。所有关于上帝的诅咒或救赎等等只是一些的征兆。"虚无"、"沉默"或"上帝的缺席"都是解构我们对宇宙和历史错误的认知。人只有进入了真实的"黑暗",才能体会到终极的欢乐。

第五章　约翰·厄普代克的女性主义叙事

约翰·厄普代克小说中的女性形象一直是备受诟病的一个话题,有许多的女性主义者从女权,男性与女性的社会关系,话语权与性别身份等不同角度探讨了厄普代克笔下的女性形象及其身份问题,指出,厄普代克是一个极端的男权沙文主义者,傲慢自大,藐视女性。他笔下的女性形象脆弱,堕落,感性;她们是原始懵懂的夏娃,是男性生活的附属品,甚至是导致男性逃离社会,走向堕落的元凶——不修边幅,没有头脑的詹尼斯;尖酸固执,凶悍强势的西姆太太。还有精神空虚,循入邪教的萨拉:一个始终的悲剧,一个从未获得心灵的宁静,得到真正解脱的现代符号;一个不希望被男性玩弄、奴役,想追求个性独立的现代女性,却发现在追求自由独立的道路上陷入更大痛苦,没有什么可以拯救她——美国精神不能,性爱不能,基督教不能,印度教也不能。

随着20世纪80年代末至90年代初女权主义,即"欢迎回家"(Welcome Home)的运动风潮的兴起,一场"成果清算"运动拉开了序幕。女权主义者呼吁:女性的社会地位虽然表面上略有提高,但经济地位不但没有提高,反而下降了。原因是走出家门进入男性世界,拥有和男性同样的工作权利的女性们,不仅社会地位没有增加,还要维持自己的生计,担负起抚养孩子的重担。相反,被分担了经济负担的男人们经济上的相对收入增多了,肩上的负担减少了,而且更自由惬意。这些新型的职业女性们迅速地从一个女人"走向"另一个女人,身上多的不是自由而是多了枷锁和责任,她们在家庭中的角色和责任没有因为女权运动而改善,进一步沦为男人压榨的另外一种工具,男人们不仅享受了妻子在家庭中带来的各种服务特权,还在享受妻子走出家庭分担经济负担的轻松。对于一位像厄普代克这样的作家的作品,我们应该尽量脱离他个人私生活的矛盾悖论,放在历史语境与文本话语角度分析,这样才会显得更加公允。另外,女性文学批评作为当代西方文艺理论之一,为女性话题的文学批评提供了一条合理的分析手段。在女权运动的历史语境下,对于从不放弃现实主义写作,又不脱离时尚先锋创新的厄普代克来说,上层结构在社会各个领域引起的巨大变革让他嗅到了其中的乐趣,激发了他的创作。于是,他热情饱满地投入了这场对二十世纪后半叶人类的思想、文化和艺术产生了巨大影响的文艺风潮。厄普代克的小说《S》正是在这样的背景产生的。这部小说以书信方式组成,中间杂有"录音"的记录,小说从女主人公萨拉在飞机上给丈夫写信写"离家出走"开始。厄普代克在《S》中替女权主义者仗义执言,坚持女人"离家出走"的女权主义文学"主旋律":萨拉因为丈夫对自己的不忠而不辞而别,只身来到亚利桑那州沙漠中心的所谓的印度教避居地。逃离了枯燥和平淡无奇的日常生活的莎拉,在一夜之间,似乎使自己的生活变得充满了激情。她在避居地潜心修行,发掘自己精神乃至肉体上的内在潜能,企图摆脱精神上的荒原。但后来发现自己上当受骗,又"出逃"到巴哈马的一个小岛上……厄普代克善于从"精神-现实-精神"这样的圆形叙事去刻画人物,她们在厄普代克的笔下充满了悲情色彩。他笔下的中产阶级家庭女性虽处在优渥的物质生活中,却极度的空虚,当她们发现基督教的原教旨主义已经衰退到她们遥不可及,精神世界的空虚只能借助无休止的性爱宗教去抚慰时,她们选择的只有逃离或隐退。

萨拉的离家出走已经完全不同于本世纪初娜拉的出走,其最本质的区别在于:萨拉在经济上是独立的。这正是弗吉尼亚·伍尔夫在《自己的一间屋》和西蒙·波伏娃在《第二性》中所要求女性具有的最基本的生存条件。应该说,经过几十年坚苦卓绝的奋斗,女性至少争取到了经济上的相对独立。这使得女性在出走之后可以自由地生存,而不至于因为经济原因堕落后狼狈归来。萨拉在思想上也是独立的,即"性"的绝对自由,她不像娜拉还有传统在"性"问题上的束缚,萨拉与众多的女同伴一样,在避居地拥有自己崇拜的教主,并且可以与之充分享受人性的精神自由。萨拉起初以为这里是她灵魂救赎与重建新的圣地,一度沉沦其中、自鸣得意。但不久她就发现自己上当受骗了,她所崇拜的教主阿汉特并非如她所想象的那样来自印度,不过是一个失意的美国犹太籍大学生而已。这个情节耐人寻味。它不能不令人怀疑:莎拉的离家出走,所要寻觅的是什么,她心里知道吗?难道这就是新女性的形象?受骗之后,希望成了泡影,萨拉再次"出逃",到巴哈马的小岛上,一处可以赖以生存的平静的归宿,然而未来的迷惘与前途未卜,让她似乎想到了回家。

约翰·厄普代克的长篇小说始于1958年发表的第一部《平民院义卖》，之后他还推出了《马人》，“兔子系列”，“红字系列”，“贝克系列”，《政变》，《福特时代的回忆》，《巴西》，《走向时间的结束》，《葛特露和克劳狄斯》，《寻找我的脸》，《乡村》和《恐怖主义者》等一系列的小说，他的每一部小说都会涉及一定历史事件以及时代背景，因而是文字中的历史，捕捉历史中的文字，其中被约翰·厄普代克津津乐道的“性”与“女性”作品自然是值得我们关注的一个热点。在书写女性小说的时候，厄普代克贯彻着“后现代主义”的叙事策略，掺杂了各种创作色彩，如神话原型、魔幻、意识流、自然主义、象征、隐喻等，这些增加了厄普代克女性小说的艺术张力。在20世纪，各种文学思潮各领风骚的境遇下，厄普代克所坚持的底线却是“后现实主义”，有型的人物，有趣的情节和有诗意的独白或对话是这几些小说的基本特色。在现实主义的底色中，如何去公正的看待他的这个主题？本章将从女性主义历史语境，女性批评和话语分析三个角度同时切入厄普代克小说中的女性主义主题。

第一节　女权运动与女性文学

发端于19世纪60年代的女权运动是一个在政治，哲学，宗教，文学等意识形态领域都不可小觑的问题。女性主义又称女权主义，是指为结束性别主义、性剥削、性歧视和性压迫，促进女性阶层平等而创立和发起的社会理论与政治运动，批判之外也着重于性别不平等的分析以及推动女性底层的权利、利益与议题。女性主义运动是一个跨越阶级与种族界线的社会运动，每种文化层面下的女性主义运动又各具特性，并且会针对该社会的女性来提出议题，比如苏丹的性器割除或北美的“玻璃天花板”效应，以及女性劳动报酬偏低，失业比例偏高的问题；流产和弃婴问题；女性主义运动挑战的主要问包括生育权、堕胎权、教育权、家庭暴力、薪资平等、投票权、代表权、性骚扰、性别歧视与性暴力等等的议题。由于女权运动的观念基础是“建立于现代社会以男性为中心的父权体系”，因此女性主义探究的主题包括歧视、刻板印象、性的物化、身体、压迫与父权。在某种程度上，女权主义运动改变了人们看待人类文化、改变了女性对男性所持有的传统视角,使人类的思想观念受到了极大的冲击。

西方的妇女解放运动主要经历了三次浪潮:第一次浪潮始于19世纪下半叶,延续至20世纪初期,其争论的焦点是两性的平等问题,包括公民权、政治权利,反对贵族特权等。在家庭中,她们反对一夫多妻制度,强调男女在智力上和能力上的平等,争取家庭劳动与社会劳动等价、政治权利共享等;第二次浪潮始于20世纪60年代,延续至70年代末期,这次的妇女解放运动主要源于美国,它强调两性间分工的自然性,要求消除男女同工不同酬的现象,要求忽略把两性的差别看成是在两性社会关系中女性附属于男性的观点;第三次浪潮始于1990年代,延续至今,其标志是女性主义文艺思潮以及文艺批评的兴起,期间涌现出众多的女性主义流派。第三次浪潮中女权主义者对那些人们习以为常的男权概念提出了挑战,她们批评道,人们在父权意识形态中形成的概念使得女性从男权的角度来描述这个世界,并且把这种描述混同于真理,认为这些“天经地义”的做法是荒谬的。

美国妇女与世界上其他国家的女性一样,长期以来生活在一个以男性为中心的社会里。虽然美国是一个年轻的移民国家,女性在美国建国初期及之后的社会经济发展中也发挥过巨大作用,但美国女性仍然无法幸免于社会上根深蒂固的父权制的压迫。因此,早在建国初期,美国女性就已经开始反抗各种不平等的待遇,她们把家庭暴君等同于君主暴君,要求把女性的天赋人权也一同写进新建共和国的基本文件中去。在19世纪的废奴运动中,许多白人妇女也是积极的参与者,并发挥了积极作用。但是在活动的过程中,像柳克丽霞·莫特(Lucretia Mott)、伊丽莎白·迪·斯坦顿(Elizabeth Cady Stanton)、格里凯姆姐妹(Sarah M .Grimke and Angelina E .Grimke Weld)的女性参与者因为在社会上出头露面而遭受非议和排斥。1840年,去伦敦参加国际废奴运动大会的女性因其性别而被剥夺了在大会上发言的权利,引起了这些女性的极大愤懑。在反抗种族歧视的斗争中,女性深深感受到社会上同时存在着的性别歧视。女性要获得解放,必须组织起来争取获得被剥夺了的权利。玛格丽特·富勒(Margaret Fuller)在1845年出版了美国第一部女权专著《十九世纪妇女》(Women in the Nineteenth Century, 1845),

文中提倡开发女性智力,论述两性平等对于社会和谐发展的益处。① 作为美国超验主义运动的一员,她将其倡导的浪漫主义观点用于女性运动,她说"我们会摧毁一切专制的堡垒,我们将打通所有道路,让它们像对男性那样,自由地对女性开放。"富勒的论著为女性要求两性平等的观点提供了理论依据。1848 年在纽约州的塞尼卡·富尔斯(Seneca Falls)召开的美国第一次妇女大会标志美国第一次妇女运动的高潮到来。塞尼卡富尔斯妇女大会吹响了美国妇女争取平等权利的政治斗争的号角,而由斯坦顿起草的大会《观点宣言》(Declaration of Sentiments)具有讽刺意味地套用了杰斐逊执笔的《独立宣言》的结构、词句和语气:"我们认为下面这些真理不言而喻,所有的男人和女人都是生而平等的……人类的历史就是一部男人对于女人进行不断的伤害与篡夺其权利的历史,他们把建立一种绝对的暴君统治作为直接目标……他从不允许她行使她的有效选举权……他在婚后从法律上剥夺了她的公民权利。"②之后,斯坦顿与另一位杰出女性苏珊·B·安东尼(Susan B . Anthony)于 1869 年建立了全国妇女选举权协会,这个协会与露西·斯通(Lucy Stone)后来创立的美国妇女选举权协会,在 1890 年合并成为美国全国妇女选举权协会,后来又更名为妇女投票者联盟。经过长达 72 年的不懈斗争,关于女性选举权的第 19 条宪法修正案最终在 1920 年得到国会的批准,美国妇女从此获得了投票选举权。缘于此,美国女权运动第一次浪潮也通常被称为"女性争取选举权运动"。

美国女权运动的第二次浪潮出现在 20 世纪 60 年代初期,主要针对当时社会上出现的各种性别歧视。这次运动浪潮是以法国女权主义者西蒙·波伏娃(Simone de Beauvoir)为理性领袖的,而她的《第二性》(The Second Sex)被奉为女权主义宝典。一句"女人并非生来就是女人,而是后天才成为女人。"③一时成为妇女解放运动中的名言。同时,美国女权运动的第二次浪潮还伴随着黑人争取平等权利的民权运动。此一时间,贝蒂·弗里丹(Betty Friedan)发表于 1963 年的《女性的奥秘》(The Feminine Mystique)一书被视为第二次美国妇女运动的开山之作。弗里丹在书中描绘了女性面临的"无

---

① 杨金才.玛格丽特·福勒及其女权主义思想[J].国外文学,2007(01).

② Deborah L .Mad sen. Feminist Theory and Literary Practice[M]. London :Pluto Press, 2000. p .6 .

③ [法] 西蒙·波伏娃,舒小菲译.第二性[M].北京:西苑出版社,2009.

名的困扰”，解构了社会所倡导的贤妻良母式的“理想女性”模式，呼吁女性走出家门，改变失去自我的生活，发挥她们的才智和潜能。她于1966年领导成立了“全国妇女组织”，组织妇女上街举行抗议活动，要求结束一切歧视妇女的行为，实现男女平等。第二次浪潮的奋斗目标是平等权利、生育权利和职场的平等待遇；而性暴力、色情表演、色情作品等遭到女权主义者强烈的谴责。在第二次浪潮后期，女权运动内部不断分化，各自派别林立、观点迥异。

第三次女权运动的浪潮从第二次浪潮的母体中分裂产生，它是对第二次浪潮的继承与挑战。而这种挑战发展成女权主义中两大互相对立的阵营，一种把身份政治作为获得解放的关键，而另一种则把对于身份的抵制视为自由。第一个阵营由有色人种和其他族群女权主义者组成，她们秉持的身份政治和区际理论批判了第二次浪潮的本质主义立场、白人中心主义，以及在处理有色人种和其他族群所经历的各种压迫时的失败。第二个阵营以后现代主义和后结构主义女权主义者为代表，她们质疑具有一致身份的观点，并且把对于类型或身份的抵制视为真正的自由。作为第三次浪潮真正意义上的开拓者，有色人种女权主义首先对于主流白人女权主义进行了批评，以美国黑人女性为主体的有色人种或第三世界女性，在承认女性的性别身份的同时，还特别强调了种族关系和阶级关系。她们指出，一个女人必然隶属于某个阶级、来自某个民族，所以每个女性都有着自己独特的经历。著名黑人女权主义者贝尔·胡克斯(Bell Hooks)坚持认为，白人女性的女权理论无法概括女性经历的多样性和复杂性，白人女性也无法代表她们的利益。同时，美国主流女权主义不仅受到有色人种女权主义的批评，也因未能反对被视为父权权力结构重要组成部分的强制性异性恋，受到同性恋女权主义者的抨击。在20世纪80年代之后，美国女权运动越多地融入当时流行的后现代主义思潮。在第三次浪潮中，还有一批在20世纪最后十年中成人的年轻女权主义者，她们的政治策略从很大程度上反映出后现代和后结构主义的影响。她们颂扬矛盾，把它作为对于类型身份的抵制，并以此揭露现实的社会建构。她们宣扬身为女性的自信心和自豪感，强调个人责任，而不再热衷投身于政治运动。

美国女性文学是伴随女权运动而产生的，无论在题材和语言风格上，还是在主题上都表现出对于妇女问题的思考和对于女性地位的深切感受。因此,美国女性文学在文学领域中表达了女性的经历、感受和诉求。美国女性文学发源于美洲殖民地,它的标志是安妮·布雷兹特里特(Anne Bradstreet)于1650年发表的诗集《新近在美洲出现的第十位缪斯》(The Tenth Muse Lately Sprung Up In America,1650),该作品是从女性的视角描绘了欧洲移民在新大陆艰苦环境里所面临的严峻考验。美国的民族文学在19世纪中叶达到第一个繁荣期。在这一时期,美国女性文学发展成为极受欢迎的文学形式。在19世纪中叶,美国文坛上活跃着一大批享有盛名的女性作家。她们以自己的亲身经历实现了女性的美国梦,而她们在作品中所塑造的女性形象,也为生活在男权社会中的女性树立了榜样。1848年的第一次美国妇女大会使得女性出现在公共视线之中,而与女性争取平等权利的斗争几乎同步的是女性文学的迅猛发展。1850年,苏姗·沃纳(Susan Warner)以一部女性小说《宽宽的大世界》(The Wide , Wide World, 1850)在美国引起轰动,小说描绘了一个年轻女孩子的成长过程,生动地再现了当时女性艰难的生存环境。19世纪女性作家也具有很强的社会和政治意识,哈里叶特·比彻·斯托(Harriet Beecher Stowe)的《汤姆叔叔的小屋》(Uncle Tom's Cabin, 1852)是19世纪除了《圣经》之外销售量最高的作品,曾经使无数人为之感动落泪,在世界文坛上声名远扬。后来林肯总统在接见斯托时称她是"写了一本小书,酿成了一场大战的小妇人。"19世纪最为伟大的诗人,艾米莉·狄金森(Emily Dickinson)一生创作了1700多首诗,她在自己狭隘的生活范围里以各种微小意象,描绘自然界的芸芸众生,也探索人生的永恒真理。她言简意赅、技巧精湛、意境深远的小诗,深深地影响了20世纪诗坛,受到欧美诗人的高度推崇。另外,还有奥恩·朱厄特(Sarah Orne Jewett),家凯特·肖班(Kate Chopin),家笆笆拉·韦尔特(Barbara Welter)都为美国民族文学留下了浓墨重彩的一笔。其中,肖班的小说《觉醒》(The Awakening, 1899)描绘了女性意识觉醒,这部作品被视为美国女权主义文学的先锋之作。

进入20世纪之后,随着美国妇女获得参政权,女性在社会各个领域有了更加广泛的参与,女性作品的主题也由此从家庭辐射到社会的各个层面。女性文学朝着视野更加开阔、范围更加广泛、风格更加多样、艺术更加完善的方向迈进。伊迪斯·沃顿(Edith Wharton)把笔触伸向美国上层社会,对于美国上层社会的腐朽堕落、庸俗保守进行了入木三分的刻画。她对于女性人物角色在日益商品化的社会里作为牺牲品的生存境遇的描绘，更是令人印象深刻。薇拉·凯瑟(Willa Cather)在代表作《啊，拓荒者》(O Pioneers!, 1913)和《我的安东妮亚》(My Antonia，1918)中塑造了令人难忘西部荒原上的女性拓荒者。旅居巴黎的格特鲁德·斯泰因(Gertrude Stein)的文艺沙龙吸引了包括海明威和舍伍德·安德森在内的众多作家和艺术家,是她称他们为“迷惘的一代”，而这一名称已经成为美国文学中的风向标。斯泰因本人对于文学语言进行了大胆的创新，追求一种独特的艺术效果，成为美国现代文学的先驱之一。南方女作家尤多拉·韦尔蒂(Eudora Welty)的作品没有大起大伏的情节高潮，但其简约的风格和对于细节的关注，使其作品极有真实感。第一位荣获诺贝尔文学奖的女作家赛珍珠(Pearl Buck)曾旅居中国多年,其独特经历使得她对于中国人怀有特殊的感情,因此以毕生精力跨越不同文化之间的鸿沟，试图把中华民族的真实面目展示给西方世界。佐拉·尼尔·赫斯顿(Zora Nealle Hurston)是20世纪前半叶杰出的美国黑人作家。她的代表作《他们眼望上苍》(Their Eyes Were Watching God,1937)如今被誉为哈莱姆文艺复兴时期最为重要的作品之一。

第二次世界大战之后至民权运动与女权运动兴起之前的女性作家在保守压抑的社会环境中艰难地进行着探索，抒发着自我感受和对于社会的观感和批判。这一时期,美国文坛上同样也闪烁着几颗耀眼的女作家之星。卡森·麦卡勒斯(Carson Mc-Cullers)23岁时因发表了《心灵是孤独的猎手》(The Heart is a Lonely Hunter ,1940)而一举成名。她的小说曾被称为“最具哥特式风格的南方小说”，弥漫着浓郁的压抑感。她描绘了现代社会中人与人之间情感交流的缺失和生活的怪异,心灵的孤寂渗透于人物的日常生活。弗兰纳里·奥康(Flannery O’Conner)是一位充满才华但英年早逝的作家。对于她来说,生活的意义在于耶稣为人类的赎罪,但周围世界的世俗主义又与这种正统的宗教思想相冲突,因而她的作品充满了荒诞、充满暴力倾向和毁灭性的人物与场景。玛丽·麦卡锡(Mary McCarthy)于1963年发表了带有自传色彩的畅销作品《少女群像》(The Group，1963)描绘了30年代大学女毕业生踏上社会后的经历。作者揭示了传统角色观念给妇女生活带来的后果,并从女性的角度公开地谈论了性关系。西尔维亚·普拉斯(Sylvia Plath)以自己的经历为基础,创作了小说《玻璃罩子》(The Bell Jar，1963)，作品表达了年轻女性在未能为女性创造性提供发挥的机遇的男权社会里的苦闷、彷徨、抑郁被她描写得惟妙惟肖。葆拉·马歇尔(Paula Marshall)的《褐色女孩褐砖房》(Brown Girl, Brownstone, 1959)追溯了一个从巴巴多斯移民到纽约的女孩萨丽娜的成长经历。自我身份的建构与个人和社会之间的异化,成为小说的重要主题。出身于社会底层并有犹太血统的蒂莉·奥尔森(Tillie Olson)刻画了职业女性的家庭生活与社会环境的关系。她于1961年发表短篇小说集《告诉我一个谜》(Tell Me a Riddle,1961),其同名故事获得当年的欧·亨利最佳短篇小说奖。成功为她带来的既有声誉,还有随之而来的各种奖励和资助,使她得以继续创作。乔伊斯·卡罗·欧茨(Joyce Carol Oates)不是仅仅把女性放在性别关系中去刻画,而是把她们置身于与自己的工作、抱负或者与历史的关系之中。南方作家安妮·泰勒(Anne Tyler)选择把美国家庭作为自己写作的对象,她对社会的评论表现在她对家庭环境的刻画之中。她发表于1982年的畅销小说《思乡餐馆的晚餐》(Dinner at the Homesick Restaurant , 1982),生动地刻画了一位被遗弃妇女在社会和心理环境双重压力下的艰辛生活。黑人女作家格罗丽· 内勒(Gloria Naylor)的处女作《布鲁斯特街的女人们》(The Women of Brewster Place,1982)由6故事组成,每个故事各有自己的女主人公,她们都居住在一条通往大街的一头被堵死了的布鲁斯特街上。这条街象征着这些女人们生活的令人窒息的封闭环境。她们的不同故事成为黑人女性整体经历的缩影。托尼·莫里森(Toni Morrison)的小说《秀拉》(Sula,1973)中的女主人公秀拉更是以极具反叛性的行为,挑战了内化了白人价值观的黑人社区行为模式,塑造出一个不同凡响的自我。

自20世纪70年代中期以来,美国女性文学具有令人激动的实验性特征。这些试验既包括把旧有的文体赋予新的政治内容的革新,也包括对使用后现代超现实的、玄小说文体的大胆尝试,还有转向通俗文体、哥特体和侦探文体的创作。历史与想象结合、事实与虚构交融、诗歌与小说穿插、自传与小说重叠、历史与传说携手,这种逾越规范的旺盛活力成为美国现当代女性文学创作的突出特点。辛西娅·奥奇克(Cynthia Ozick)在创作中使用了许多后现代小说的游戏式技巧,但她一反这种形式通常所表现的虚无主义观念,深刻地再现了社会现实。玛丽·琳·罗宾逊(Mari Lynne Robinson)充满了意象的小说《持家》(Housekeeping , 1980)探索了家庭生活的意义,并把家庭小说延伸到史诗的范围。持家成为个人发展的局限和家庭与外部世界的界限。托尼·莫里森的《所罗门之歌》(Song of Solomon，1977)中，幻想与现实交织、传说与神话相融，具有震撼人心的艺术感染力。她的另外一部力作《宠儿》(Beloved，1987)讲述了一个人鬼情的故事，小说以奴隶制时期为背景，记叙了这种摧残人性的制度为人们带来的刻骨铭心的记忆。艾丽斯·沃克的《紫色》(The Color Purple，1982)使传统的书信文体浸透了深刻的政治内容，以此刻画了一个受尽凌辱和压迫的黑人女性的成长过程，并诠释了黑人妇女的文化传统。家路易斯·艾德里奇(Louise Erdrich)的作品《爱药》(Love Medicine，1984)穿插着由处于不同历史时期的人物作为叙事人的短篇故事，这些人物属于两个有关联的家庭，心理的交织揭示了把他们联结在一起的记忆和秘密。非洲裔同性恋女权作家奥德丽·洛德(Audre Lorde)拒绝对女性生命的任何方面保持沉默。她的作品《赞比：我名字的新拼法》(Zami：A New Spelling of My Name，1982)成为第一部公开的、未经删节的黑人女同性恋者的自传。莱斯莉·玛门·希尔科(Leslie Marmon Silko)继承了美国自传体创作的悠久传统，创作了具有多种声音的回忆录《说书人》(Story Teller，1981)。这部集诗歌、歌曲、回忆、小说等艺术创作及一群亲朋好友的形象素描为一体的作品，超越个人自传的范畴而构筑了一个独特的世界。厄休拉·K·勒衮(Ursula K. Le Guin)在其著名作品《黑暗的左手》(The Left Hand of Darkness，1969)中设想了一个雌雄同体的世界。这个非性别化环境中的社会制度反映出一种平衡，从而避免了二元思维方式。70年代之后，美国华裔文学在主题、文体和风格方面都更具多样化，其作品在文坛上大放异彩。汤婷婷(Maxine Hong Kingston)是亚裔美国女作家的杰出代表，其作品表现了种族文化差异与冲突。获得美国国家图书奖的作品《女勇士》(The Woman Warrior，1976)则把神话、小说、自传结合在一起，其创新的叙事模式塑造了令人信服的华裔美国形象。当今美国文学的含义比起1970年时已经大大地“女性化”了。女性已经修订了美国文学的基本主题和传统，以及美国文学关于个人、群体、语言和身份的神话。这种变化是有着根本意义的。女性和多文化视角的存在，挑战了美国群体身份的性质，而当代妇女作品是对于这种挑战的极好答复。在新世纪美国文学创作与评论中，一种两性更加平等的政治生态环境正在形成。

女权主义文学批评诞生于20世纪60年代末70年代初的欧美第三波女权运动，至今仍在继续发展。它是西方女权主义运动高涨并深入到文化、文学领域的成果,因而有着比较鲜明的政治倾向。它是以妇女为中心的批评,其研究对象包括妇女形象、女性创作和女性阅读等。女权主义批评大体上分为英美派和法国派。此外,黑人和女同性恋的女性批评,也以独特的内容丰富了女权主义批评。女性主义批评在发展过程中广泛改造和吸收了在当代西方影响很大的新马克思主义、精神分析、解构主义、新历史主义等批评的思路与方法,体现了它的开放性,增强了它对父权中心文化的颠覆性。当女性主义批评崛起的时候,正是形式主义和新批评走向没落、结构主义向解构主义转变、新马克思主义影响日益扩大的时期。女性主义批评冲破了新批评的形式主义方法,注意吸收被新批评所摈弃的作家生平资料,并重视进行社会学和文化学的分析;对新马克思主义的接受,也对她们洞察妇女自身的地位及女性文学与阶级、种族冲突的密切关系提供了帮助;解构主义则为她们消解文学创作和作品中的男女二元对立提供了方法论的基础。二是女性主义批评继承了一些先驱者的理论创造。著名的意识流作家弗吉尼娅·沃尔夫在肯定了女性文学有不同于男性文学的独特题材、语言、风格等,并努力寻找妇女自己的文学传统的基础之上,提出了“双性同体”的思想,认为在我们之中每个人都有两个力量支配一切,一个男性的力量,一个女性的力量。她对妇女创作的考察常常注意从她们经济地位、社会阅历、文化教育入手,认为在父权制社会中,不仅广泛的生活经验之门对妇女关闭,而且法律和习俗也严格限制了她们的感情生活。西蒙·德·波伏娃在《第二性》中指出:“一个女人之为女人,与其说是天生的,不如说是形成的。没有任何生理上、心理上或经济上的定命,能决断女人在社会中的地位,而是人类文化整体,产生出这居间于男性与无性中的所谓女性。”①这种”女性是形成的“观点无论在观念上还是在方法上都对后来全世界的女性运动发生了重要影响。

女性主义理论可以被划分为宏观理论和微观理论两大类:女性主义宏观理论包括一些对世界和历史加以阐释的宏大叙事,如世界体系理论。这一理论原本只是将世界区分为中心地域、半边缘地域和边缘地域,分析这些地域之间的权力关系,完全忽略了女性主义的因素。但是经过女性主义的改造,增加了一些新的理论要点,其中包括不再把女性仅仅作为男性家长家

① [法]西蒙·波伏娃,舒小菲译.第二性[M].北京:西苑出版社,2009.P.10.

庭的一个成员；不再认为家庭成员的利益总是一致的；分析女性独立的经济贡献，女性在全球经济中作为非正式劳动力、家庭工人、食品生产者的角色载入马克思主义的理论。女性主义循着马克思主义的思路，并对它做了女性主义的改造。一个最主要的改造是提出了，男权制是先于资本主义制度而存在的，因此推翻资本主义只是结束男性对女性压迫的必要条件，而不是充分条件的观点。

女性主义的微观理论也是门类繁多，不胜枚举。在此试举几例，交换理论：这一理论指出，理性的人一向被假定为自私的、相互隔离的、无情感的行为者，而女性主义理论则做出了另一种假设，它假设人是相互连结的、利他的、有情感的。女性主义还用交换理论解释男女两性之间的不平等：男性占有了份额较女性大得多的政治、经济、文化和知识资源。网络理论：女性主义用这一理论分析性别差异与性别不平等。男女两性由于从儿时起结识的人就不同，成长的关系网络也不同，因此造成了两性发展机会的巨大差异。角色理论：这一理论涉及女性的家庭与工作的双重角色冲突问题。这两种角色一旦发生冲突，女性的工作角色往往要服从家庭角色，女性因此丧失了大量的工作和升迁的机会，致使女性做事业的动力降低。女性比较集中的职业由于缺勤率高、精力投入少，因此变得价值较低，报酬也较低。地位期望理论：这一理论认为，男女两性在进入性别混合的目标动力群体时，由于群体对男性的期望值高于女性，就降低了女性在群体互动中的自信心、威望和权力。如果某位女性想反潮流而动，群体内的两性都会反对她，敌视她。在这种情况下，性别期望模式得到了巩固。符号互动理论：这一理论认为，人的心灵、自我和社会都是通过符号交流和话语制造出来的。

英美女性主义文学批评首先是从解构男性中心的文学传统框架而开始的。这主要是通过考察、分析、审视男性文学中那些陈旧的女性形象。在男性本位创造的神话故事中，女性总是以虚幻、扭曲的形象出现的。她们是象牙女郎、安德洛美达、夏娃、潘多拉，是为男人享用而创造出来的尤物，是一种被动、缺乏自主能力的次等客体。凯特·米勒特于60年代推出了标志着女性主义批评正式诞生的重要著作《性政治》，她主要是从男性作家笔下的女性形象在性别权力关系中所处的受支配、受奴役的地位入手，来揭露父权制社会男性控制、支配女性的政治策略，其重要性在于首次引入了一种女性阅读的视角。在《性别政治》一书中，米勒特对D·H·劳伦斯、亨利·米勒、诺曼·梅勒和让·热奈特等男性作家的思想意识作了尖锐有力的批评和分析,指出这些作家的小说中有很多细节描写都把女性给非人化了。小说中描写的场景和过程全都是从男主人公的角度出发的,女性人物自始至终都处于被控制的地位,男性人物则是绝对的操纵者。米勒特的分析说明,男作家正是通过这种夸张的描写,把男女之间的性关系表现为正常的政治关系,让女人处于屈从、附属的地位。桑德拉·吉尔伯特和苏珊·格巴在《阁楼上的疯女人》一书中指出,19 世纪以来占统治地位的父权主义意识形态把艺术创造力当成男性的一种根本优质,由于创造力被界定为男性,其结果必然是,女性文学形象也必然是男人幻想的产物,女作家们被剥夺了创造自我形象的权利,而必须努力遵照父权制强加在她们身上的标准。吉尔伯特和格巴条分缕述地论证了 19 世纪的《不朽女性》是怎样被男人想象为虚无飘缈、温柔美丽的天使形象,认为从但丁的贝雅特里齐、歌德的葛雷特和玛甘泪一直到考文垂·帕特莫尔的《屋内天使》,理想的女性始终被视为逆来顺受、俯首帖耳和最富有自我牺牲精神的一种创造物。她们还指出,在天使形象的背后隐藏着妖妇的形象,男人把女性理想化的对应面就是对女性的恐惧。她既给男人带来满足,又会使他产生厌恶。女性主义者认为,男性中心的文学把性别推向边缘,让妇女成为男权文化的接受者,批评的功能在于揭露隐藏在作品中的男性沙文主义的真正面目。因此,女性主义者的首要任务是用批判的眼光审视男性创造的女性神话,作一种对抗性阅读,把根植于女性心中的男性意识根除。文学批评一旦揭开了这些形象的政治含义和文本的性别歧视,就能帮助读者摆脱意识形态的控制,从而动摇父权制的根基,达到改造世界的目的。作者指出,从但丁笔下的贝雅特丽采、弥尔顿笔下的人类之妻、歌德笔下的玛甘泪等都被塑造成纯洁、美丽的理想天使,这是男性的的自我愿望,他们笔下的女性的主要行为都是向男性奉献或牺牲,而这种献祭注定走向死亡。这种把女性神圣化为天使的做法,实际上一边将男性的审美理想寄托在女性形象上,一边却剥夺女性形象的生命,把她们降低为男性的牺牲品。作者又分析了男性作品中的另一类女性形象即妖女或魔女,如如斯宾塞笔下半人半蛇的艾路,莎士比亚笔下的高奈瑞尔等,她们体现了男性作者对不肯顺从、不肯放弃自私的女人的厌恶和恐惧。然而,这些女恶魔形象恰恰是女性创造力对男性压抑的反抗形式。可见,历来男性作家笔下的女性形象,无论是天使还是恶魔,实际上都是以不同方式的歪曲和压抑，这反映出父权制下男性中心主义的根深蒂固和对女性的歧视。该书另一方面又分析了从简·奥斯汀到爱米莉·狄金森等19时机女作家的创作，探讨了她们采取的在遵守父权制文学标准的方式下向父权制发起挑战的复杂而微妙的写作策略。该书举出当时许多女性作家作品中都出现了像夏绿蒂·勃朗特《简·爱》中的疯女人形象，而这些疯女人形象就是被压抑的女性创造力的象征，也就是向父权制叛逆的作家本身。概而言之，该书不但批判了男权文化下被歪曲和压抑的女性形象，而且以一种新的女权视角重新阅读并阐释了19世纪一些著名女性作家的作品，对女权注意理论的发展、完善起了重要作用。

法国女性主义是以沙特为主的人文主义向结构主义转移，将人的意识转变到语言的典范时期，它也是从西蒙波娃的“人文主义”到 克丽丝缇娃的“结构主义”转移的时期。法国女性主义批评吸收了德里达的解构主义和拉康解构化的精神分析理论的某些思想，重点放在女性写作上。代表人物是朱莉亚·克莉丝蒂娃、西苏和伊瑞格等。克丽丝缇娃从意识的定义出发，认为意识是由语言构成的，主人跟卑人并没有一定的好坏之分，是言语打破了二元对立的关系。例如，母亲将小孩送到父权机构，母亲是一种推动的力量，而小孩也一定会受到社会的压制，成为社会希望的样子。克丽丝缇娃还认为，人没有独立于社会外在的意识与自由，人天生就是不自由的。人不断的怀疑自己的意识和所有既定的观念，用第三者的角度来看自己，或者禁忌来看自己，产生不断的辩证的手段，来成就自己的主体性。这是一种不停的反省-异化-辩证自我异化的过程。西苏认为，在父权制社会，女性在二元对立关系中始终处于被压制的地位，她的一切正常的生理心理能力、她的一切应有的权利都被压抑或剥夺了，她被迫保持沉默，只有写作行为才能改变这一被奴役的关系。在此，西苏赋予女性写作以女性解放的特殊功能。西苏就女性写作提出了描写躯体的口号，这是与男性写作完全不同的，因为女性通过身体将自己的想法物质化了，她用自己的肉体表达自己的思想。女性用身体，这点甚于男人，男人受引诱去追求世俗功名，妇女则只有身体，她们是身体，因而更多的写作。西苏希望通过写作活动引导妇女走向觉醒，走向妇女真正的解放。应当肯定，西苏这种女性写作理论具有颠覆、批判当今男权主流文化和语言，发展女性自己的文化，深化妇女解放运动的现实意义。然而，她把妇女解放建立在一种女性写作活动基础上，局限在“语言”颠覆的范围内,只能是一种女性解放的乌托邦。

第二节 女性主义文学叙事

女性主义叙事学是研究女性主题与叙事之间关系的一门学科,其主要研究内容有二,一是女性问题;二是女性叙事与文学批评方法。作为女性主义与经典叙事学结合的产物,女性叙事学借鉴了经典叙事学,女性批评,语言学和社会学等的相关分析工具,从一开始就与这些学科结下了不解之缘,比如女性主义借鉴了索绪尔的结构主义语言学理论,注重性别的角色与叙事策略之间的内在联系与发展,关注文本生成者和叙事者的性别特征,发掘潜藏于文本表层结构之下的女性叙事传统,并试图证明其独特性和合理性。与此同时,女性主义还借鉴了马克思主义的社会历史批评法,拉康的精神分析学,德里达的解构主义,斯特劳斯的神话思维分析论,以及涂尔干的外部整体论哲学等。也就说,女性主义叙事是以性别作为切入点,通过融合经典叙事学与女性主义文学批评理论,以及其他学科的理论方法而产生的新的研究结果和方法。

作为女性叙事学发展基础的经典叙事学,产生于结构主义盛行的 20 世纪 60 年代,70 年代成为国际研究主流。之后,随着政治文化批评和后结构主义的日益强盛,面对后结构主义政治文化批评的排斥,经典叙事学研究日趋衰败。在这样的情况下,如何挽救经典叙述学成为学界不可回避的问题。其中的方法之一,就是在不抛弃经典叙事学理论的框架基础上,引入女性主义这样的一个新的范式。这样做不仅将政治批评和叙事学相结合,而且可以为女性理论提供新的视角和方法。正是在这样的背景下,女性主义叙事学于 1980 年代在美国应运而生。它将结构主义的形式研究与女性文学批评的功能研究融为一体,为当代学术困境中的经典叙事学提供了一个新的研究途径。由于以后结构主义为基础,注重哲学思考,注重文本结构的叙事学基本框架与法国后结构主义女性批评存在根本差异,因此女性主义叙事学未能在法国发展起来,而是在美国产生了显著影响。

20 世纪 80 年代,美国学者罗宾·沃霍尔(Robyn R·Warhol)与苏珊·兰瑟(Susan Sniader Lanser)率先尝试将叙事学理论引入女性主义文学批评的理论构建及批评实践中,她们被公认为女性主义叙事学创始人。深受吕西安·戈德曼、弗雷德里克·詹姆森和特里·依格尔顿等马克思主义文论家的影响,兰瑟从文本形式与社会历史语境的结合处探讨叙事形式的社会性别意义,她的《叙事行为:小说中的视角》的出版标志着女性主义叙事学的诞生,该书是女性主义批评与经典叙事学的完美结合。1986 年苏珊·兰瑟发表具有宣言意义的论文《建构女性主义叙事学》,正式提出“女性主义叙事学”这个术语,同时论证了理论建构的可能性。同年,罗宾·沃霍尔发表文章《走向一个真诚叙事者的理论:盖斯凯尔、斯托夫人和艾略特的真诚干预》及《诗学和劝导:作为一个现实主义小说》,利用叙事学的“叙事话语干预”理论分析 19 世纪英国现实主义小说,进一步推动了这一学科地发展。随之《建构女性主义叙事学》,《虚构的权威—女性作家与叙述声音》,《含混的话语:女性主义叙事学与英国女作家》,《性别化的干预:维多利亚时期小说的叙事话语》,《痛快地哭吧:女性化情感与通俗文化形式》等一系列论文的问世,女性主义叙事学在当代叙事研究领域中成为举足轻重地一员。之后,将叙事学研究与女性主义研究结合的研究者相继有布鲁尔(Brewer,1984)、巴尔(Bal,1983)等,这些研究者质疑结构主义叙事学忽略社会语境的做法,主张将趋势性研究与性别研究相结合,从女性主义批评视角,探讨叙事学策略和叙事结构。她们对女性主义叙事学相关理论的构建和应用,切实推动了女性主义叙事学的发展,影响深远。

到了 90 年代,女性主义叙事学的研究范围,进一步扩展,呈多元化的趋势和多层面的格局。此时,女性主义叙事学的研究内容主要包括三大任务:第一,寻找女性写作的叙事事例,并在历史语境框架内解释由性别不同而产生的结构差异;第二,用叙事学的分析范畴,对文本进行分析,并对叙事作出与性别相关的探究;第三,研究文本结构与性别意识建构之间的内在联系。除此之外,女性主义叙事学的研究领域还包括“性别话语与叙事身份”,“女性文本生成和文本阐释”,“性别意识与性别政治”,“性别视角与形象塑造”,“叙事形式与性别内容”,“性别与阅读历史”以及“文本生成者和阐释者的性别取向和种族意识”等等。到了 21 世纪女性主义叙事学试图将研究范围扩展到认知叙事学,修辞学等其它叙事领域以及整个文学领域,其研究遍地开花。

作为后经典叙事学跨学科派别之一的女性主义叙事学对叙述视角和叙

述距离的探讨总是回溯到柏拉图、亨利·詹姆斯、珀西·卢伯克和韦恩·布斯等学者。而热奈特的《叙述话语》,以及巴赫金理论在叙述规约的研究上为女性研究提供了行之有效的工具。巴赫金一生的理论贡献主要在两方面:一、他建立了以他的"超语言哲学"为基础的历史诗学,这种历史诗学秉承索绪尔结构主义语言学以来对语言中心的关注,同时根据语言实践的社会基础和历史语境来解释语言符号系统所确立的形式和意义统一的特殊性;二、在对具体艺术形式的分析和探讨中,巴赫金集中阐述了他的一系列理论如对话理论、狂欢化、复调小说和话语杂多等,而且如在对陀思妥也夫斯基和拉伯雷的小说的研究中,巴赫金并不局限在对叙事形式和结构的微观分析上,而用他的小说理论强化了他的语言实践观。

巴赫金在《托思索耶夫斯基诗学问题》中提出"双声话语"的概念,意思是小说的体裁源于对他人言的转述、模拟和描写,小说家在自己的作品中接受不同的声音,不仅不会削弱自己的声音,而且会深化主题。小说家在接纳不同话语或者声音的基础上,建立自己的风格,这便决定了小说的"双声话语"的基本特质。所以小说得话语不是作者的独白,而是顾及和表现他人声音的言语。巴赫金概括说:"如果诗歌理论的中心课题是诗歌象征,那么艺术散文理论的中心课题便是处在其所有多种多样的类型和变体当中双声的、具有内在对话性的言语的课题。如果一个作家对正在生成的生动的言语当中的有机的双声性和内在对话性听而不闻,那末他就永远不会理解和实现小说体裁的真正可能性和课题。"①按照巴赫金的论述,小说体裁的优势在于其发出的"不同声音",这种话语优势随着小说的兴起和繁荣引起其他文学体裁在某种程度上"小说化"的现象,即接纳不同话语和多种声音语言体裁多元化;描写说话的人及其言语具有"双声言语"的特色。巴赫金指出,远在罗马的新希腊化时期、中世纪后期和文艺复兴期,特别是十八世纪后半期,已经可以看到这种现象,而在十九世纪文学中这种现象尤其突出.例如,易卜生和豪普特曼戏剧的小说化,拜伦的《恰尔德·哈罗德游记》和《唐璜》,海涅抒情诗的小说化等等。② 总括起来说,巴赫金认为文学体裁问题是比文学流派问题更为实质性的问题,文学史家不应当只看到文学流派论争这种

---

① 米哈伊尔·巴赫金,刘虎译.陀思妥耶夫斯基诗学问题[M].北京:中央编译出版社,2016. P.46.

② Ibid . P.56.

表层现象,而应当善于看到在它背后的更加深刻的、诸体裁的历史性斗争,看到文学的体裁骨架的形成和成长。

巴赫金从文学创作的主体作者出发,指出对话性和独白性这两个概念的提出,表面上是从对话和独白引申出的,但实质却是思维的对话和独白特性的反映。从这个角度来说,具体的对话言语形式是对话的外在表现,而巴赫金在《陀思妥耶夫斯基诗学问题》中阐释了内在对话性的表现形式,在文学作品中凸显为"作者与主人公"的关系所以具有内在对话性的话语是指某个人的言语或其所写的文字同时包含了他人的声音和话语,从而在自身内部产生了一种对话关系。此类对话关系一般都会产生内涵意义,如同意、赞扬、反驳、批判、讽刺、诙谐等。这种具有内在对话性的话语,巴赫金称之为"双声语"。产生双声的主要话语类型即是非作者直接话语。文学话语,以小说为代表,可以用一个声音包孕其它声音,包孕他人话语及意向。仿效他人的言语体裁或言语风格至于他人的立场、意识和意向则不在此双声语情形的定义之内。此类"双声"通过一种形式上对他人话语的效仿达到影射他人的目的。作为一种较低层次的双声语类型,原文作者能较为轻松地进行此类双声语创作,且因为此种双声语所传达的效果有限,故在小说体裁中该双声语出现的频率较后两种双声语要低。译者在翻译过程中处理此类双声语时往往也是采取直接形式上的移植即可再现"双声"的风味。

牛津的两位人类学家秀莉·阿登那和埃德坟·阿登那提出了一种女子文化模式,认为女人构成了一个"失声集团",其文化与现实生活圈子同"主宰集团"男性重合,又不完全被后者所包容。"主宰集团"控制了能使思想意识得到表达的形式和结构,即掌握了"话语权"和"表述权",失声集团必须通过主宰集团许可的形式借助其语言方能表述自己,女性独有的经验意识,但由男性在思想意识上的主宰地位和文学实践中表现的频率及强度决定,男性的经验区相对于现实生活中的男女都不陌生。女性批评理论家以丰厚的史实论证了,文学史上的女性创作大多是一种"双声话语"中的创作,表述的多半是主宰集团的话语,只是时而在无意识状态中回归女性空间。纵观文学史,没有一个男作家主要地或大多半时间为女性写作,在选材、定题和运用语言时一般不需要思考来自女性的评判。然而,几乎每个女作家却或多或少地为男性写作,遵从男性创作的规范,以男性的"豪放之风"为最高褒扬。作家个体的经验、情致及内在的生命意志。女性意识强调的并非是选材或表达的女性化，而是强调一种立足于女性自我经验、情致，表达了女性生命意志的女性创作。只有这样才可能创造出灵韵生动的、富有生命感、有个性的女性文本。女性追求自己的全面解放，在她们身上集中体现了在人类历史，两性天平严重倾斜的不平与残酷以及伴随着当代妇女的参与社会而带来的一系列对于以往价值观念、传统形式的撼动与挑战。克里斯蒂娃的女性理论同她的先驱巴赫金的理论相同都强调“对话性”，强调文化文本的重要性，认为文本不是孤立的个体，而是对文化文本的一种编撰。所有的个体文本都包含着文化文本中的意识形态结构和斗争。厄普代克一反传统父权叙事的做法，从女性意识出发，站在女性的政治立场，为女性“失声集团”发声声援。他在每一次的创作中都会借助小说的名誉声援或者颠覆时下的某些文艺思潮，他的小说《S.》，《伊斯特威克的女巫》，《葛特露和克劳狄斯》和《寻找我的脸》应该是他对女权主义，女性批评以及女性叙事最好的回馈，小说中的“双声话语”，多声部狂欢为读者奉献了一次叙事盛宴。

女权主义文学批评家认为“厌女症”最典型的表现是男性作家及评论家笔下被“极端”化的女性形象，他们往往表现出两种分化的倾向：一种是天真、美丽、可爱、善良的“仙女”，以圣母玛利亚为原型；一种是恶毒、刁钻、淫荡、自私、蛮横的“恶魔”，就像美狄亚一样。在厄普代克的第一部女性主义小说《伊斯特威克的女巫》之前，他已经出版了10部长篇小说。在这些作品中虽然有一些女性形象，但主要的主人公无一例外都是阳刚之气男性。他创作中这种女性题材的缺失或歪曲引来了一些女性主义者们的不满。她们批评他不关注新女性的生活和情感，他的作品不塑造“强力”和“职业”的女性。女性在他的作品中是妻子、性客体和纯粹的家庭主妇，他们没有工作，依赖丈夫而生活，因此厄普代克被批是一个十足的“厌女症”作家。

女权主义者甚至认为厄普代克的“厌女症”与他的生活经历有关。虽然厄普代克的一生事业成功，但根据他的自传，他的个人经历也是痛苦的。早在六岁时厄普代克因患麻疹而留下了牛皮癣病，此顽疾从此影响到了他的各种人生选择，包括写作和婚姻。他之所以选择写作是因为当作家只需要他的作品和外界接触，从而避免了身患皮肤病要和公众见面可能产生的不安和难堪。他的婚姻也与他的疾病有关。1953年一位哈佛女学友爱才心切且无视他的皮肤病毅然嫁给了他。他们的婚姻生活也一度如他的小说《夫妇们》中的人物一样幸福，后来他的皮肤病恶化成了皮肤癌。再加上生活中的种种原因，这对夫妇的感情趋于破裂。犹如厄普代克笔下的夫妇们，作家本人也屈从于自己的混沌软弱，莫名其妙就滑向了婚姻的边缘。两年分居生涯过去后他们正式宣告分手。这是一场无过错的婚姻，一切都是不可知的命运安排。“我为什么那么年轻就结了婚？因为一旦发现了一位能原谅我皮肤病的可爱女性，我就不敢冒着失去她的危险再去另外找一个。”①这话是厄普代克为他的离婚做的辩解。此话听起来有些虚伪，但第一次的婚姻经历对他的小说创作的影响还是至关重要的，他的小说中“性爱”的描写、小说的风格、小说中对女性的态度都来源于此。

面对满纸的指责与非议，约翰·厄普代克反驳说他实在想不出有哪位美国男性作家对待女性的态度比他更严肃，或者比他有更多的热情将女性作为主人公来塑造。有记者曾问厄普代克，是否因为他在作品中对女性的描绘而被扣上了“厌女症”的帽子？约翰·厄普代克回答道：“是的，我听到一些这样的流言。真是这样的话，我只能说非常抱歉。我实在想不出有哪位美国男性作家对待女性比我更严肃，或者比我有更多的热情将女性作为主人公来塑造。毕竟，《夫妇们》中占主导的是女性。假如有一个与女性运动相等的男性运动，我想我极容易受到他们的批判。我确实不知道我在哪里愧对女性，现在我发现，我唯一能做的就是从女性视角来写一篇小说。我正在尝试从女性的观念出发来写一部长篇小说。”②厄普代克一直以为自己比任何其他男性作家都尊重女性，却没想到早已经被女性主义者扣上了“厌女症”的大帽子。尽管他多次声称作家不要太在意批评家们的闲言碎语，但现在，委屈的他已经迫不及待地放下预定的工作，要尝试写一部“正宗”的女性小说了，这就是《伊斯特威克的女巫》。作家在另一次访谈中重申了他之所以插队到女性主义文学创作的队伍中来，完全是被女性主义批评家们批评出来的：“我作品的主角总是有大男子主义的刚健男性，女权主义批评家对此很不满，这一点我很清楚，所以我写了一部以女性为主角的小说《伊斯特威克的女巫》。书出了以后，我也没有听见女权主义者对它有什么称赞，相反，她们同样不喜欢它。”③不管女性主义批评家们是否喜欢，厄普代克毕

---

① John Updike. SELF — CONSCIOUSNSES, Memoirs[M]. NewYork: Alfred A. Knopf, 1990. P. 257.

② Plath. J.Conversations with John Updike[M]. University of Missouri Press, 1994. P.78.

③ 德怀特·加纳，陈亮译.约翰·厄普代克访谈录[J]当代外国文学，1998(3):157-161.

竟还是尝试了一种自己并不熟悉和擅长的题材。

约翰·厄普代克此后的三部女性小说虽然是断断续续推出的，但也可以看出，厄普代克已经在主动地争取“与时俱进”，力图在创作题材上寻求突破的同时，也能够表达一个作家对时代热潮应有的关注，从而给关注他的读者和批评家们一个交待。约翰·厄普代克的反映女性的小说一共有四部部：《伊斯特威克的女巫》、《S》《寻找我的脸》以及《葛特露和克劳狄斯》，四部作品主题分别为“女性与权力”、“女性与艺术”和“女性与家庭”。第一部《伊斯特威克的女巫》集中书写“女性与权力”的关系。小说的主人公是三个女巫：雕刻家亚历山德拉、专栏作家苏克和音乐家简，她们都是标准的女性主义者：具有非凡的创造性、独立能力和强烈的自我意识，能够运用魔法控制着小镇的权力，还能将自己的丈夫玩弄于股掌之间。她们同命相怜，相互依靠，姐妹情深，认为完全可以脱离男人而生活。在30岁的时候，她们都离婚了，也就是抛弃了自己的丈夫，但是她们无法抛弃男人。当另外一个男人范·霍恩出现在小镇上的时候，她们融洽的关系和稳定的生活消失了。恶棍范·霍恩成为她们共同的国王，轻易地控制了她们。为了争夺范·霍恩的“爱情”，她们谋杀了另一个女巫，天真无邪的珍妮。而颇具讽刺意味的是，范·霍恩是个同性恋者，他真正感兴趣的是珍妮的哥哥克瑞斯，这无疑和女巫们燃烧的激情开了个大大的玩笑。小说也因此给读者们留下两个疑问：异性恋的解放女性坚信不需要丈夫，是否是在愚弄她们自己以及女性的本性？女人掌握权力后，世界是否从此就太平无事？第二部《S.》和第三部《葛特露和克劳狄斯》集中描绘了“女性与家庭”的关系。《S.》可以看成是《玩偶之家》的续集，它继承了女性文学中离家出走的主旋律，回答了《玩偶之家》所留下的一个经典疑问：“娜拉走后怎样？”故事的主人公萨拉原本是个娜拉式的标准家庭妇女，但是在“觉醒”之后，她毅然告别了家庭，远离了丈夫。在关上家门之后，她用一封封的信件表达了对丈夫查尔斯以及社会的各种愤懑。在这部充满女性独白的小说中，萨拉像女性运动所张扬的那样，批判男性和批判社会，自我反思和自我寻求，萨拉可谓是“革命化”的娜拉。改写颠覆了莎士比亚经典《哈姆雷特》的《葛特露和克劳狄斯》是讨论两性及其婚姻的一部女性小说，葛特露通过自己充分的言说，成功地为自己“背叛”家庭和婚姻的人生进行了道义上的辩护，同时还对以哈姆莱特父子为象征的男权社会进行了有声的控诉。第四部《寻找我的脸》集中展示了

"女性与艺术"的关系。小说中充满了女性的声音:27 岁的女记者凯瑟琳从单位驱车到乡下,采访隐居在此的知名女画家,79 岁的霍普。在一问一答中,小说通过霍普的回忆和视角,勾画了霍普作为艺术家以及 3 个美国艺术家妻子的一生,还有战后纽约的艺术崛起和发展史。该作品被彼得·沃尔夫誉为厄普代克最具女性主义色彩的小说,这倒并不是因为它完全以女性为中心,而是因为它侧重探寻女性的精神存在。在《伊斯特威克的女巫》中,女主人公虽然都是艺术或文学女性,但故事的重心却是探寻女性的自然存在和社会存在;《 S.》的主人公虽然皈依"宗教",尝试着精神层面的寻求,但是她对宗教的茫然和盲从透露出她只能停留在社会价值的诉求上;《葛特露和克劳狄斯》更是侧重于从爱情婚姻的角度来张扬女性的自然存在。与此相比,《寻找我的脸》虽然也对"女性与家庭"有所关注,但是它显然到达一个更高的"境界",小说对艺术女性的塑造也符合更高层次的女性运动对女性形象的期待。女性运动的另一个重要内容是发动婚姻家庭革命,呼吁女性离家出走,寻找情人,和丈夫离婚,甚至不需要男人,让女性作为一个完全自足的性别,自由自在地生活。可是,女巫们的生活表明离婚并不是天堂;《S.》的主人公莎拉也完全遵从了女性主义者的这类意见,最后实现了自我,得到了幸福吗?答案是否定的。莎拉所投靠的避居地并不是精神的家园,而是邪教的大本营,她的精神偶像,也是她的情人阿汉特不过是一个到处招摇撞骗的退学的大学生。莎拉逃离了一个男人设置的樊篱,却又坠入了另一个男人布设的骗局。同样,《寻找我的脸》中的霍普一生都在试图变换丈夫和投身艺术来获取理想的人生,但是她其实一直生活在丈夫的阴影之下,是在替两个丈夫送了终之后,她的自我才获得了短暂的实现。而故事的最后,她成了一个身材矮小,形容枯瘦的老妇人,独自一人生活在佛蒙特乡下,屋里陈设简陋,只有一两件旧式家具。她穿着绒布的袜子和粗制的衣服,在屋子里蹒跚;吃得是淡而无味的核仁和充饥的燕麦饼干,勉勉强强地维持着生计。很难说,霍普这样的归宿就是女性运动所努力的目标。由此看来,不写女性小说的厄普代克让女性主义批评家们不满,写了女性小说的厄普代克只能让她们更加恼火,甚至有人批评厄普代克是在消费女性主义。

第三节 话语女性主义视角下"葛特露"叙事分析

约翰·厄普代克的小说《葛特露和克劳狄斯》是他的第十九部长篇作品,出版于2000年,通过对莎翁的经典悲剧《哈姆雷特》的颠覆与重写,把"被说者"变为"说者","说者"变成了"被说者",通过与经典戏剧的互文,小说传达出在新的时代语境中,作家对历史、女性和善恶等问题的思考。该小说一经发表在文学界就激起了热烈的反响,荣登《纽约时报周刊》评选的2000年十大最佳图书第四名。

《哈姆雷特》是莎士比亚悲剧的代表作,创作于1600-1601年,主要围绕丹麦王子哈姆雷特的故事展开人性,道德,亲情,权利与爱情等问题的讨论,无论从艺术形式,思想深度到美学价值,该作品都可以称为世界文坛的经典,几个世纪以来为人们所推崇。《哈姆雷特》讲述的是丹麦王子哈姆雷特复仇的故事。丹麦王子哈姆雷特在德国威登堡学习时,突然听迅自己的父王驾崩,叔叔克劳狄斯继承了父亲的王位,并且娶了自己的母亲乔特鲁德为妻。这让哈姆雷特非常的痛苦,也非常难堪,同时也充满怀疑。不久哈姆雷特就返回了丹麦,在一个黑暗的夜晚,纠结而忧心忡忡的哈姆雷在花园中徘徊时,碰到了自己父王的鬼魂。父亲的鬼魂告诉哈姆雷特自己是被克劳斯迪所毒害,并要求儿子为他报仇,但不许伤害他的母亲乔特鲁德,因为他要让致死都她受到良心的谴责。得知真相的哈姆雷特一心想复仇,但又碍于母亲的缘故,纠结于"to be or not to be"①,非常苦恼。他整天精神恍惚,身着黑色丧服,徘徊于丹麦王宫。一天,哈姆雷特去约会自己的恋人,即首相的女儿奥菲利娅,求爱时,他纠结于复仇的痛苦与怪诞的行为引起了奥菲利娅的注意,于是奥菲利娅把王子的境况告诉了首相,首相又报告了克劳斯迪。克劳斯迪虽然不相信鬼魂的事,但他心中有鬼,派人试探装疯卖傻的哈姆雷特,以便除掉心患。一天,宫中来了一个戏班子,哈姆雷特有意安排了一出戏,内容是一个维也纳的公爵被他的一个近亲在花园里毒死,不久这个凶手还骗取了公爵夫人的爱。戏演时,哈姆雷特在旁边注意观察,坐立不安的克

① [英]威廉·莎士比亚,孙大雨译.哈姆雷特[M].上海:上海译文出版社,2012.

劳斯迪中途就离去。这让优柔寡断的哈姆雷特确认了父亲鬼魂的话，决定复仇。一天在劳斯迪独自一人忏悔时哈姆雷特本可以杀死他，可又觉得忏悔中的人被杀后会进入天堂结果罢手。这样就给了克劳斯迪谋杀的时机，他派乔特鲁德去劝说哈姆雷特，期间与母亲发生争执时误杀了躲在帏幕后偷听的首相。克劳斯迪以首相的儿子要复仇为由，要将哈姆雷特送往英国，准备借英王之手除掉哈姆雷特。哈姆雷特识破克劳斯迪的诡计，中途返回丹麦。而此时奥菲利娅因受刺激发疯，落水身亡。于是，克劳斯迪挑拨奥菲利娅的哥哥同哈姆雷特决斗，并在暗中准备了毒剑和毒酒。哈姆雷特第一会合获胜，克劳斯迪假意祝贺送上毒酒，但哈姆雷特没喝。哈姆雷特第二回合获胜，王后非常高兴，端起原准备给哈姆雷特的毒酒喝了下去。决斗中，哈姆雷特中了对手的毒剑，但他夺过剑后又击中了对方。王后中毒死去，奥菲利娅的哥哥也在生命的最后一刻揭露了克劳斯迪的阴谋。哈姆雷特用最后的一点力气用手中的毒剑击中了克劳斯迪，自己则毒发自亡。

在伊丽莎白女王统治末期，社会各阶层的矛盾急剧激化的历史背景下，借丹麦王子的复仇故事，莎翁展示了正义但充满怀疑与迷茫、找不到未来出路的英国人文主义者同阴险邪恶的克劳狄斯代表的封建恶势力尖锐的冲突。在莎剧中，国王老哈姆莱特的弟弟、王子哈姆莱特的叔叔克劳狄斯是个集万恶于一身的人物：他拭兄、娶嫂、篡位，是一个和国王形成鲜明对照的，被王子形容为“妖头羊”、“霉烂的禾穗”的人物；丹麦王后乔特鲁德则屈从情欲，成为一个用于证明女性柔弱善变、水性杨花的卑下性别特质的符号，一个附属品和战利品。在宫廷的利益争夺中，从一个男性的手中被转移到另一个男性的手中。莎剧中最为人称道的，显然是王子哈姆雷特的形象塑造。莎士比亚以他作为全剧的灵魂，通过诗意的独白与对话，将生花妙笔凝聚于他内心剧烈的痛苦、疯狂、失落与绝望，写尽这位“人伦的雅范”、“国家所瞩望的一朵娇花”，在心中圣洁的情感遭到践踏之后对人性的怀疑，对生命的冷淡，以及对存在的虚无和绝望感。哈姆莱特对生命存在的质疑诘问穿透了几个世纪，启发了人们对人生与世界的探究。

约翰·厄普代克对莎士比亚的经典悲剧形象进行了质疑甚至颠覆，这需要的不仅是勇气与知识，更要有博大精深的学养和独特的历史观。作家别出心裁，用新的视角诠释了这部历史经典，解构了王子复仇的绝对正义性与合理性。他从人性论的立场出发，冷静地、忠实地剖析了人性的本真，让读者看到了一个更加复杂、更加难以作出道德评判的故事,塑造了全新的人物形象,为后现代文化提供了又一处别致的解构景观。

从情节发展和人物关系看,小说与莎剧丝丝入扣.衔接严密。小说情节与人物关系的终点,正是莎剧情节与人物关系的起点。厄普代克重新挖掘与研究了莎剧采纳的相同的丹麦史料,但以丹麦王后乔特鲁德的生活与情感历程为中心线索,实现了关注中心从儿子向母亲、从男性向女性的彻底转换。单纯柔弱的葛特露(即乔特鲁德)本是绕勇、贤明的丹麦国王罗瑞克的掌上明珠。她三岁丧母,在斯堪的那维亚人喧嚣、蛮野的文化氛围中长成一个美貌丰盈、恬静敏感的姑娘。朱特兰岛的武士霍文迪尔(老哈姆雷特)通过炫耀武功、馈赠战利品等等手段,终于博得了国王的欢心,如愿以偿地娶到了小他二十岁的公主。霍文迪尔是一个身材魁梧,骄横自负、生性残忍的家伙。葛特露的抗争在父亲的软硬兼施和王国的政治利益面前是柔弱无力的。霍文迪尔在老王刚刚咽气、丹麦各省的立法会议尚未正式确认他的新王地位之前,就强先入住国王的行宫。公主只是实现他政治野心的一个棋子,甚至他们的新婚之夜都未能唤起他作为新郎的热情。如果说后来的克劳狄斯杀兄夺位是冒天下之大不短的话,霍文迪尔的王位显然也不是名正言顺的。葛特露在空旷、阴冷的爱尔西诺宫堡中,过着压抑幽怨的日子,从一个慈父膝下的掌上明珠成为一个忧伤的妇人——近处,是一个夸夸其谈、妄自尊大的丈夫;远方,有一个躲在威登堡求学的想入非非、满面病容,骄横冷酷的,并遗传了父亲对女性的冷漠与蔑视的儿子。在她放下手中的刺绣或者羊皮卷上的故事,凝望着灰绿色的桑德海面时,心中尽是波澜不惊的幽怨。

克劳狄斯就是这样走进了她的生命,他就是那个长期遭受同胞哥哥的冷遇,被迫待在南方,并多次在骑士的远征冒险中出生入死的弟弟。几十年异乡飘泊的亡命生涯,从未使他忘却斯堪的那维亚苍穹下的寒星,还有寒星下那个爱尔西诺宫的女人。地中海的明媚阳光造就了克劳狄斯热烈奔放而又浪漫的性格,丰富的外交生涯与军事历险使得他成熟而又深谙生命的意义。这一对恋人终于在远离爱尔西诺宫堡的一座林中小屋收获了他们的爱情,享受了短暂而又甜蜜的时光。冬去春来.万物复苏,自然界的一切都生机盎然,他们自由享受着上帝赐予的欢乐,爱情在诗意而奥秘的大自然中走向成熟的。然而,严冬临近,两人的私情也被发觉,国王被激怒,无辜的老臣波洛涅斯人头落地，而克劳狄斯也将永久放逐，王后将在痛苦与绝望的折磨中香消玉损。此时，克劳狄斯取出了来自拜占庭的神秘毒药，扮演了一个隐身于草丛之中的撒旦，将熟睡中的哥哥送入了地狱，从而当上了国王，抱得美人归。克劳狄斯的行为当然不能说是正义，他的潜意识中，始终也抱着对兄长的嫉恨，对自己长期被虐待、嘲弄的怨恨，心头也蛰伏着取而代之的野心。

历史无法定格，所以无从客观评判。无论丹麦王宫或是英王室当时的社会上层结构到底如何，是否就存在这样的社会状况，其真实性有待考证，然而从接受美学的角度出发，有一千个读者就会有一千个哈姆雷特，正如厄普代克在他的散文集《拾零》中解释的，书是用来和读者进行道德辩论的。莎翁也好，厄普代克也罢，两位作家无论伟大或渺小，无非都是在借古鉴今，探究人性深处的秘密。只是二者所处的时代环境不同罢了。厄普代克的勇敢颠覆在“女性视角与道德讨论”比莎士比亚更加深刻，莎翁由于所处的生活年代以及时代的价值主流，显然是一个绝对的沙文主义的男性，将自己或者男性高高凌驾于女性之上，所以才会有乔特鲁德这样一个柔弱善变、水性杨花，具有卑下性别特质的符号，一个附属品和战利品。在莎士比亚的文学世界里，女性是没有话语权的，他不允许乔特鲁德为自己辩解，甚至乔特鲁德的出现就是为了故事情节的波澜壮阔。一个活在男人笔下的没有声音的工具，而且不知随时会被涂抹成什么颜色和形象。他在其喜剧《驯悍记》中借男主人公彼特鲁乔之口高谈“驯妻”之道，并把女子当作可以论价、买卖的商品和可以馈赠的财物：“……你们不要睁大了眼睛，不要顿足，不要发怒，我自己的东西难道自己作不得主？她是我的家私，我的财产；她是我的房屋，我的家具，我的田地，我的谷仓，我的马，我的牛，我的驴子，我的一切……”①女人既是属于男人的财产，就有被物化的可能，成为他者。在《哈姆雷特》剧中莎士比亚借哈姆雷特之口对女性发出了这样的感慨：“脆弱啊，你的名字是女人！”在这一点，厄普代克要比莎翁仁慈许多，人文许多。在厄普代克的《葛特露和克劳狄斯》中有大段的女性视角对话与心里独白，这不仅是细腻的女性描写，赋予了葛特露生命而非文学工具，更重要的是赋予葛特露“话语权”，厄普代克正是在这样的揣摩中解读女性，与他内心的那个叫做

---

① 威廉·莎士比亚，朱生豪译.莎士比亚全集(第3卷)[M].北京：人民文学出版社，1978.P.260.

葛特露的女人展开"道德,人性以及爱情"等问题的论辩。综观人类数千年的文明史,以男性为主导的父权制社会对女性的轻视是有目共睹的。西蒙·波伏瓦曾引用亚里士多德的话说:"女性之所以是女性,是因为她缺少某种特质,我们应当看到,女性的本性先天就有缺陷,因而在折磨着她。"①从文化层面上说,东西方文化传统对女性共同的压制是相通的。从文学创作和文学批评的角度看,莎士比亚作为文学泰斗的地位虽然无法撼动,但其在文学作品中表现出的男权思想多少年来也倍受垢病。

优秀小说的品质在一定程度上取决于它的声音,不同的声音撞击出不同的思想火花,最终形成小说的艺术和灵魂。虽然厄普代克的小说主题常常具有很大的争议性,但是他的"话语"功底和艺术素养是被一致认可的,即使在像弗雷德里克·克鲁斯和哈罗德·布鲁姆这些评论家的眼中,厄普代克华美的语言和独特的叙事艺术也是被肯定的。小说《葛特露和克劳狄斯》由三个部分组成,每一部分开头用了完全相同、又十分简洁的三个单词构成的单句:"国王被激怒了"。这是厄普代克的一贯的风格:简洁吸睛的开场或结尾,比如在"兔于四部曲"的结尾部分,每一部都是以一个简洁的英文词结束:《兔子,跑吧》中用了"跑吧",《兔子回家》用了"行吗",《兔子富了》中用了"也是他的",《之兔子安息》中用"够了"。这样的风格共同的特点是"声音",是"作者+作品+叙事者+被述者"共同发声。国王是谁?为什么怒了?国王怎样发怒?怒了会怎样?这"发怒的国王"分别是葛特露的父亲洛瑞克国王、她的丈夫霍文迪尔国王、她的第二任丈夫克劳狄斯国王。洛瑞克国王发怒的原因是他的女儿不愿意听从他的安排嫁给日德兰半岛的总督霍文迪尔,即老哈姆雷特国王;另两位国王发怒的原因是为王子哈姆莱特不愿意听从国王的旨意。三位国王葛特露的父亲、丈夫、情人或后任丈夫都将怒火撒在她头上,而她始终是出于受怒者的地位。这样开门见山的表现手法让读者对其故事充满着期待,更甚的是《葛特露和克劳狄斯》这种工整对应而又蕴涵变化的"发声"方式,不仅使厄普代克关心女性的地位与命运的思想表现得十分含蓄,又使三个部分连接成为相互呼应的有机整体。声音不仅是这部小说中人物交流思想情感的工具,更作者借助"话语发声"表达观点的最佳方式。比如,小说中第三部分女主人公葛特露与奥菲利娅促膝长谈时

① [法]西蒙·波伏娃,舒小菲译.第二性[M].北京:西苑出版社,2009.P.18.

所表现出对女性情谊的渴望。因此,厄普代克借助葛特露之声表达了关于男性与女性处境的认识,以及当代女权主义者"姐妹情谊"的理想。同时在这部小说中,厄普代克使用了多种"发声方式",如旁白,对话,独白,意识流,梦等等。以下将对《葛特露和克劳狄斯》中的这些"声音"进行分析。

小说第一部分开场便是"国王怒了"——国王洛瑞克面对自己16岁的女儿葛特露的抗拒,愤怒地说"抗拒国王的旨意可就算叛国罪,一旦丹麦王国惟一的公主成了罪人,罪名就是犯上,你会自作自受的。①"此时葛特露与洛瑞克的关系已经超越了妇女关系,上升到国家与政治层面。在洛瑞克的眼中勇敢无敌,冷峻沉着,战功赫赫的霍文迪尔才是自己国家未来最好的接班人,所以也是女儿终身理想伴侣。尤其连续三年来,霍文迪尔总是把自己转战各地抢来的财宝以及那些战利品让给洛瑞克,让他以领主的身份优先挑选,那些从科尔的宝藏,塞拉的宫殿,还有成打的斯威士兰和俄罗斯的富庶港口接货的宝贝全部代表了霍文迪尔对洛瑞克的衷心。然而在葛特露看来,霍文迪尔优越的政治条件远不是个人情感发展的良好条件,事实是霍文迪尔的冷酷会阻碍个人情感的发展,因此葛特露在与父亲的对话中这样反驳:

> 用来讨公众欢心的手段没准儿反而会阻碍个人之间感情的发展……霍文迪尔只有冷冰冰的、标准化的礼仪——我就像王宫里的一件装饰品,惟一的价值只不过在于我和您的血缘关系。要不,他就会从头到脚地打量我,眼光话像在打量属于其他男人的战利品。就是这位勇士,一边把科尔王的尸体和许多金子放上那艘将沉入大海、通往来生的黑船,一边又抓住那可怜人的妹妹塞拉并杀了她,对她这样一个柔弱女子居然毫无怜悯。(P1)

霍文迪尔从来都不会对任何女人又些许的怜悯之情,他一边把老科尔的尸体和许多的金子放上沉船,一边把柔弱的塞拉置于屠刀之下,毫无对女性的怜悯。故事在一开始就引出了主人公各自的身份与不同的立场,国王洛瑞克在年老衰竭,膝下只有一个年幼的公主时,要为自己的国家和政治生涯选择一个良好的接班人,他们当然不会考虑葛特露来做一位未来丹麦的女贤君,所以洛瑞克把自己全部的希望寄托在他看来各个方面条件都比较

① 约翰·厄普代克,杨莉馨译.葛特露和克劳狄斯[M].北京:译林出版社,2002.

理想的霍文迪尔身上。然而在冷峻好战的霍文迪尔眼中，葛特露不过是他政治路上的一个棋子，一个英雄的战利品，这样一位英雄是让葛露莎望而生畏的。然而，最终葛特露还是屈服于王权的威严嫁给了霍文迪尔，完成一桩理想的政治联姻使命。相对于国家与政治，她非常清楚地认识到：他是国王，万能而不朽，而她只有一时的明媚鲜艳，像是昙花一现，在事关王室利益、需要结盟的历史关头，总是可以被牺牲掉的。(P.7)

在小说多处的旁白中我们可以发现，葛特露并不是一个锦衣玉食养在深闺，不问政治，没有志向的人，相反她非常的聪明，她明白由于没有兄弟，她就成为和宝座距离最近的人，命中注定日后将要和嫁与的男子一起，担负起统治国家的使命。王国的部分权力将属于她，只要她顺从这桩并不相称的、痛苦的婚姻就可以。而且嫁给霍文迪尔，拥有王后的身份，当然和当奴隶是不可相提并论的。这时厄普代克借助叙述者发声了——女人究竟想要的是什么？(P10)女人究竟想要的是什么？正是女权运动时期让包括女人在内所有人深思的问题，厄普代克的关注视角正是通过这种心里旁白将读者聚焦在葛特露身上，同时引入女权主义这样一个历史语境。需要肯定的一点是，厄普代克的“女性声音”还是非常细致入微，丝丝入扣的，他对于女性的心理揣摩在葛特露和她的母亲欧娜两个女性的心理描写上体现的非常生动细腻。在文中无论是欧娜还是葛特露需要的不是身体的本能或者瞬间燃烧的激情，而是来自灵魂的守护，真正的爱情。因此“欧娜的心里也有一块他(洛瑞克)永远无法触及的地方，那是超乎他们的本能之上的。”(P10)让欧娜感到失落幽怨的是洛瑞克完成他的捕猎后的隐退。

> 在两人的气息渐渐平稳下来，仿佛两只归案的鸽子的时候，她就开始往后退缩了，或者说退缩的是他而不是她？既然猎物已经到手，而他作为猎手，已经完成了使命。他们俩总是像一对只能在黑暗中相会的、同谋的凶手，一旦隐秘的勾当大功告成，立刻毫不客气地由于彼此的仇恨而分道扬镳。不，这里说仇恨还是不准确的，因为随后在友善的气氛中进行着沐浴，还是可以让他们再亲近一会儿的。(P11)

如果有人想说约翰·厄普代克的小说只是想凑个女权运动的热度，那就大错特错了。应该说是女权运动让厄普代克永久关注的两性问题显得更加的鲜明。在以上这段关于欧娜内心旁白道出实际是一个非常古老的哲学问题——两性关系。男人和女人在本能的时刻是融为一体的,然而一旦这种本能褪去的时候,各自又都回到了自己的世界和空虚,这时男女之间便会有一种极度的渴望和极度的排斥甚至是仇对关系。正如洛瑞克和欧娜这对令无数世人艳羡夫妻,他们拥有世间一切的优越,金钱、权利,城池,可以呼风唤雨,他们看似彼此恩爱、相敬如宾,然而谁也无法到达彼此的彼岸,到达彼此心灵的秘密花园。这正是厄普代克所要通过欧娜的"声音"揭示现代美国社会中产阶级夫妻貌合神离的关系,或者说婚姻危机。与此同时,厄普代克还借助葛特露的声音为女性申诉呐喊。

> 她喜欢他方才的话语中流露出来的刹那间的温暖。但是,某种感觉又困扰着她;霍文迪尔的热情中流露出一种超尘绝俗的讥讽和藐视,隐藏在他战士坚忍的面庞背后,至今才表现出来——仿佛像是掺杂在他青春的琼浆中的苦涩的液滴。即便在这一时刻,他也没有将信任交托给她,因为在他的眼里,她只是装饰品的一部分,银线包裹的新娘,她甚至连一座天使的石雕或涂过漆的圣母马利亚的木头雕像都比不上,因为她们至少还有和男性相当的重量。(P12)

约翰·厄普代克在此处通过第三人称的全知视角的叙事发声来为葛特露申诉——这个曾经一人之下万人之上骄傲的公主,这个自认为可以成为战士,这个感觉到体内有战士的血液在奔涌流淌的骄傲勇敢的公主却在婚姻这种形式中被剥夺的几乎一无所有。在葛特露还沉浸在新婚的美好期待中的路上,霍文迪尔不会因为抱得美人归而开心,他所关心的是自己什么时候才可以接过洛瑞克手中的权杖。在新婚夜,当满心期待的葛特露将自己的全部纯真与珍贵都献给自己的丈夫的时候,转身看到的却是酣睡中的霍文迪尔,口水从他下垂的嘴角淌了下来,活像一支小小的闪光的箭。此刻的葛特露内心发出了女人最为善良的独白:我可怜的人儿,我可亲的英雄,拥有这么看似庞大、其实脆弱的身躯,除了他的智慧和一块皮盾牌之外,再没有其他可以为他抵挡死神纳威胁的东西了(P24)。也就就在这一瞬间,葛特露发现了一个女人的全部秘密,那就是:

> 对于被爱的人儿来说,既感觉到自己心中的爱情,又知道自己也被爱着,那是多么的快乐的事。就像是两只相对而立的壁炉发出的热一样。女人一旦产生了爱情,除非遭受巨大的痛楚,否则是

无法遏止这种感情的。相较之下，男人的爱情则强烈而短暂。她匆匆把自己赤裸的、光洁的身体投到他们的床上.一只蜡烛在床边燃烧着，她找到了自己的睡帽，它折叠着放在枕头上，就像一份厚厚的匆匆写就的情书，她一戴上睡帽就睡意朦胧了，身边的霍文迪尔还不时发出打雷般的酣声。然而，身为一位敏感的公主，她总觉得在他的激情当中，有着什么抽象的东西：他的激情只是他旺盛精力的一种表现方式而已。他会对任何女人都充满欲望，毫无疑问，在她之前，他的身边也并不缺乏女人。假如他离开她较长的一段时间，他是不可能出于对她的忠诚的缘故，而不去利用一个漂亮的波美拉尼亚俘虏，或者—位拉普族的侍女的。(P25)

约翰·厄普代克在葛特露的声音中让读者听到了两种声音，来自葛特露一方的女性看待爱情的声音，以及女人眼中男人对于爱情和性的声音——女人要的是肉与灵魂合二为一体的柏拉图式的爱情，而男人需要的是能够瞬间燃烧的激情，而这种激情是可以从任何一个自己觉得心意的对象身上获得。男人是不断奔走的猎手，捕猎的过程才是他们真正快乐的源头。然而在这种过程中男人并没有像女人一样得到永恒的快乐或者心灵的救赎，男人在一次次的成功之后跌入更深的空虚，因此会比女人更加脆弱。当然在葛特露的声音中也存在对于男性的不公正的看法，比如形而上的一致认为男性追求的激情与女性追求的精神之爱的绝对二元对立。

受精神分析学派的影响，约翰·厄普代克对于葛特露的女性形象的塑造除了以对话和独白的形式出现，另外一种话语形式就是“梦的发声”。在葛特露新婚的当天，当葛特露跟随霍文迪尔回家时，她在路上睡着了，在梦里她梦见：

在摇摇晃晃的雪橇中，她又回到了婴儿室的摇篮里，妈妈纤细黝黑的手在摇篮的边上隐去了，随之出现的，是她那已经作古的保姆玛尔嘉满是褶皱的手。小公主的布娃娃们脸蛋是用针线缝出来的，上面用炭笔勾出线条，栩栩如生地出现在她的面前，一个个都有名有姓——莎拉，爱斯戈尔达，还有赫尔嘉。在那些充满孩子气的幻想世界中，她曾扮演过独断专横的小小君王的角色，将她们一个个送上路，打发她们嫁给编造出来的、手执彩杖的英雄们，最后，在为她们安排了戏剧性的死亡结局之后，把她们全都丢弃到地上。

现在,在她新娘的梦境中.她又和她们在一块了,在保姆的注视下,待在她小小的、圆拱形的顶层房间里,但她们却变得大起来了,而且扭动着身体跳着舞,用膨胀得和她一般大的身体冲撞她,她们的脸变得巨大无比,上面有布团做成的鼻子,还有泥土捏成的、球状的眼睛。她们又饥饿,又孤独,希望从她那里要到什么东西,因为嘴巴被缝住,她们没法张口说出她们的企求,可她们和她本人都清楚地知道,她是可以满足她们的愿望的,可是还没有,她乞求着,别急。亲爱的娃娃们……(P34)

弗洛伊德是一个心理决定论者,他认为人类的心理活动有着严格的因果关系,没有一件事是偶然的,梦也不例外,绝不是偶然形成的联想,而是欲望的满足,在睡眠时,超我的检查松懈,潜意识中的欲望绕过抵抗,并以伪装的方式,乘机闯入意识而形成梦,可见梦是对清醒时被压抑到潜意识中的欲望的一种委婉表达。梦是通向潜意识的一条秘密通道。通过对梦的分析可以窥见人的内部心理,探究其潜意识中的欲望和冲突。同样,梦在不同的文化中还有预见性,所以就有周公解梦的中国传统文化。在西方人们同样相信梦的预见能力。以上这段梦里有三个场景,第一个场景中葛特露梦见了自己的母亲欧娜以及她那推着摇篮黝黑的双手,紧接着出现了贴身仆人玛尔嘉褶皱的手。手给了我们许多哲学的启示和描述事物的想象,手是一个意象,是物质的,也是精神的,象征着理想、欲望与追求;也暗含着占有、贪婪与攫取。此处欧娜的黝黑的手是葛露莎童年的记忆,是对母爱的依恋,还象征着欧娜曾经无数清晨与黄昏的孤独;而玛尔嘉褶皱的手是对女性无尽的苦难的诉说,同样是葛露莎最为亲密的安抚。当这两双手慢慢从梦里消失,葛露莎失去的是作为公主时所有的宠爱与庇佑。而且,两个完全不同身份的女人出现在葛露莎的梦境之中,他们似乎昭示着一种凄凉惨淡的人生的开始。在第二个场景中,是童年的葛特露与她的一群布偶娃娃的故事,葛露莎曾经把自己扮作一个独断专横的小君王,将自己的娃娃们嫁给编造出来的、手执彩杖的英雄们,认为那是人间最美的结局,王子与公主童话般的爱情结局。梦里的葛特露是现实中的洛瑞克为代表的男权世界,而那些任人摆布的布偶娃娃则是葛特露生活的预示,没有选择的自由,只能依照主人的意思行事。第三个场景中依然是那群熟悉的布偶娃娃,可是她们却变得大起来了,而且扭动着身体跳着舞,用膨胀得和葛特露一般大的身体冲撞她,她们的脸变得巨大无比，上面有布团做成的鼻子，还有泥土捏成的、球状的眼睛。她们又饥饿，又孤独，希望从她那里要到什么东西，因为嘴巴被缝住，她们没法张口说出她们的企求。这段的梦境预示着葛特露未来的婚姻生活是不幸福的，是孤独的，是无处可依，没有开口说话的权利，没有实现自己的愿望，是被摆布，不受尊重的布偶。厄普代克在此处安排的梦境是要告诉读者葛特露的未来生活并不理想，不幸的日子已经来临。同时，这场梦似乎也在预示着现代婚姻给予当时美国大部分的女性的是压迫，孤独与失声的权利沦陷。小说的第二部分当葛特露与冯贡讨论训鹰时说，“我和她都属于雌性……这个世界给我们提供什么，我们就得接受什么。如果大自然没有把她创造成肉食奴隶，她无疑也会吃青草的。我们不应该用判别绵羊的规则来判别她。”(P102)我们当然不能就此认定葛特露已经把父权社会为女性制定的一整套行为准则内化为自身自觉的行为准则，但她对于女性之于男性的关系以及女性在这个社会中的处境是心知肚明的，并且深表不满。

有一段时间葛特露顺从了父亲的意愿，嫁给了霍文迪尔，她变得无语了。她默默地遵从男权社会的标准，做一个妻子、一个母亲。没有自己的话语权，甚至成为无声者。面对丈夫的冷淡、面对儿子的冷漠，葛特露有着强烈的向人倾诉自己声音的欲望。这时，国王的弟弟冯贡走进了她的生活，这个政治上抑郁不得自的男人，无论本着什么样的目的走进葛特露，但是她爱上了这个男人，因为至少他给了葛特露表达心中话语的权利，让压抑的她走向自我的解放。葛特露又一次发出自己的声音，再一次掌握了话语权。“我快要上年纪了，我的美貌即将凋零——其实对于我来说，美貌与其说产生了什么特殊魅力，倒不如说只反映了一种简单的健康状况而已。可是，我还从来没有为自己生活过……我是我父亲的女儿，后来成了一个精神狂躁的丈夫的妻子，还是一个总不在家的儿子的母亲，我一直在侍候那个自己不得不将命运与之联系起来的人……什么时候，告诉我，我可以表达出自己真正的声音……”(P106)这一次，她决定为自己活一次，选择自己爱的人，选择自己的生活道路。葛特露发出了独立自我的强音，又重新建立起了属于自己的话语权，表现出葛特露对话语权的掌握以及对男性制度的反抗。例如在和欧菲莉亚交谈时，葛特露发表了自己对于男性的看法：“男人是外表迷人的敌人，他们就在我们的身边。如果女人不迁就依从他们的话，这个世界就不太平了，可是一旦我们迁就依从了呢，他们就又怀疑起来，觉得这其中有可能会导致混乱，使得血缘关系混淆不清。”(P132)这部看似以男性为主线的小说中，格特鲁是话语的中心人物，她拿起女权主义的旗子与男权者们展开激烈的辩论，此处来自一老一少两个女性的对话，表现出男人和女人之间非常微妙的关系。解读了对立与顺从两种男女关系，女人若是反抗男权进行斗争，那么世界就会不太平，就会有激烈的战争；女人若是选择了逆来顺受，忍气吞声也不会得到幸福与和平，男人们会认为是女人在使用阴谋，谋权篡位，甚至背叛敌对。

如果说葛特露在小说的第一部分中所遭受的不公的待遇是来自父权社会的普遍性，那么厄普代克在重写与颠覆莎士比亚的《哈姆雷特》时，就是为历史中的乔特鲁德拨乱反正，是为这个曾经被千夫所指水性杨花的女子正声。那么接下来与克劳狄斯的爱情是否就真的仅仅为了洗白这一对历史的罪人？答案是“不”！如果读者简单的把这部作品看作是一部罗曼蒂克式的反封建反专政的爱情故事，那就太浅显了，也就与厄普代克的创作目的和他的艺术主题相去太远。约翰·厄普代克的作品充满性描写，在当时乃至现在是一种文学禁忌，2008年英国《文学评论》杂志称其“现代文学中粗鲁、不得体或荒谬的性描写段落”，授予“糟糕性描写小说终身成就奖”。在约翰·厄普代克的小说里，性爱同宗教一样能够拯救人类的灵魂。小说发展到第二部分，是在讨论一个非常隐晦的话题，那边是关于女权主义与“性政治”的话题。

通过与冯贡的性爱，葛特露的身体内部所有以前朦胧不清的部分都变得鲜活起来、清晰起来——“我身体的快乐，既不是灵魂和德行的快乐，也不是我作为一个女性这种感觉的快乐。它就是我女性的肚子、我女性的阴道、我女性的乳房的快乐。那丰富繁盛令人沉醉的快乐，是你完全不可想象的……我一定要提到这件事，因为只有说到它，新的话语才能诞生，那就是女性的话语。”(P136)在男权制统治的社会，社会重精神而轻肉体。对于身体，对于女性的屈从性欲是忌讳回避的。男性认为，女性屈从于欲望是水性杨花、不守妇道、有辱贞洁。在莎士比亚的《哈姆雷特》中，王后在丈夫死后不到两个月嫁给自己的小叔子，被男权社会认为是乱伦、不守道德。而厄普代克借以女权主义与福柯的话语理论，反对西方思想界重精神轻肉体的传统，大谈身体的重要性及肉体的各种体验。关于女权主义对“性”的主张，早在现代女权主义理论家凯特·米勒特的《性政治》中阐释。“性政治”就是从政治的角度看待两性的关系。一般来说，政治泛指为维护一种制度而设计的一套策略，"性政治"就是维护父权制的基本策略，在两性关系的权利结构中，男性通过性政治支配女性，即大男子主义的性暴力和女性的受压迫、遭损害。现代女权主义理论主张女性追求性自由、独立和快乐，把性的问题视为政治斗争的关键。葛特露和克劳狄斯的性爱，大胆而真实的描述身体的快乐。用身体的快乐来反抗父权制统治对女性的歧视、传达女性的话语权："她觉得这种事情，她敞开自己的身体，在她身上只可能发生一次，因此十分专注的投入，仿佛她既是讲故事的人，又是故事的主人公……她身体内部所有以前朦胧不清的部分都变得鲜活起来，清晰起来……(P118)"从伦理道德讲，葛特露与克劳狄斯的婚外情有悖于伦理的，但是从人性的角度来讲，与克劳狄斯的爱使葛特露压抑的本性得到释放，帮助她摆脱了生活危机。葛特露和克劳狄斯这对同病相怜的人，面对各自人生的危机，他们选择彼此为精神依托是为形势所迫。克劳狄斯给予葛特露得到远不止一对恋人之间的爱情。他对于葛特露是父爱。正如葛特露所言，在孩提时代，人始终能获得别人的宽恕，觉得永远有一处地方可以为你遮风挡雨。然而，在后来的日子里，她失去了这一切，但对这些消逝了的幸福的渴望，不时还会涌上你的心头。葛特露将克劳狄斯的爱与儿时渴望的父亲的关爱联系在一起，把得到他的爱的幸福上升为已逝幸福的回归。同时对于精神空虚的葛特露，克劳狄斯的爱情能够唤回她已经干枯死亡的心，虽然当他向她表白爱意时，葛特露意识到自己的生活正在受到重大的威胁，这股力量比起以往任何时候都要来得强大，但是他的表白会让她如此的颤抖。最后，克劳狄斯与她的爱情毫无疑问会引起身体的结合，而以爱情为基础的性关系就不会带有占有或者被占有的欲望，而是充满了温柔的感觉，因此克劳狄斯让葛特露真正体验了爱与性的统一，唤醒了葛特露内心深处沉睡的平等意识，增强了她的自我认同感。从格特鲁与克劳狄斯的这写描写分析，他想表达的是"性"是葛特露压抑的自我解放，是压抑的本我的释放。在中世纪的黑暗时代，为了灵魂的纯洁，为了对上帝的绝对虔诚，人们必须摒弃一切人性中恶略的欲望，其中"禁欲主义"是当时最为强烈的表现形式，"性"被认为是万恶之首，会使人们丧失理性与美德。然而，性是人类生活不可或缺的精神部分，圣母玛利亚式的女性葛特露作为封建君主的王后，是美德的典范，那么就必须压抑自己精神世界的一切关于欲望的念头。克劳狄斯及其爱情的出现，是这种压抑已久的“本我”的彻底觉醒，而且排山倒海，汹涌澎湃。葛特露虽然也有惶恐，内疚，但是她希望做回真正的自己，所以葛特露放飞自我，甚至是离经叛道，她要让那个为别人活着的葛特露在这种危险的烈火中燃尽。当人类沉湎于现代物质文明而狂欢时，却为过剩的物质欲望带给自己的彷徨与空虚无处安放。面对危机，人们会求助于精神的信仰，这信仰可能是性爱，可能是宗教，也可能是某种带有神秘倾向的终极力量。《葛特露和克劳狄斯》作为厄普代克的几部女性小说的主要代表作之一，从出版时间上来看它的确是在女权主义者对其提出质疑和批评之后，而且小说也确实回应了女权主义批评家们的舆论，但是这并不构成作者创作《葛特露和克劳狄斯》的主要原因。主要原因还是作家对女性的关注的态度。小说的笔触深入女性主人公内心的波澜，着意挖掘她内心世界的喜怒哀乐，使之成为历史上女性生存状况以及命运的一个缩影。厄普代克通过自己对女性的描写和对这种两性关系模式的描写，提出了他对女性的真诚的关怀：男女两性之间，究竟是怎样一种关系？在历史的长河里，女性究竟处在一个怎样的位置？在《葛特露和克劳狄斯》中，厄普代克赋予了女性绝对的话语权，让她们为自己的世界发声，这就是巴赫金的“双声话语”中凸显的“作者与主人公”的关系，所以约翰·厄普代克小说中这种内在对话性的话语是作者的言语或其所写的文字，同时包含了他人的声音和政治立场。

附录 1:约翰·厄普代克主要成就

1959 Guggenheim Fellowship 古根海姆奖

1959 National Institute of Arts and Letters Rosenthal Award 国立艺术和文学罗森塔尔奖

1964 National Book Award for Fiction 美国图书奖

1965 Prix du Meilleur Livre Étranger 最佳外语图书奖

1966 O. Henry Prize 欧·亨利小说奖

1981 National Book Critics 全国书评小说奖

1982 Pulitzer Prize for Fiction 普利策奖

1982 National Book Award for Fiction 美国图书奖

1982 Union League Club Abraham Lincoln Award 联盟联赛俱乐部亚伯拉罕·林肯奖

1983 National Book Critics Circle 全国图书批评家小说奖

1984 National Arts Club Medal of Honor 国家艺术俱乐部荣誉奖章

1987 St. Louis Literary Award 圣.路易斯文学奖

1987 Ambassador Book Award 大使图书奖

1987 Helmerich Award 欧·亨利小说奖

1988 PEN/Malamud Award 笔会/马拉默德奖

1989 Medal of Arts(presented by President George H. W. Bush at the White House)

美国艺术勋章奖(1989 年 11 月由乔治布什夫妇在白宫颁发)

1990 National Book Critics Circle 美国国家书评奖

1991 Pulitzer Prize for Fiction 普利策奖

1991 O. Henry Prize 欧·亨利小说奖

1992 Honorary Doctor of Letters from Harvard University 哈佛大学文学名誉博士

1995 William Dean Howells Medal of the American Academy of Arts and Letters

美国艺术和文学学院威廉.迪安.豪威尔斯

1995 Commandeur de l' Ordre des Arts et des Lettres 艺术和文学指挥勋章

1997 Ambassador Book Award 书籍大使奖

1998 Medal for Distinguished Contribution to American Letters 美国文学特别贡献奖

2003 National Humanities Medal 美国艺术和文学学会

2004 PEN/Faulkner Award for Fiction 福克纳小说奖

2006 R Award for the Short Story REA 短篇小说奖

2007 American Academy of Arts and Letters Gold Medal for Fiction 美国艺术与文学学院奖

2008 Jefferson Lecture in the Humanities 杰弗逊人文奖

附录2:约翰·厄普代克主要著作年谱

1958《平民院义卖》(The poorhouse Fair)

1960《兔子,跑吧》(Rabbit,Run)

1963《人马》(The Centaur)

1964《奥林杰故事》(短篇小说)(Olinger Stories)

1966《音乐学校》(短篇小说)(The Musical School)

1965《农场故事》(Of the musical School),《杂集》(散文)(Assorted Prose)

1968《夫妇们》(Couples)

1969《中点》(诗歌)(Midpoint)

1970《贝齐的故事》(Bech: A Book)

1971《兔子归来》(Rabbit Redux)

1972《博物馆和女人》(短篇小说)(Museums and Women)

1975《全是星期天的一个月》(A Month of Sundays),《捡拾集》(散文书评)(picked-up Piece)

1976《嫁给我吧》(Mary Me)

1978《政变》(The Coup)

1981《兔子富了》(Rabbit Is Rich)

1982《贝齐回来》(Bech Is Back)

1983《拥抱海岸》(批评集)(Hugging the Shore)

1984《伊斯特维克的巫婆们》(The Witches of Eastwick)。

1986《罗杰的版本》(Roger' s Version)

1988《S》(S)

1989《自我意识》(自传)(self-consciousness)

1990《兔子安息》(Rabbit Is at rest)

1991《零活》(散文批评集)(Odd Jobs)

1992《福特时代的回忆》(Memories of the Ford Administrations)

1993《诗选:1953-1993》(Collected poems:1953—1993)

1994《巴西》(Brazil)

1995《兔子四部曲》(Rabbit Angstrom: A Tetralogy)

1996《美丽百合》(In the Beauty of the lilies)

1997《走向时间的结束》(Toward the End of Time)

1999《二十世纪最佳美国短篇小说选》(主编)(Edits and writes: the Introduction for The Best American Short Stories of the Century),《未完:散文与批评》(More Matter: Essays and Criticism)

2000《葛特露和克劳狄斯》(Gertrude and Claudius)

2001《即兴之爱》(包含中篇"兔子受到怀念")(Licks of Love: Short Stories and a Sequel)

2002《寻找我的脸》(Seek My face)

2004《乡村》(Villages: A Novel)

2006《恐怖主义者》(Terrorist)

2007《评论集》(Due Considerations: Essays and Criticism)

2008《东镇女巫》(The Widows of Eastwick)

2009《短篇小说集》(My Father's Tears and Other Stories)

参考文献

[1] Begley, Adam. Updike[M]. New York:Harper-Collins Publishers, 2014.

[2] Don Delillo, Underground[M]. London: Picador,1997.

[3] Deborah L .Mad sen. Feminist Theory and Literary Practice[M]. London : Pluto Press,2000.

[4] Fauconnier & Turner. The Way We Think: Conceptual Blending and the Mind's Hidden complexities[M]. New York: Basic Books, 2008.

[5] H. Porter. Abbott. The Cambridge Introduction to Narrative[M]. Cambridge: Cambridge University Press , 2002.

[6] James A. Schiff. John Updike Revised[M]. New York: Twayne publishers, 1998.

[7] John Barth, Literature of Exhaustion[J].The Atlantic Monthly,1967.

[8] John Updike. SELF-CONSCIOUSNSES,Memoirs[M]. New York:Alfred A. Knopf,1990.

[9] John.Updike. Bech: A Book[M]. New York: Knopf, 1970.

———. Bech Is Back[M]. New York: Knopf, 1982.

———. Bech at Bay[M]. New York: Knopf, 1998.

———. Brazil[M]. New York: Knopf, 1994.

———. Buchanan Dying[M]. New York: Knopf, 1974.

———. The Centaur[M]. New York: Knopf, 1963.

———. Couples[M]. New York: Fawcett Columbine, 1996.

———. In the Beauty of the Lilies[M]. New York: Knopf, 1996.

———. Licks of Love[M]. New York: Knopf, 2000.

———. Memories of the Ford Administration[M]. New York: Knopf, 1992.

———. A Month of Sundays[M]. New York: Fawcett Crest, 1975.

———. Pigeon Feathers[M]. New York: Knopf, 1962.

———. The Poorhouse Fair[M]. New York: Fawcett Crest, 1959.

———. Rabbit at Rest[M]. New York: Fawcett Crest, 1990.

———. Rabbit Is Rich[M]. New York: Fawcett Crest, 1981.

———. Rabbit Redux[M]. New York: Fawcett Crest, 1971.

———. Rabbit, Run[M]. New York: Fawcett Crest, 1960.

———. Roger's Version[M]. New York: Knopf, 1986.

———. S[M]. New York: Knopf, 1988.

———. Self-Consciousness[M]. New York: Knopf, 1989.

———.Seek my Face[M]. New York:Random House Publishing Group. 2002.

———. Toward the End of Time[M]. New York: Knopf, 1997.

———. The Witches of Eastwick[M]. New York: Fawcett Crest, 1984.

[10] Luscher, Robert M. John Updike: A Study of the Short Fiction[M]. New York: Twayne, 1993.

[11] Lakoff, G & Johnson, M. Metaphors We Live By [M]. Chicago: University of Chicago Press, 2003.

[12] Markle, Joyce B. Fighters and Lovers: Theme in the Novels of John Updike[M]. New York:New York University Press, 1973.

[13] May, Elaine Tyler. Homeward Bound: American Families in the Cold War Era[M]. New York: Basic Books, 1988.

[14] Plath, James. Conversations with John Updike[M]. Jackson: University Press of Missouri, 1994.

[15] Roland Barthes, trans. Richard Millar.The Pleasure of Text [M]. New York: Hill and Wang, 1975.

[16] Stacey Olster. The Cambridge Companion to John Updike[M]. Cambridge University Press,2006.

[17] Steven Connor. The Cambridge Companion to Postmodernism[M]. Cambridge University Press,2004.

[18] Tony Tanner.After Thoughts on Non Delillo' Under World[J].Raritan:A Quarterly Review , 1998(17).

[19] Uphaus, Suzanne Henning. John Updike[M]. New York: Frederick Ungar,1980.

[20] WilliamR.Macnauthton (ed.) Critical Essays on John Updike[M]. G. K. Hall and Co. 1982.

[21] 阿兰·邓迪斯,朝戈金译.西方神话学读本[M].广西师范大学出版社,2000.

[22] 戴卫.赫尔曼,马海良译:新叙事学[M].北京:北京大学出版社,2002.

[23] 德怀特·加纳,陈亮译.约翰·厄普代克访谈录[J].当代外国文学,1998(3).

[24] 多克托罗,杨仁敬译. 比利·巴思格特:美国后现代主义文学代表作丛书[M]. 北京:译林出版社,2000.

[25] 恩斯特·卡西尔,于晓等译. 语言与神话[M]. 三联出版社,2017.

[26] 弗雷德里克· 詹姆逊,唐小兵译. 后现代主义与文化理论[M]. 北京:北京大学出版社,2005.

[27] 郭英剑.厄普代克:一位后写实主义小说家[J].英美文学研究论丛,2016(2).

[28] 荷马,罗念生译. 荷马史诗《伊利亚特》[M]. 上海:上海人民出版社,2016.

[29] 黑格,潘高峰译. 黑格尔历史哲学[M]. 北京:九州出版社, 2011.

[30] 海登·怀特,陈新译.元史学:十九世纪欧洲的历史想像[M].北京:译林出版社,2005.

[31] 华莱士·马丁,伍晓明译, 当代叙事学[M]. 北京: 北京大学出版社, 2005.

[32] 金衡山. 厄普代克与当代美国社会--厄普代克十部小说研究[M]. 北京:北京大学出版社,2008.

[33] 伽达默尔/德里达,孙周兴/孙善春译. 德法之争:伽达默尔与德里达的对话[M]. 北京:商务印书馆,2015.

[34] 罗刚. 后现代主义文学作品选[M]. 北京:蓝色畅想图书发行有限公司,2002.

———. 叙事学导论[M]. 昆明:云南人民出版社,1994.

[35] 罗伯特·库弗,潘小松译. 公众的怒火[M]. 北京:译林出版社,1997.

[36] 陆扬,王毅. 大众文化与传媒[M]. 上海:三联出出版社,2001.

[37] 马科斯·坎利夫. 美国的文学[M].香港:今日世界出版社,1975.

[38] 马林诺夫斯基,李安宅编译. 巫术科学宗教神话[M]. 上海:上海文艺出版社,1987.

[39] 马克·柯里著,宁一中译.后现代叙事理论[M].北京:北京大学出版社,2003.

[40] 米哈伊尔·巴赫金, 刘虎译. 陀思妥耶夫斯基诗学问题[M]. 北京:中央编译出版社,2016.

[41] 米克·巴尔著.谭君强译.叙述学:叙事理论导论[M]. 北京:中国社会科学出版社,1995.

[42] 帕特里克·加迪纳,刘玉红译:克尔凯郭尔[M]. 北京:译林出版社,2002.

[43] 让·波德里亚, 刘成富/全志刚译.消费社会[M].南京:南京大学出版社,2000.

[44] 让·弗朗索瓦·利奥塔尔,车槿山译. 后现代状态:关于知识的一个报告[M]. 南京:南京大学出版社,2011.

[45] 申丹. 西方叙事学[M]. 北京:北京大学出版社,2010.

——.叙述学与小说文体研究[M]. 北京:北京大学出版社,2001.

——.杨文莉. 语境叙事学与形式叙事学缘何相互依存[J], 江西社会科学,2006(10).

[46] 盛宁."冲浪人"厄普代克简论[J]. 当代外国文学.1981(1).

[47] 索伦·克尔凯郭尔,鲁路译. 基督徒的激情[M]. 北京:中央编译出版社,2007.

———.一谌等译. 恐惧与颤栗[M]. 北京:华夏出版社,2013.

———.张祥龙/王建军译. 致死的疾病[M]. 北京:中国工人出版社,2013.

———.晏可佳/姚蓓琴译.克尔凯戈尔日记选[M]. 上海:上海社会科学院出版社, 2002.

[48] 威廉·莎士比亚,朱生豪译. 莎士比亚全集(第3卷)[M]. 北京:人民文学出版社,1978.

——.孙大雨译. 哈姆雷特[M]. 上海:上海译文出版社,2012.

[49] 魏红亮. 试析卡尔·巴特的虚无论[D]. 北京:中央民族大学,2009.

[50] 韦恩·布斯, 华明/胡苏晓/周宪译. 小说的修辞[M]. 北京:北京大

学出版社,1986.

[51] 西蒙·波伏娃,舒小菲译.第二性[M]. 北京:西苑出版社,2009.

[52] 约翰·厄普代克,舒逊译. 马人[M]. 北京:外国文学出版社.1991.

———.杨莉馨译. 葛特露和克劳狄斯[M]. 北京:译林出版社,2002.

———.蒲隆译.兔子歇了[M]. 上海:上海译文出版社,2007.

———.刘文译. 山茱萸:一个少年的时代[J]. 外国文学,1986(3).

[53] 约翰·巴思,王艾/修芸译. 路的尽头[M].北京:译林出版社,1998.

[54] 哈布·哈桑, 刘象愚译.后现代转向:后现代理论与文化论文集[M]. 上海:上海人民出版社,2015.

[55] 伊塔洛·卡尔维诺著, 吕同六/张洁译.卡尔维诺文集:通向蜘蛛巢的小路等[M]. 南京:译林出版社, 2001.

[56] 于尔根·哈贝马斯,曹卫东/付德根译.后形而上学思想[M]. 北京:译林出版社, 2000.

[57] 杨义.中国叙事学[M]. 北京:人民出版社,2009.

[58] 杨金才.玛格丽特·福勒及其女权主义思想[J].国外文学,2007(01).

[59] 赵志义. Metahistory 的翻译及对海登·怀特史学思想的理解[J].史学理论研究,2012(1).

[60] 张旭.卡尔·巴特神学研究[M]. 上海:上海人民出版社,2005.